TRANZLATY

Sprache ist für alle da

Η γλώσσα είναι για όλους

Die Verwandlung
Η Μεταμόρφωση

Franz Kafka
Φραντς Κάφκα

Deutsch
ελληνικά

ISBN: 978-1-83566-650-0
Die Verwandlung
Franz Kafka, 1915

www.tranzlaty.com

Teil Eins
Μέρος Πρώτο

Gregor Samsa erwachte eines Morgens aus unruhigen Träumen.

Ο Γκρέγκορ Σάμσα ξύπνησε ένα πρωί από ταραγμένα όνειρα.

Er befand sich in seinem Bett, konnte sich aber nicht bewegen.

Βρέθηκε στο κρεβάτι του, αλλά ανίκανος να κουνηθεί.

Er war in ein monströses Ungeziefer verwandelt worden.

Είχε μεταμορφωθεί σε ένα τερατώδες παράσιτο.

Er lag auf dem Rücken, der sich hart wie eine Rüstung anfühlte.

Ήταν ξαπλωμένος ανάσκελα, η οποία ήταν σκληρή σαν πανοπλία.

Indem er den Kopf ein wenig hob, konnte er seinen Bauch sehen.

Σηκώνοντας λίγο το κεφάλι του, μπορούσε να δει την κοιλιά του.

Sein Bauch aber war gewölbt und in Segmente unterteilt.

Αλλά η κοιλιά του ήταν θολωτή και χωρισμένη σε τμήματα.

Die Decke lag auf seinem runden Bauch.

Η κουβέρτα ακουμπούσε πάνω στην στρογγυλεμένη κοιλιά του.

Die Decke war jedoch kurz davor, ganz herunterzurutschen.

Αλλά η κουβέρτα παραλίγο να γλιστρήσει εντελώς προς τα κάτω.

Seine Beine wirkten im Vergleich zu ihrer üblichen Größe jämmerlich.

Τα πόδια του ήταν αξιολύπητα σε σύγκριση με το συνηθισμένο τους μέγεθος.

Und seine vielen Beine flackerten hilflos vor seinen Augen.

Και τα πολλά του πόδια τρεμόπαιζαν αβοήθητα μπροστά στα μάτια του.

„Was ist nur mit mir geschehen?", dachte er bei sich.

«Τι μου συνέβη;» σκέφτηκε μέσα του.

Aber es war kein Traum, aus dem er nicht erwachen konnte.

Αλλά δεν ήταν ένα όνειρο από το οποίο δεν μπορούσε να ξυπνήσει.

Es war tatsächlich sein eigenes Zimmer, in dem er sich wiederfand.

Ήταν πραγματικά το δικό του δωμάτιο στο οποίο βρέθηκε.

Ein richtiges Zimmer für Menschen, aber leider etwas zu klein.

Ένα πραγματικό δωμάτιο για ανθρώπους, αλλά λίγο πολύ μικρό.

Er lag still zwischen den vier bekannten Mauern.

Ξάπλωνε ήσυχα ανάμεσα στους τέσσερις γνωστούς τοίχους.

Auf dem Tisch befand sich eine Sammlung von Textilmustern.

Πάνω στο τραπέζι υπήρχε μια συλλογή από δείγματα υφασμάτων.

Samsa war Handelsreisender, daher die Muster.

Ο Σάμσα ήταν περιοδεύων πωλητής, εξ ου και τα δείγματα.

Über den auseinandergenommenen Textilproben hing ein Bild.

Πάνω από τα αποσυναρμολογημένα δείγματα υφασμάτων υπήρχε μια εικόνα.

Er hatte das Bild erst vor Kurzem aus einer Zeitschrift ausgeschnitten.

Είχε πρόσφατα κόψει τη φωτογραφία από ένα περιοδικό.

Er hatte das Bild in einen hübschen, vergoldeten Rahmen gefasst.

Είχε τοποθετήσει την εικόνα σε μια όμορφη, επιχρυσωμένη κορνίζα.

Das gerahmte Bild zeigte eine aufrecht sitzende Dame.

Η πλαισιωμένη εικόνα απεικόνιζε μια κυρία να κάθεται όρθια.

Sie trug eine Pelzmütze und hatte einen Pelzmuff.

Φορούσε ένα γούνινο καπέλο και είχε ένα γούνινο μανίκι.

Sie hob ihre Hand in Richtung des Betrachters des Bildes.

Σήκωνε το χέρι της προς τον θεατή της εικόνας.

Ihr ganzer Unterarm verschwand in ihrem schweren Pelzmuff.

Ολόκληρο το αντιβράχιό της εξαφανίστηκε μέσα στο βαρύ γούνινο μανίκι της.

Gregor blickte aus dem Fenster auf das trübe Wetter.

Ο Γκρέγκορ κοίταξε από το παράθυρο τον μουντό καιρό.

Man konnte hören, wie schwere Regentropfen gegen das Fenster prasselten.

Άκουγε κανείς πυκνές σταγόνες βροχής να χτυπούν το παράθυρο.

Das graue Wetter stimmte ihn sehr melancholisch.

Ο γκρίζος καιρός τον έκανε να νιώθει πολύ μελαγχολικός.

„Wie wäre es, wenn ich noch ein bisschen länger schlafe?", dachte er.

«Τι θα έλεγες να κοιμηθώ λίγο ακόμα;» σκέφτηκε.

"Mehr Schlaf könnte mir helfen, diesen Unsinn zu vergessen."

«Περισσότερος ύπνος ίσως με βοηθήσει να ξεχάσω αυτές τις ανοησίες.»

Länger zu schlafen war jedoch völlig unmöglich.

Αλλά ο ύπνος πια ήταν εντελώς αδύνατος.

Weil er es gewohnt war, auf seiner rechten Seite zu schlafen.

Επειδή είχε συνηθίσει να κοιμάται στη δεξιά πλευρά.

Sein aktueller Zustand schränkte jedoch seine üblichen Bewegungsfreiheiten ein.

Αλλά η τρέχουσα κατάστασή του εμπόδιζε τις συνήθεις κινήσεις του.

Er hatte keine Möglichkeit, in diese Lage zu gelangen.

Δεν είχε κανέναν τρόπο να βρεθεί σε αυτή τη θέση.

Er versuchte sein Bestes, sich auf die rechte Seite zu werfen.

Προσπάθησε όσο καλύτερα μπορούσε να ξαπλώσει στη δεξιά του πλευρά.

Er hat diese Bewegung wahrscheinlich hundertmal versucht.

Πιθανότατα επιχείρησε αυτή την κίνηση εκατό φορές.

Aber er kippte immer wieder in die Rückenlage zurück.

Αλλά πάντα λικνιζόταν πίσω στην ύπτια θέση.

Er schloss die Augen, um seine unruhigen Beine nicht sehen zu müssen.

Έκλεισε τα μάτια του για να μην δει τα νευρικά του πόδια.

Am Ende hinderten ihn seine Schmerzen daran, es noch einmal zu versuchen.

Στο τέλος ο πόνος τον εμπόδισε να προσπαθήσει ξανά.

Ein dumpfer Schmerz in der Seite, den er noch nie zuvor gespürt hatte.

Ένας αμβλύς πόνος στο πλευρό του που δεν είχε νιώσει ποτέ πριν.

„Oh Gott", dachte Gregor Samsa verzweifelt bei sich.

«Θεέ μου», σκέφτηκε απεγνωσμένα ο Γκρέγκορ Σάμσα.

"Was für einen anstrengenden Beruf ich mir da doch ausgesucht habe!"

«Τι επίπονο επάγγελμα έχω επιλέξει για τον εαυτό μου!»

„Ich muss beruflich Tag für Tag reisen."

«Μέρα με τη μέρα, πρέπει να ταξιδεύω παντού για δουλειά.»

„Büroarbeit ist viel einfacher als die Arbeit unterwegs."

«Η εργασία γραφείου είναι πολύ πιο εύκολη από την εργασία στο δρόμο.»

„Und ich habe den Fluch, ständig reisen zu müssen."

«Και έχω την κατάρα να πρέπει να ταξιδεύω παντού.»

„Die ganze Sorge, die Züge nicht rechtzeitig zu verpassen."

«Όλες οι ανησυχίες για το αν θα είσαι στην ώρα σου για τα τρένα.»

„Meine Mahlzeiten sind unregelmäßig und das Essen ist schlecht."

«Οι ώρες των γευμάτων μου είναι ακανόνιστες και το φαγητό είναι κακό.»

„Meine Freunde wechseln ständig, je nachdem, wo ich hinziehe."

«Οι φίλοι μου αλλάζουν συνέχεια από πόλη σε πόλη.»

„Meine Interaktionen sind kühl und professionell."

«Οι αλληλεπιδράσεις που έχω είναι ψυχρές και επαγγελματικές.»

„Sollen sich doch die Teufel mit solchen Arbeiten vergnügen!"

«Ας διασκεδάσει ο Διάβολος με τέτοιου είδους δουλειά!»

Er verspürte ein leichtes Jucken im oberen Bereich seines Bauches.

Ένιωσε μια ελαφριά φαγούρα στην κορυφή της κοιλιάς του.

Er stemmte sich mit dem Rücken gegen den Bettpfosten.

Ακούμπησε με την πλάτη του στον στύλο του κρεβατιού.

Er wollte seinen Kopf besser heben können.

Ήθελε να μπορεί να σηκώνει το κεφάλι του καλύτερα.

Er fand die juckende Stelle, die ihn plagte.

Βρήκε το σημείο που τον έτσουζε και τον ενοχλούσε.

Sein Kopf schien mit kleinen weißen Punkten bedeckt zu sein.

Το κεφάλι του φαινόταν να είναι καλυμμένο με μικρές άσπρες κουκκίδες.

Was diese kleinen weißen Punkte waren, konnte er nicht sagen.

Δεν μπορούσε να καταλάβει τι ήταν αυτές οι μικρές άσπρες κουκκίδες.

Er hatte geplant, die Stelle mit einem seiner Beine zu berühren.

Είχε σχεδιάσει να αγγίξει το σημείο με το ένα του πόδι.

Doch als er die Stelle berührte, verspürte er ein seltsames Frösteln.

Αλλά όταν άγγιξε το σημείο ένιωσε ένα παράξενο ρίγος.

Daraufhin zog er sein Bein sofort von der Stelle weg.

Έτσι, αμέσως τράβηξε το πόδι του μακριά από το σημείο.

Ihm blieb nichts anderes übrig, als das Jucken zu ertragen.

Δεν είχε άλλη επιλογή από το να αποδεχτεί το αίσθημα φαγούρας.

Und er kehrte in seine vorherige Position im Bett zurück.

Και επέστρεψε στην προηγούμενη θέση του στο κρεβάτι.

„Wer so früh aufwacht, wird echt ziemlich dumm."

«Το να ξυπνάς τόσο νωρίς σε κάνει πραγματικά πολύ ηλίθιο.»

„Ein Mann braucht genug Schlaf", dachte er sich.

«Ένας άνθρωπος πρέπει να κοιμάται αρκετά», σκέφτηκε.

„Die anderen Handelsreisenden leben in Luxus."

«Οι άλλοι περιοδεύοντες πωλητές ζουν μια ζωή πολυτελείας.»

„Morgens übermittle ich die erhaltenen Bestellungen."

«Το πρωί μεταφέρω τις παραγγελίες που έχω λάβει.»

„Währenddessen frühstücken die Herren noch."

«Εν τω μεταξύ, αυτοί οι κύριοι τρώνε ακόμα πρωινό.»

„Stellen Sie sich nur vor, ich würde das bei meinem Chef versuchen."

«Φανταστείτε να προσπαθούσα να το κάνω αυτό με το αφεντικό μου.»

„Er würde mich feuern, bevor ich mit dem Frühstück fertig bin."

«Θα με απέλυε πριν τελειώσω το πρωινό μου.»

„Aber vielleicht wäre das auch nicht das Schlimmste."

«Αλλά ίσως αυτό να μην είναι και το χειρότερο.»

„Das Problem ist, dass meine Eltern mich zurückhalten."

«Το πρόβλημα είναι ότι οι γονείς μου με κρατούν πίσω.»

„Ohne sie hätte ich schon längst gekündigt."

«Αν δεν ήταν αυτοί, θα είχα ήδη παραιτηθεί.»

„Ich hätte mich dem Chef entgegengestellt und es ihm gesagt."

«Θα είχα αντισταθεί στο αφεντικό και θα του το είχα πει.»

„Ich würde genau sagen, was ich von ihm und der Stelle halte."

«Θα έλεγα ακριβώς τι πιστεύω για αυτόν και τη δουλειά.»

„Er würde vom Schreibtisch fallen, wenn ich ihm alles erzählen würde!"

«Θα έπεφτε από το γραφείο του αν του τα έλεγα όλα!»

„Es ist sehr seltsam, wie er an seinem Schreibtisch sitzt."

«Είναι πολύ περίεργος ο τρόπος που κάθεται στο γραφείο του.»

„Seine Art, mit seinen Untergebenen zu sprechen, ist nicht in Ordnung."

«Ο τρόπος που μιλάει στους υφισταμένους του δεν είναι σωστός».

„Und das Schlimmste ist, dass sein Gehör so schlecht ist."
«Και το χειρότερο είναι ότι η ακοή του είναι τόσο κακή.»
„Sie haben also keine andere Wahl, als ganz nah bei ihm zu sitzen."
«Οπότε δεν έχεις άλλη επιλογή από το να καθίσεις πολύ κοντά του.»
„Aber trotz allem ist die Hoffnung noch nicht völlig verloren."
«Αλλά με όλα αυτά που είπαμε, η ελπίδα δεν έχει χαθεί εντελώς ακόμα.»
„Ich werde das Geld sparen, um die Schulden meiner Eltern zu begleichen."
«Θα μαζέψω τα χρήματα για να ξεπληρώσω το χρέος των γονιών μου.»
„Ich kann nichts tun, solange sie ihm noch Geld schulden."
«Δεν μπορώ να κάνω τίποτα όσο του χρωστάνε ακόμα χρήματα.»
„Aber wenn die Schulden beglichen sind, werde ich es auf jeden Fall tun."
«Αλλά όταν το χρέος αποπληρωθεί, σίγουρα θα το κάνω.»
„Es wird wahrscheinlich noch fünf bis sechs Jahre dauern."
«Πιθανότατα θα χρειαστούν άλλα πέντε με έξι χρόνια».
"Ja, dann wird die große Trennung definitiv erfolgen."
«Ναι, τότε ο μεγάλος χωρισμός σίγουρα θα γίνει.»
„Fürs Erste muss ich jedoch aufstehen."
«Προς το παρόν, ωστόσο, πρέπει να σηκωθώ από το κρεβάτι.»
„Weil mein Zug um fünf Uhr abfährt."
«Επειδή το τρένο μου θα αναχωρήσει στις πέντε.»
Gregor blickte auf den tickenden Wecker auf dem Tisch.
Ο Γκρέγκορ κοίταξε το ξυπνητήρι που χτυπούσε πάνω στο τραπέζι.
"Himmlischer Vater!", dachte er, als er die Uhrzeit sah.
«Ουράνιε Πατέρα!» σκέφτηκε καθώς έβλεπε την ώρα.
Halb sieben war schon still und leise vergangen.
Η ώρα έξι και μισή είχε ήδη περάσει ήσυχα και είχε περάσει.

Und die Zeiger der Uhr bewegten sich immer weiter vorwärts.

Και οι δείκτες του ρολογιού συνέχιζαν να κινούνται μπροστά.

Es war nun fast Viertel vor sieben.

Και τώρα η ώρα πλησίαζε επτά παρά τέταρτο.

"Vielleicht hat der Wecker nicht geklingelt, um mich zu wecken?", dachte er.

«Ίσως δεν είχε χτυπήσει το ξυπνητήρι για να με ξυπνήσει;» σκέφτηκε.

Von seinem Bett aus inspizierte Gregor den Wecker.

Από το κρεβάτι του ο Γκρέγκορ εξέτασε το ξυπνητήρι.

Der Wecker war korrekt auf vier Uhr eingestellt.

Το ξυπνητήρι ήταν σωστά ρυθμισμένο για τις τέσσερις.

Er konnte es sich nicht erklären, aber der Alarm musste losgegangen sein.

Δεν μπορούσε να το εξηγήσει, αλλά πρέπει να χτύπησε ο συναγερμός.

"Wie konnte ich den Wecker verschlafen, ohne es zu merken?"

«Πώς κοιμήθηκα μέχρι το ξυπνητήρι χωρίς να το καταλάβω;»

Wenn der Alarm losgeht, wackeln sogar die Möbel.

Όταν χτυπάει το ξυπνητήρι, τραντάζει ακόμη και τα έπιπλα.

Er wusste, dass sein Schlaf alles andere als ruhig gewesen war.

Ήξερε ότι ο ύπνος του δεν ήταν καθόλου γαλήνιος.

Aber vielleicht war das der Grund, warum sein Schlaf so viel tiefer war.

Αλλά ίσως γι' αυτό ο ύπνος του ήταν πολύ πιο βαθύς.

Er musste darüber nachdenken, was er nun tun sollte.

Έπρεπε να σκεφτεί τι έπρεπε να κάνει τώρα.

Der nächste Zug fuhr erst um sieben Uhr ab.

Το επόμενο τρένο δεν αναχώρησε παρά στις επτά η ώρα.

Diesen Zug zu erreichen, wäre nahezu unmöglich.

Το να προλάβω αυτό το τρένο θα ήταν σχεδόν αδύνατο.

Und die benötigten Textilien hatte er noch nicht eingepackt.

Και δεν είχε συσκευάσει ακόμα τα υφάσματα που χρειαζόταν.

Er fühlte sich auch nicht besonders frisch und agil.

Δεν ένιωθε ούτε ιδιαίτερα φρέσκος ούτε ευκίνητος.

Vielleicht bestand die Möglichkeit, in den Zug einzusteigen.

Ίσως υπήρχε η ευκαιρία να μπω στο τρένο.

Doch ein Tadel vom Chef war so oder so unvermeidlich.

Αλλά μια επίπληξη από το αφεντικό ήταν αναπόφευκτη σε κάθε περίπτωση.

Der Angestellte wäre in den Fünf-Uhr-Zug eingestiegen.

Ο υπάλληλος θα είχε μπει στο τρένο των πέντε η ώρα.

Der Büroangestellte war ein willensschwaches Werkzeug des Chefs.

Ο υπάλληλος γραφείου ήταν ένα άσπονδο πλάσμα του αφεντικού.

Gregors Abwesenheit wäre also bereits gemeldet worden.

Έτσι, η απουσία του Γκρέγκορ θα είχε ήδη αναφερθεί.

„Was wäre, wenn ich mich krankmelde?", überlegte Gregor.

«Τι θα γίνει αν δηλωθώ άρρωστος;» σκεφτόταν ο Γκρέγκορ.

Das wäre aber äußerst peinlich und verdächtig.

Αλλά αυτό θα ήταν εξαιρετικά αμήχανο και ύποπτο.

Gregor war in der gesamten Zeit, die er dort arbeitete, nie krank gewesen.

Ο Γκρέγκορ δεν είχε αρρωστήσει ποτέ όσο εργαζόταν εκεί.

Und er hatte ihnen bereits fünf Jahre Dienst geleistet.

Και τους είχε ήδη δώσει πέντε χρόνια υπηρεσίας.

Die Chancen standen gut, dass der Chef vorbeikommen würde, um nach ihm zu sehen.

Το πιθανότερο ήταν ότι το αφεντικό θα ερχόταν να τον ελέγξει.

Er würde wahrscheinlich den Arzt der Krankenversicherung mitbringen.

Πιθανότατα θα έφερνε τον γιατρό της ασφάλισης υγείας.

Und er würde die Eltern für ihren faulen Sohn verantwortlich machen.

Και θα κατηγορούσε τους γονείς για τον τεμπέλη γιο τους.

Sie könnten gegen ihn keine Einwände erheben.

Δεν θα μπορούσαν να του φέρουν καμία αντίρρηση.

Denn für ihn gab es nur zwei Arten von Arbeitern.

Επειδή γι' αυτόν υπήρχαν μόνο δύο είδη εργατών.

Entweder waren die Arbeiter kerngesund oder arbeitsscheu.

Είτε οι εργαζόμενοι ήταν απολύτως υγιείς είτε ντρεπόντουσαν να εργαστούν.

Und läge er mit dieser grundlegenden Analyse überhaupt falsch?

Και θα έκανε άραγε λάθος σε αυτή τη βασική ανάλυση;

In diesem Fall hatte er sicherlich ein starkes Argument.

Σίγουρα, σε αυτή την περίπτωση, είχε ένα ισχυρό επιχείρημα.

Trotz seines Aussehens fühlte sich Gregor tatsächlich recht wohl.

Παρά την εμφάνισή του, ο Γκρέγκορ ένιωθε στην πραγματικότητα αρκετά καλά.

Der unnötig lange Schlaf hatte ihn etwas schläfrig gemacht.

Ο περιττός μακρύς ύπνος τον έκανε να νυστάξει λίγο.

Abgesehen davon konnte er sich aber über keine Krankheit beklagen.

Αλλά εκτός από αυτό δεν μπορούσε να παραπονεθεί για ασθένεια.

Er verspürte sogar einen besonders starken und gesunden Hunger.

Ένιωθε μάλιστα μια ιδιαίτερα έντονη και υγιή πείνα.

Während er diesen Gedanken nachging, schlug die Uhr erneut.

Ενώ έκανε αυτές τις σκέψεις, το ρολόι χτύπησε ξανά.

Laut Alarm war es jetzt Viertel vor sieben.

Σύμφωνα με το συναγερμό, ήταν πλέον επτά παρά τέταρτο.

Und nun klopfte es auch leise an der Tür.

Και τώρα ακούστηκε επίσης ένα απαλό χτύπημα στην πόρτα.

„Gregor", rief ihm jemand zu – es war die Mutter.

«Γκρέγκορ», του φώναξε κάποιος – ήταν η μητέρα.

„Es ist Viertel vor sieben", bestätigte sie den Alarm.

«Είναι επτά παρά τέταρτο», επιβεβαίωσε τον συναγερμό.

"Wolltest du nicht gehen?", fragte die sanfte Stimme.

«Δεν ήθελες να φύγεις;» ρώτησε η απαλή φωνή.

Gregor erschrak, als er seine eigene Stimme antworten hörte.

Ο Γκρέγκορ τρόμαξε όταν άκουσε τη φωνή του να απαντάει.

Es war immer noch dieselbe Stimme, die er schon immer hatte.

Η φωνή ήταν ακόμα η φωνή που είχε πάντα.

Doch nun mischte sich ein neuer Klang in seine Stimme.

Αλλά τώρα ένας νέος ήχος αναμειγνύονταν στη φωνή του.

Tief aus seinem Inneren entfuhr ihm auch ein schmerzhafter Schrei.

Από βαθιά μέσα του βγήκε κι ένα επώδυνο τρίξιμο.

Zunächst schien seine Stimme die Worte klar zu formen.

Στην αρχή η φωνή του φάνηκε να σχηματίζει λέξεις με καθαρότητα.

Doch dann hörte Gregor das Echo seiner Stimme in seinem Kopf.

Αλλά τότε ο Γκρέγκορ άκουσε την νοερή ηχώ της φωνής του.

Die Aufnahme seiner Stimme ist auf seltsame Weise zerbrochen.

Η ηχογράφηση της φωνής του έσπασε με έναν περίεργο τρόπο.

Und er war sich nicht sicher, ob er richtig gehört hatte.

Και δεν ήταν σίγουρος αν άκουγε τα πράγματα σωστά.

Gregor verspürte den starken Wunsch, eine ausführliche Antwort zu geben.

Ο Γκρέγκορ ένιωσε μια βαθιά επιθυμία να δώσει μια λεπτομερή απάντηση.

Er wollte seiner Mutter alles genau erklären.

Ήθελε να εξηγήσει τα πάντα με σαφήνεια στη μητέρα του.

Doch angesichts der Umstände musste er sich einschränken.

Αλλά, δεδομένων των συνθηκών, έπρεπε να περιορίσει τον εαυτό του.

Und er antwortete viel kürzer, als er es gern getan hätte.

Και απάντησε πολύ πιο σύντομα από όσο θα ήθελε.

"Ja, Mutter, keine Sorge, danke, ich bin schon wach."

«Ναι μητέρα, μην ανησυχείς, ευχαριστώ, είμαι ήδη ξύπνια.»

Die Holztür trug vermutlich dazu bei, seine Stimme zu dämpfen.

Η ξύλινη πόρτα πιθανότατα βοήθησε στο να πνίξει τη φωνή του.

Draußen blieb die Veränderung in Gregors Stimme unbemerkt.

Έξω η αλλαγή στη φωνή του Γκρέγκορ παρέμεινε απαρατήρητη.

Die Mutter schien mit seiner Erklärung zufrieden zu sein.

Η μητέρα φάνηκε να είναι ικανοποιημένη με την εξήγησή του.

Und sie ging genauso leise wieder, wie sie gekommen war.

Και έφυγε ξανά το ίδιο ήσυχα όπως είχε έρθει.

Doch das kurze Gespräch hatte eine unerwünschte Folge.

Αλλά η μικρή συζήτηση είχε ένα ανεπιθύμητο αποτέλεσμα.

Er erregte die Aufmerksamkeit der anderen Familienmitglieder.

Τράβηξε την προσοχή των άλλων μελών της οικογένειας.

Gregor war noch zu Hause und nicht zur Arbeit gegangen.

Ο Γκρέγκορ ήταν ακόμα στο σπίτι και δεν είχε πάει στη δουλειά.

Und nun klopfte auch der Vater an die Seitentür.

Και τώρα ο πατέρας χτύπησε και την πλαϊνή πόρτα.

Er klopfte schwach, aber entschlossen mit der Faust.

Χτύπησε αδύναμα, αλλά αποφασιστικά, με τη γροθιά του.

„Gregor, Gregor", rief er, „was ist das Problem?"

«Γκρέγκορ, Γκρέγκορ», φώναξε, «ποιο είναι το πρόβλημα;»

Nach einer Weile warnte er erneut, diesmal mit tieferer Stimme.

Μετά από λίγο, προειδοποίησε ξανά με πιο βαθιά φωνή.

Doch nun klopfte die Schwester an die andere Tür.

Αλλά στην άλλη πλαϊνή πόρτα χτύπησε τώρα η αδελφή.

"Gregor? Geht es dir nicht gut?", fragte sie leise.

«Γκρέγκορ; Δεν είσαι καλά;» ρώτησε σιγανά.

„Brauchen Sie irgendetwas?", fragte sie besorgt.

«Χρειάζεσαι κάτι;» ρώτησε ανήσυχα.

Gregor antwortete beiden Seiten: „Ich bin schon fertig.“

Ο Γκρέγκορ απάντησε και στις δύο πλευρές: «Έχω ήδη τελειώσει».

Er hatte sich größte Mühe gegeben, alle Wörter sorgfältig auszusprechen.

Είχε κάνει ό,τι μπορούσε για να προφέρει όλες τις λέξεις προσεκτικά.

Und er entfernte alles Auffällige aus seiner Stimme.

Και αφαίρεσε οτιδήποτε ήταν εμφανές στη φωνή του.

Auch der Vater schien mit der Antwort zufrieden zu sein.

Ο πατέρας φάνηκε επίσης ικανοποιημένος με την απάντηση.

Und er kehrte zu seinem unvollendeten Frühstück zurück.

Και επέστρεψε στο ημιτελές πρωινό του.

Doch die Schwester flüsterte: „Gregor, mach auf, ich flehe dich an.“

Αλλά η αδερφή ψιθύρισε, «Γκρέγκορ, άνοιξε, σε παρακαλώ».

Doch ihre Sorge um ihn konnte ihn in keiner Weise bewegen.

Αλλά η ανησυχία της γι' αυτόν δεν μπορούσε να τον συγκινήσει με κανέναν τρόπο.

Gregor hatte nicht die Absicht, ihr die Tür zu öffnen.

Ο Γκρέγκορ δεν είχε καμία πρόθεση να της ανοίξει την πόρτα.

Durch seine Reisen hatte er sich einige vorsichtige Gewohnheiten angeeignet.

Είχε αποκτήσει κάποιες προσεκτικές συνήθειες από τα ταξίδια.

Und er lobte sich selbst dafür, die Türen abgeschlossen zu haben.

Και επαίνεσε τον εαυτό του που κλείδωσε τις πόρτες.

**Zunächst wollte er in Ruhe und in seinem eigenen Tempo
aufstehen.**

Πρώτα ήθελε να ξυπνήσει ήσυχα στον δικό του χρόνο.

Und er wollte sich ungestört anziehen.

Και, χωρίς να τον ενοχλήσουν, ήθελε να ντυθεί.

Nachdem er das geschafft hatte, wollte er frühstücken.

Αφού το πέτυχε αυτό, ήθελε να φάει πρωινό.

Erst dann wollte er die Situation weiter überdenken.

Μόνο τότε ήθελε να εξετάσει περαιτέρω την κατάσταση.

Er wusste, dass es sinnlos war, im Bett Pläne zu schmieden.

Ήξερε ότι δεν είχε νόημα να κάνει σχέδια στο κρεβάτι.

**Zu einem vernünftigen Schluss zu gelangen, wäre
unmöglich.**

Η επίτευξη ενός λογικού συμπεράσματος θα ήταν
αδύνατη.

**Es gab schon andere Male, da war er mit leichten Schmerzen
aufgewacht.**

Υπήρξαν κι άλλες φορές που ξυπνούσε με ελαφρούς
πόνους.

Diese Schmerzen erwiesen sich stets als reine Einbildung.

Αυτοί οι πόνοι αποδεικνύονταν πάντα καθαρή φαντασία.

Beim Aufstehen verschwanden die Schmerzen ausnahmslos.

Όταν σηκώνονταν από το κρεβάτι, ο πόνος πάντα
υποχωρούσε.

Er war neugierig, was mit diesen Ideen geschehen würde.

Ήταν περίεργος να δει τι θα συνέβαινε με αυτές τις ιδέες.

**Die Veränderung seiner Stimme war wahrscheinlich nur auf
eine Erkältung zurückzuführen.**

Η αλλαγή στη φωνή του πιθανότατα οφειλόταν απλώς σε
κάποιο κρυολόγημα.

Erkältungen sind für Reisende einfach ein Berufsrisiko.

Τα κρυολογήματα αποτελούν απλώς έναν επαγγελματικό
κίνδυνο για τους ταξιδιώτες.

**Er hatte keinen Zweifel daran, dass dies die logische
Erklärung war.**

Δεν είχε καμία αμφιβολία ότι αυτή ήταν η λογική εξήγηση.

Es gelang ihm mühelos, die Decke von sich zu streifen.

Το να βγάλει την κουβέρτα από πάνω του ήταν εύκολο.

Er musste nur einatmen und sich aufblasen.

Το μόνο που έπρεπε να κάνει ήταν να εισπνεύσει και να φουσκώσει τον αέρα.

Die Decke rutschte von seinem Körper und landete auf dem Boden.

Η κουβέρτα γλίστρησε από το σώμα του και έπεσε στο πάτωμα.

Sein unglaublich breiter Körperbau erschwerte auch andere Dinge.

Το απίστευτα φαρδύ σώμα του δυσκόλευε άλλα πράγματα.

Er hätte Arme und Hände gebraucht, um aufzustehen.

Θα χρειαζόταν χέρια και μπράτσα για να σταθεί όρθιος.

Aber er hatte nicht mehr die Gliedmaßen, die er früher gehabt hatte.

Αλλά δεν είχε τα άκρα που είχε παλιά.

Anstelle von Armen und Händen hatte er viele kleine Beine.

Αντί για χέρια και χεράκια, είχε πολλά μικρά ποδαράκια.

Und seine Beine bewegten sich ständig, ohne dass er es kontrollieren konnte.

Και τα πόδια του κινούνταν συνεχώς, χωρίς τον έλεγχό του.

Er versuchte, ein Bein zu beugen, aber stattdessen streckte es sich.

Προσπάθησε να λυγίσει το ένα πόδι, αλλά αντίθετα τεντώθηκε.

Schließlich gelang es ihm, ein Bein unter seine Kontrolle zu bringen.

Τελικά κατάφερε να θέσει υπό τον έλεγχό του το ένα του πόδι.

Doch dann wurde die Bewegung der anderen Beine freigegeben.

Αλλά τότε η κίνηση των άλλων ποδιών απελευθερώθηκε.

Und seine Beine zuckten vor lauter Aufregung.

Και όλα τα πόδια του τραντάχτηκαν από υπερβολικό ενθουσιασμό.

Zuerst wollte er seinen Unterkörper aus dem Bett bekommen.

Πρώτα ήθελε να σηκώσει το κάτω μέρος του σώματός του από το κρεβάτι.

Seinen Unterkörper hatte er aber noch nicht gesehen.

Αλλά δεν είχε δει ακόμα το κάτω μέρος του σώματός του.

Und es erwies sich ohnehin als zu schwierig, diesen Teil zu versetzen.

Και αποδείχθηκε πολύ δύσκολο να μετακινηθεί αυτό το μέρος ούτως ή άλλως.

Schließlich wagte er mit all seiner Kraft einen waghalsigen Schritt.

Τελικά, με όλη του τη δύναμη, έκανε μια άγρια κίνηση.

Ohne weiter zu zögern, trat er vorwärts.

Χωρίς άλλο δισταγμό, προχώρησε μπροστά.

Doch er hatte die falsche Richtung eingeschlagen.

Αλλά είχε επιλέξει τη λάθος κατεύθυνση για να κινηθεί.

Er schlug mit voller Wucht mit dem Körper gegen den unteren Bettpfosten.

Χτύπησε βίαια το σώμα του στον κάτω στύλο του κρεβατιού.

Der brennende Schmerz, den er empfand, lehrte ihn eine wertvolle Lektion.

Ο καυστικός πόνος που ένιωθε του δίδαξε ένα πολύτιμο μάθημα.

Sein Unterkörper war vielleicht empfindlicher.

Το κάτω μέρος του σώματός του ήταν ίσως πιο ευαίσθητο.

Also versuchte er zuerst, seinen Oberkörper aus dem Bett zu bekommen.

Έτσι προσπάθησε πρώτα να σηκώσει το πάνω μέρος του σώματός του από το κρεβάτι.

Er drehte seinen Kopf vorsichtig in die richtige Richtung.

Γύρισε προσεκτικά το κεφάλι του προς τη σωστή κατεύθυνση.

Und schon bald lag sein Kopf am Bettrand.

Και σύντομα το κεφάλι του ήταν στραμμένο στην άκρη του κρεβατιού.

Diese vorsichtige Vorgehensweise fiel ihm tatsächlich leicht.

Αυτή η προσεκτική κίνηση ήταν στην πραγματικότητα εύκολη γι' αυτόν.

Und weder seine Breite noch sein Gewicht hinderten ihn an seinen Bewegungen.

Και το πλάτος και το βάρος του δεν εμπόδιζαν την κίνησή του.

Die Masse seines Körpers folgte langsam der Drehung des Kopfes.

Η μάζα του σώματός του ακολουθούσε αργά τη στροφή του κεφαλιού.

Doch dann streckte er den Kopf über die Bettkante.

Αλλά μετά κράτησε το κεφάλι του πάνω από την άκρη του κρεβατιού.

Und er sah sich einer neuen Angst gegenüber, über die er noch nicht nachgedacht hatte.

Και αντιμετώπισε έναν νέο φόβο που δεν είχε σκεφτεί ακόμα.

Ein weiteres Vorgehen in dieser Richtung könnte gefährlich sein.

Η περαιτέρω πρόοδος με αυτόν τον τρόπο θα μπορούσε να είναι επικίνδυνη.

Er hatte gedacht, er würde sich einfach fallen lassen.

Νόμιζε ότι απλώς θα άφηνε τον εαυτό του να πέσει.

Es wäre aber ein Wunder, wenn er sich dabei nicht am Kopf verletzen würde.

Αλλά θα ήταν θαύμα αν δεν τραυματιζόταν στο κεφάλι.

Jetzt war nicht der richtige Zeitpunkt, um ein Bewusstseinsverlustrisiko einzugehen.

Δεν ήταν τώρα η κατάλληλη στιγμή για να ρισκάρει να χάσει τις αισθήσεις του.

Vielleicht wäre es doch besser, im Bett zu bleiben.

Ίσως θα ήταν καλύτερο να μείνουμε στο κρεβάτι τελικά.

Doch dann musste er denselben Aufwand betreiben, um zurückzukehren.

Αλλά μετά έπρεπε να καταβάλει την ίδια προσπάθεια για να επιστρέψει.

Nach all der Mühe lag er da, genau wie zuvor.

Μετά από όλη αυτή την προσπάθεια, ήταν ξαπλωμένος εκεί όπως και πριν.

Und nun schienen seine Beine noch wütender zu sein als zuvor.

Και τώρα τα πόδια του φαίνονταν ακόμη πιο ενοχλημένα από πριν.

Die Bewegungen seiner Beine waren noch unkontrollierbarer geworden.

Οι κινήσεις των ποδιών του είχαν γίνει ακόμα πιο ανεξέλεγκτες.

Er sah keinen Ausweg aus seiner Situation.

Δεν έβλεπε κανέναν τρόπο να ξεφύγει από την κατάσταση στην οποία βρισκόταν.

Aus diesem Chaos konnte kein Frieden und keine Ordnung hergestellt werden.

Η ειρήνη και η τάξη δεν μπορούσαν να βγουν από αυτό το χάος.

Aber er wusste, dass auch im Bett zu bleiben keine Option war.

Αλλά ήξερε ότι το να μείνει στο κρεβάτι δεν ήταν επιλογή.

Alles zu opfern war die vernünftigste Option.

Το να θυσιάσουν τα πάντα ήταν η πιο λογική επιλογή.

Er klammerte sich an den kleinsten Hoffnungsschimmer, jemals wieder aufstehen zu können.

Κρατούσε την παραμικρή ελπίδα να σηκωθεί από το κρεβάτι.

Wenn ihm das gelingt, hat sich das ganze Risiko gelohnt.

Αν το κατάφερνε αυτό, κάθε ρίσκο θα άξιζε τον κόπο.

Doch gleichzeitig erinnerte er sich auch an etwas anderes.

Αλλά ταυτόχρονα θυμήθηκε και κάτι άλλο.

„Besser als verzweifelte Entscheidungen sind ruhige Überlegungen."

«Καλύτερες από τις απεγνωσμένες αποφάσεις είναι οι ήρεμες σκέψεις.»

Mit aller Kraft konzentrierte er seinen Blick auf das Fenster.

Με όλη του την προσπάθεια έστρεψε τα μάτια του στο παράθυρο.

Doch was er sah, stimmte ihn wenig zuversichtlich und erfreute ihn nicht.

Αλλά αυτό που είδε δεν του έφερε τόση αυτοπεποίθηση και χαρά.

Der Morgennebel hüllte die gesamte enge Straße ein.

Η πρωινή ομίχλη κάλυπτε όλο τον στενό δρόμο.

Der Wecker klingelte erneut; es war nun sieben Uhr.

Το ξυπνητήρι χτύπησε ξανά· τώρα ήταν επτά η ώρα.

„Es ist bereits sieben Uhr und es ist immer noch so neblig."

«Είναι ήδη επτά η ώρα και υπάρχει ακόμα τόση ομίχλη.»

Eine Zeitlang lag er still da und atmete nur schwach.

Για λίγο έμεινε ξαπλωμένος ήσυχα, αναπνέοντας μόνο αδύναμα.

Vielleicht würde etwas Ruhe eine gewisse Normalität herbeiführen.

Ίσως λίγη ηρεμία να έφερνε και την κανονικότητα.

Völliges Schweigen könnte die wahren Zustände herbeiführen.

Η απόλυτη σιωπή θα μπορούσε να επιφέρει τις πραγματικές συνθήκες.

Doch bevor die Uhr erneut schlug, durchbrach er das Schweigen.

Αλλά πριν χτυπήσει ξανά το ρολόι, έσπασε τη σιωπή.

Bevor die Uhr wieder schlägt, muss ich aus dem Bett sein.

«Πριν ξαναχτυπήσει το ρολόι, πρέπει να έχω σηκωθεί από το κρεβάτι.»

„Ich muss bis dahin unbedingt komplett aus dem Bett sein."

«Πρέπει οπωσδήποτε να έχω σηκωθεί εντελώς από το κρεβάτι μέχρι τότε.»

„Nach Viertel nach sieben schickt das Büro jemanden."

«Μετά τις επτά και τέταρτο το γραφείο θα στείλει κάποιον.»

„Weil das Büro vor sieben Uhr öffnete."

«Επειδή το γραφείο άνοιξε πριν από τις επτά η ώρα.»

Und nun begann er, seinen Körper aus dem Bett zu schaukeln.

Και τώρα άρχισε να σηκώνει το σώμα του από το κρεβάτι.

Er hatte aufgehört, sich auf seinen Ober- oder Unterkörper zu konzentrieren.

Είχε εγκαταλείψει την εστίαση στο πάνω ή στο κάτω μέρος του σώματός του.

Sein ganzer Körper musste aus dem Bett herausragen.

Όλο το μήκος του σώματός του έπρεπε να φύγει από το κρεβάτι.

Bei einem Sturz in diese Richtung sollte sein Kopf geschützt sein, dachte er.

Αν πέσει από εδώ, θα έπρεπε να προστατεύσει το κεφάλι του, σκέφτηκε.

Er hatte geplant, den Kopf zu heben, sobald er auf dem Boden aufschlug.

Είχε σχεδιάσει να σηκώσει το κεφάλι του όταν θα έπεφτε στο έδαφος.

Sein Rücken schien hart genug für den Aufprall zu sein.

Το πίσω μέρος του σώματός του φαινόταν αρκετά σκληρό για την πρόσκρουση.

Und der Teppich diente dazu, die Landung abzufedern.

Και το χαλί ήταν εκεί για να μαλακώσει το πλατύσκαλο.

Seine größte Sorge galt jedoch dem Lärm.

Η μεγαλύτερη ανησυχία του, ωστόσο, ήταν ο δυνατός θόρυβος.

Das krachende Geräusch würde alle im Haus erschrecken.

Ο ήχος του κρούσματος θα τρόμαζε όλους στο σπίτι.

Vielleicht hätten sie keine Angst vor dem lauten Lärm.

Ίσως δεν θα φοβόντουσαν τον δυνατό θόρυβο.

Aber sie wären mit Sicherheit besorgt, wenn sie davon hörten.

Αλλά ήταν σίγουρο ότι θα ανησυχούσαν αν το άκουγαν.

Man musste aber das Risiko eingehen, Aufmerksamkeit zu erregen.

Αλλά έπρεπε να αναληφθεί το ρίσκο να τραβήξει την προσοχή.

Die neue Methode war eher ein Spiel als eine Anstrengung.

Η νέα μέθοδος ήταν περισσότερο ένα παιχνίδι παρά μια προσπάθεια.

Er musste seinen Körper in plötzlichen und ruckartigen Bewegungen hin und her wiegen.

Έπρεπε να κουνάει το σώμα του με απότομες και σπασμωδικές κινήσεις.

Gregor war schon halb aus dem Bett aufgestanden.

Ο Γκρέγκορ είχε ήδη σηκωθεί στα μισά του κρεβατιού.

Nun kam ihm gerade ein neuer Gedanke.

Τώρα, μια καινούρια σκέψη του ήρθε στο μυαλό.

„Es wäre alles so einfach, wenn mir jemand zu Hilfe käme."

«Θα ήταν όλα τόσο εύκολα αν κάποιος ερχόταν να με βοηθήσει.»

„Zwei kräftige Personen würden völlig ausreichen."

«Δύο δυνατοί άνθρωποι θα ήταν απολύτως αρκετοί.»

Sein Vater und das Dienstmädchen wären stark genug.

Ο πατέρας του και η υπηρέτρια θα ήταν αρκετά δυνατοί.

Sie müssten nur ihre Arme unter seinen Rücken schieben.

Θα έπρεπε απλώς να γλιστρήσουν τα χέρια τους κάτω από την πλάτη του.

Und dann könnten sie ihn ganz leicht aus dem Bett ziehen.

Και μετά μπορούσαν εύκολα να τον ξεκολλήσουν από το κρεβάτι.

Vielleicht hätten sie sein Gewicht langsam reduzieren müssen.

Ίσως θα έπρεπε να μειώσουν σταδιακά το βάρος του.

Hoffentlich hätten die Beine dann ihren Zweck gefunden.

Ας ελπίσουμε ότι τότε τα πόδια θα είχαν βρει τον σκοπό τους.

Wäre es nicht letztendlich besser, um Hilfe zu rufen?

«Δεν θα ήταν τελικά καλύτερο να καλέσουμε για βοήθεια;»

Das Problem war natürlich, dass er die Türen abgeschlossen hatte.

Το πρόβλημα ήταν φυσικά ότι είχε κλειδώσει τις πόρτες.

Irgendwie hatte der Gedanke etwas, das ihn amüsierte.

Υπήρχε κάτι στη σκέψη που τον γαργαλούσε.

Und trotz seiner Notlage konnte er sich ein Lächeln nicht verkneifen.

Και παρά τις δυσκολίες του, δεν μπορούσε να συγκρατήσει ένα χαμόγελο.

Er war schon kurz davor, das Gleichgewicht zu verlieren.

Ήταν ήδη κοντά στο να χάσει την ισορροπία του.

Mit jedem Schwung kam er dem Umkippen vom Bett näher.

Κάθε κούνημα τον έφερνε πιο κοντά στο να σηκωθεί από το κρεβάτι.

Bald musste er die endgültige Entscheidung treffen.

Σύντομα θα έπρεπε να πάρει την τελική απόφαση.

In fünf Minuten würde es Viertel nach sieben sein.

Σε πέντε λεπτά θα ήταν επτά και τέταρτο.

Während er diesen Gedanken nachging, klingelte es an der Tür.

Ενώ έκανε αυτές τις σκέψεις, χτύπησε το κουδούνι της πόρτας.

„Das ist jemand aus dem Büro", sagte er zu sich selbst.

«Αυτός είναι κάποιος από το γραφείο», είπε στον εαυτό του.

Und er erstarrte fast vor Angst angesichts des Besuchers.

Και σχεδόν πάγωσε από φόβο εξαιτίας του επισκέπτη.

Seine Beine tanzten noch wilder als zuvor.

Τα πόδια του χόρευαν ακόμα πιο άγρια από πριν.

Doch dann herrschte einen Moment lang Stille.

Αλλά μετά, για μια στιγμή, όλα παρέμειναν σιωπηλά.

„Sie werden die Tür nicht öffnen", sagte Gregor zu sich selbst.

«Δεν θα ανοίξουν την πόρτα», είπε στον εαυτό του ο Γκρέγκορ.

Er war noch immer einer sinnlosen Hoffnung verfallen.

Ήταν ακόμα παγιδευμένος σε κάποια ανόητη ελπίδα.

Doch dann ging das Dienstmädchen natürlich zur Tür.

Αλλά μετά, φυσικά, η υπηρέτρια περπάτησε προς την πόρτα.

Und wie immer öffnete sie dem Besucher die Tür.

Και, όπως πάντα, άνοιξε την πόρτα στον επισκέπτη.

Gregor brauchte nur die erste Begrüßung des Besuchers zu hören.

Ο Γκρέγκορ χρειαζόταν μόνο να ακούσει τον πρώτο χαιρετισμό του επισκέπτη.

Er konnte sofort erkennen, wer ihn gesucht hatte.

Μπορούσε να καταλάβει αμέσως ποιος είχε έρθει να τον πάρει.

Der Hauptschreiber selbst war gekommen, um nach Samsa zu sehen.

Ο ίδιος ο αρχιγραμματέας είχε έρθει να ελέγξει την κατάσταση του Σάμσα.

Warum war Gregor der Einzige, der zu diesem Schicksal verurteilt wurde?

Γιατί ο Γκρέγκορ ήταν ο μόνος που καταδικάστηκε σε αυτή τη μοίρα;

Warum musste ausgerechnet er in einer solchen Organisation dienen?

Γιατί μόνο αυτός έπρεπε να υπηρετήσει σε έναν τέτοιο οργανισμό;

Das geringste Versehen weckte sofort Misstrauen.

Η παραμικρή παράλειψη προκάλεσε αμέσως υποψίες.

Waren alle Angestellten, die dort arbeiteten, Schurken?

Ήταν όλοι οι υπάλληλοι που δούλευαν εκεί απατεώνες;

Gab es denn keinen treuen und ergebenen Menschen unter ihnen?

Δεν υπήρχε κανένα πιστό και αφοσιωμένο άτομο ανάμεσά τους;

Hätten sie nicht einfach einen Lehrling schicken können?

Δεν θα μπορούσαν απλώς να στείλουν έναν μαθητευόμενο;

War diese ganze Infragestellung überhaupt notwendig?

Ήταν όντως απαραίτητες όλες αυτές οι ερωτήσεις;

Musste der Bevollmächtigte persönlich erscheinen?

Έπρεπε να έρθει ο ίδιος ο εξουσιοδοτημένος εκπρόσωπος;

Musste wirklich die gesamte unschuldige Familie informiert werden?

Έπρεπε να ενημερωθεί ολόκληρη η αθώα οικογένεια;

All diese Überlegungen veranlassten Gregor zum Handeln.

Όλες αυτές οι σκέψεις ώθησαν τον Γκρέγκορ σε δράση.

Er schwang sich mit aller Kraft aus dem Bett.

Πετάχτηκε από το κρεβάτι με όλη του τη δύναμη.

Es gab einen lauten Knall, aber es war eigentlich kein richtiges Geräusch.

Ακούστηκε ένας δυνατός κρότος, αλλά δεν ήταν στην πραγματικότητα θόρυβος.

Der Fall wurde durch den Teppich etwas abgemildert.

Η πτώση είχε ελαφρώς μαλακώσει από το χαλί.

Sein Rücken war elastischer, als Gregor angenommen hatte.

Η πλάτη του ήταν πιο ελαστική από ό,τι νόμιζε ο Γκρέγκορ.

Der Klang war also dumpfer und nicht so auffällig.

Έτσι ο ήχος ήταν πιο μουντός και όχι τόσο αισθητός.

Doch er hatte seinen Kopf während des Sturzes nicht geschützt.

Αλλά δεν είχε φροντίσει το κεφάλι του κατά τη διάρκεια της πτώσης.

Und als er auf den Boden aufschlug, schlug er auch mit dem Kopf auf.

Και όταν έπεσε στο έδαφος, χτύπησε και το κεφάλι του.

Er rieb sich vor Wut und Schmerz den Kopf am Teppich.

Έτριψε το κεφάλι του στο χαλί από θυμό και πόνο.

Der Manager im Nachbarzimmer hörte jedoch den Lärm.

Αλλά ο διευθυντής στο διπλανό δωμάτιο άκουσε τον θόρυβο.

„Da ist etwas hineingefallen", stellte er richtig fest.

«Κάτι έπεσε εκεί μέσα», παρατήρησε σωστά.

Gregor versuchte, sich den Manager in seine Lage zu versetzen.

Ο Γκρέγκορ προσπάθησε να φανταστεί τον διευθυντή στη θέση του.

„Könnte ihm dasselbe passieren?", fragte er sich.

«Θα μπορούσε να του συμβεί το ίδιο;» αναρωτήθηκε.

Er akzeptierte, dass dieses seltsame Ereignis möglich sein könnte.

Αποδέχτηκε ότι αυτό το παράξενο γεγονός θα μπορούσε να είναι πιθανό.

Und dann ging der Hauptsekretär ein paar Schritte in den Raum.

Και τότε ο αρχιγραμματέας έκανε μερικά βήματα προς το δωμάτιο.

Es war fast schon eine plumpe Antwort auf seine Frage.

Ήταν σχεδόν μια πρόχειρη απάντηση στην ερώτηση που έθεσε.

Seine Lederstiefel knarrten, als er sich der Tür näherte.

Οι δερμάτινες μπότες του έτριξαν καθώς πλησίαζε την πόρτα.

Aus dem Zimmer zu seiner Rechten flüsterte ihm seine Magd zu.

Από το δωμάτιο στα δεξιά του, η υπηρέτριά του του ψιθύρισε.

„Gregor, der Bevollmächtigte, ist hier.“

«Γκρέγκορ, ο εξουσιοδοτημένος εκπρόσωπος είναι εδώ.»

„Ich weiß“, sagte Gregor, aber nur leise zu sich selbst.

«Το ξέρω», είπε ο Γκρέγκορ, αλλά μόνο σιγά στον εαυτό του.

Er wagte es nicht, seine Stimme lauter als ein Flüstern zu erheben.

Δεν τολμούσε να υψώσει τη φωνή του πάνω από έναν ψίθυρο.

Weil Gregor nicht wollte, dass seine Schwester ihn hörte.

Επειδή ο Γκρέγκορ δεν ήθελε να τον ακούσει η αδερφή του.

„Gregor“, sagte der Vater aus dem Zimmer links.

«Γκρέγκορ», είπε ο πατέρας από το δωμάτιο στα αριστερά.

Der Manager ist gekommen, um nach dem Rechten zu sehen.

«Ο διευθυντής ήρθε να ελέγξει ποιο είναι το πρόβλημα.»

„Er fragte, warum du nicht den frühen Zug genommen hast.“

«Με ρώτησε γιατί δεν έφυγες με το πρωινό τρένο.»

„Wir wissen nicht, was wir ihm sagen sollen“, sagte der Vater.

«Δεν ξέρουμε τι να του πούμε», είπε ο πατέρας.

„Übrigens möchte er auch persönlich mit Ihnen sprechen.“

«Παρεμπιπτόντως, θέλει επίσης να σου μιλήσει προσωπικά.»

„Bitte öffnen Sie die Tür, damit er mit Ihnen sprechen kann."

«Σε παρακαλώ άνοιξε την πόρτα, για να μπορέσει να σου μιλήσει.»

„Er wird so freundlich sein, das Chaos im Zimmer zu entschuldigen."

«Θα έχει την καλοσύνη να συγχωρήσει την ακαταστασία στο δωμάτιο.»

"Guten Morgen, Herr Samsa", rief ihm der Manager zu.

«Καλημέρα, κύριε Σάμσα», του φώναξε ο διευθυντής.

Und er sprach ganz gewiss in freundlicher Weise mit ihm.

Και σίγουρα του μίλησε με φιλικό τρόπο.

„Es geht ihm nicht gut", sagte die Mutter zum Manager.

«Δεν είναι καλά», είπε η μητέρα στον διευθυντή.

„Es geht ihm überhaupt nicht gut, glauben Sie mir, lieber Manager."

«Δεν είναι καθόλου καλά, πιστέψτε με, αγαπητέ διευθυντή.»

"Warum sonst sollte Gregor den Morgenzug verpassen?"

«Γιατί αλλιώς να χάσει ο Γκρέγκορ το πρωινό τρένο;»

„Der Junge hat nichts anderes im Kopf als das Geschäft."

«Το αγόρι δεν έχει τίποτα στο μυαλό του παρά μόνο τις δουλειές.»

„Es ärgert mich fast, dass er nichts anderes tut."

«Σχεδόν με ενοχλεί που δεν κάνει τίποτα άλλο.»

„Ich wünschte, er würde abends an die frische Luft gehen."

«Μακάρι να έβγαινε τα βράδια για καθαρό αέρα.»

„Er war acht Tage geschäftlich in der Stadt."

«Ήταν στην πόλη για οκτώ ημέρες για επαγγελματικές υποχρεώσεις.»

„Aber er war ja jeden dieser Abende zu Hause."

«Αλλά ήταν σπίτι κάθε βράδυ.»

„Er sitzt an unserem Tisch und liest die Zeitung."

«Κάθεται στο τραπέζι μας και διαβάζει την εφημερίδα.»

„Manchmal studiert er auch die Fahrpläne der Züge."

«Άλλες φορές, μελετά τα δρομολόγια των τρένων.»
„Manchmal beschäftigt er sich mit Tischlerarbeiten."
«Μερικές φορές ασχολείται με ξυλουργικές εργασίες.»
„Zum Beispiel schnitzte er einen kleinen Bilderrahmen aus Holz."
«Για παράδειγμα, σκάλισε μια μικρή ξύλινη κορνίζα.»
„An zwei oder drei Abenden war er mit der Säge beschäftigt."
«Για πάνω από δύο ή τρία βράδια ήταν απασχολημένος με το πριόνι.»
„Sie werden staunen, wie hübsch der Bilderrahmen ist."
«Θα εκπλαγείτε με το πόσο όμορφη είναι η κορνίζα.»
„Er hat den Bilderrahmen in seinem Zimmer aufgehängt."
«Έχει κρεμάσει την κορνίζα στο δωμάτιό του.»
„Wenn er die Tür öffnet, werden Sie seine Holzarbeiten sehen."
«Όταν ανοίξει την πόρτα, θα δείτε τα ξυλόγλυπτά του.»
„Übrigens freut es mich, dass Sie hier sind, Herr Prokurist."
«Παρεμπιπτόντως, χαίρομαι που είστε εδώ, κύριε Προκούριστ.»
„Wir allein hätten Gregor nicht dazu bringen können, die Tür zu öffnen."
«Μόνοι μας δεν θα μπορούσαμε να κάνουμε τον Γκρέγκορ να ανοίξει την πόρτα.»
„Er ist so stur", gestand seine Mutter dem Angestellten.
«Είναι τόσο πεισματάρης», ομολόγησε η μητέρα του στον υπάλληλο.
„Er ist ganz sicher krank, obwohl er das vorher bestritten hat."
«Σίγουρα δεν είναι καλά, αν και το είχε αρνηθεί στο παρελθόν.»
„Ich komme gleich", sagte Gregor langsam und bedächtig.
«Θα έρθω αμέσως», είπε ο Γκρέγκορ αργά και προσεκτικά.
Doch er machte keine Anstalten, sich der Tür des Zimmers zuzuwenden.
Αλλά δεν έκανε καμία κίνηση προς την πόρτα του δωματίου.

Er wollte kein Wort des Gesprächs verpassen.

Δεν ήθελε να χάσει ούτε λέξη από τη συζήτηση.

Der Hauptsekretär stimmte der Einschätzung der Mutter zu.

Ο αρχιγραμματέας συμφώνησε με την εκτίμηση της μητέρας.

"Ich kann es Ihnen auch nicht anders erklären, Madam."

«Ούτε εγώ μπορώ να το εξηγήσω αλλιώς, κυρία μου.»

„Hoffen wir alle, dass er keine schwere Krankheit hat", sagte er.

«Ας ελπίσουμε όλοι ότι δεν έχει κάποια σοβαρή ασθένεια», είπε.

„Andererseits stellt es eine Gefahr in unserer Branche dar."

«Από την άλλη πλευρά, αποτελεί κίνδυνο για τον κλάδο μας.»

„Wir Geschäftsleute müssen oft Unannehmlichkeiten überwinden."

«Εμείς οι επιχειρηματίες συχνά πρέπει να ξεπεράσουμε την ταλαιπωρία.»

„Profis müssen leichte Schmerzen einfach aushalten."

«Οι επαγγελματίες απλώς πρέπει να ξεπεράσουν τους μικρούς πόνους.»

Währenddessen klopfte sein Vater erneut an die andere Tür.

Εν τω μεταξύ, ο πατέρας του χτύπησε ξανά την άλλη πόρτα.

„Kann der Hauptsekretär jetzt hereinkommen?", wollte er wissen.

«Μπορεί να μπει τώρα ο αρχιγραμματέας;» ήθελε να μάθει.

"Nein, das kann er nicht", antwortete Gregor auf die Frage seines Vaters.

«Όχι, δεν μπορεί», απάντησε ο Γκρέγκορ στην ερώτηση του πατέρα του.

Im Raum links von uns herrschte betretenes Schweigen.

Μια αμήχανη σιωπή έπεσε στο δωμάτιο στα αριστερά.

Im Zimmer rechts begann die Schwester zu schluchzen.

Στο δωμάτιο στα δεξιά η αδελφή άρχισε να κλαίει με λυγμούς.

Warum war die Schwester nicht zu den anderen gegangen?

Γιατί δεν είχε πάει η αδελφή να είναι με τους άλλους;

Sie war wahrscheinlich gerade erst aufgestanden, dachte er.

Μάλλον μόλις είχε σηκωθεί από το κρεβάτι, σκέφτηκε.

Vielleicht hatte sie noch gar nicht angefangen, sich anzuziehen.

Μπορεί να μην είχε καν αρχίσει να ντύνεται ακόμα.

Gregor aber verstand nicht, warum sie weinte.

Αλλά ο Γκρέγκορ δεν μπορούσε να καταλάβει γιατί έκλαιγε.

Lag es daran, dass er nicht aufgestanden war und den Manager hereingelassen hatte?

Μήπως επειδή δεν σηκώθηκε και δεν άφησε τον διευθυντή να μπει;

Lag es daran, dass er Gefahr lief, seinen Job zu verlieren?

Μήπως επειδή κινδύνευε να χάσει τη δουλειά του;

Könnte der Chef wie früher gegen die Eltern vorgehen?

Μήπως το αφεντικό κυνηγήσει τους γονείς όπως πριν;

Würde er seine alten Forderungen an sie wiederholen?

Θα τους έθετε ξανά τις παλιές απαιτήσεις;

Diese Dinge waren wahrscheinlich unnötig.

Αυτά τα πράγματα μάλλον δεν χρειάζονταν να ανησυχούν.

Im Moment hatte sie keinen Grund zu weinen.

Προς το παρόν δεν είχε κανένα λόγο να κλαίει.

Gregor war noch da und sorgte für seine Familie.

Ο Γκρέγκορ ήταν ακόμα εδώ, φροντίζοντας την οικογένεια.

Und er hatte nie die Absicht, die Familie zu verlassen.

Και ποτέ δεν είχε σκοπό να εγκαταλείψει την οικογένεια.

Im Moment lag er einfach nur da auf dem Teppich.

Προς το παρόν, απλώς έμεινε ξαπλωμένος πάνω στο χαλί.

Die Familie wusste nichts von seinem Zustand.

Η οικογένεια δεν γνώριζε την κατάσταση στην οποία βρισκόταν.

Hätten sie das gewusst, hätten sie seinen Chef nicht ermutigt.

Αν ήξεραν ότι δεν θα είχαν ενθαρρύνει το αφεντικό του.

Sie hätten nicht einmal den Manager ins Haus gelassen.

Δεν θα άφηναν ούτε τον διευθυντή να μπει στο σπίτι.

Ihn abzuweisen wäre nicht besonders unhöflich gewesen.

Το να τον διώξω δεν θα ήταν ιδιαίτερα αγενές.

Er hätte später problemlos eine passende Ausrede finden können.

Θα μπορούσε εύκολα να βρει μια κατάλληλη δικαιολογία αργότερα.

Dafür hätte er nicht entlassen werden können.

Δεν ήταν κάτι για το οποίο θα μπορούσε να απολυθεί.

Gregor war der Ansicht, dass es jetzt vernünftiger wäre, allein gelassen zu werden.

Ο Γκρέγκορ ένιωσε ότι θα ήταν πιο λογικό τώρα να τον αφήσουν μόνο του.

Ihn durch Weinen und Reden zu stören, brachte wenig.

Το να τον ενοχλείς με κλάματα και ομιλίες δεν είχε κανένα αποτέλεσμα.

Doch die anderen beunruhigte die Ungewissheit.

Αλλά η αβεβαιότητα ήταν αυτή που ενοχλούσε τους άλλους.

Und genau diese Unsicherheit entschuldigte ihr Verhalten.

Και αυτή η αβεβαιότητα ήταν που δικαιολογούσε τη συμπεριφορά τους.

„Herr Samsa!", rief der Manager mit erhobener Stimme.

«Κύριε Σάμσα», φώναξε ο διευθυντής με υψωμένη φωνή.

„Was ist los mit dir?", wollte er wissen.

«Τι σου συμβαίνει;» ήθελε να μάθει.

„Du hast dich in deinem Zimmer verbarrikadiert."

«Έχεις οχυρωθεί στο δωμάτιό σου.»

„Sie antworten nur mit ‚Ja' oder ‚Nein'."

«Απαντάς μόνο με ένα «ναι» ή ένα «όχι».»

„Du bereitest deinen Eltern große Sorgen."

«Προκαλείς στους γονείς σου σοβαρές ανησυχίες.»

„Ich sehe keinen guten Grund, warum Sie sie beunruhigen sollten."

«Δεν βλέπω κανέναν καλό λόγο για τον οποίο θα τους ανησυχούσες.»

„Es gibt da noch eine Sache, die ich nebenbei erwähnen
möchte."

«Υπάρχει κάτι άλλο που θα αναφέρω παρεμπιπτόντως.»

„Sie vernachlässigen auch Ihre geschäftlichen Pflichten uns
gegenüber."

«Αμελείς επίσης τα επαγγελματικά σου καθήκοντα
απέναντί μας.»

„Eine solche Verantwortungslosigkeit entspricht so gar nicht
Ihrem Charakter."

«Τέτοια ανευθυνότητα είναι εντελώς εκτός του χαρακτήρα
σου.»

„Ich spreche hier im Namen Ihrer Eltern und Ihres Chefs."

«Μιλώ εδώ εκ μέρους των γονιών σου και του αφεντικού
σου.»

„Und ich bitte Sie um eine sofortige und klare Erklärung."

«Και σας ζητώ μια άμεση και σαφή εξήγηση.»

„Das Ganze erstaunt mich wirklich, das muss ich sagen."

«Όλο αυτό με εκπλήσσει πραγματικά, πρέπει να
ομολογήσω.»

„Ich dachte, ich kenne dich als ruhigen und vernünftigen
Menschen."

«Νόμιζα ότι σε γνώριζα ως ένα ήρεμο και λογικό άτομο.»

„Aber jetzt zeigst du uns eine andere Seite von dir."

«Αλλά τώρα μας δείχνεις μια διαφορετική πλευρά σου.»

„Plötzlich zeigst du deine ganz eigenen Launen."

«Ξαφνικά δείχνεις τις πολύ ιδιόρρυθμες ιδιοτροπίες σου.»

„Aber es könnte eine Erklärung für Ihr Scheitern geben."

«Αλλά ίσως υπάρχει κάποια εξήγηση για την αποτυχία
σου.»

„Der Chef erwähnte eine Forderung, die Sie für uns
eingetrieben hatten."

«Το αφεντικό ανέφερε ένα χρέος που μας είχες εισπράξει.»

"Ich habe dem Chef in Ihrem Namen mein Ehrenwort
gegeben."

«Έδωσα τον λόγο της τιμής μου στο αφεντικό εκ μέρους
σου.»

„Aber jetzt sehe ich deine unverständliche Sturheit."

«Αλλά τώρα βλέπω το ακατανόητο πείσμα σου.»
"Vielleicht verliere ich auch noch jegliche Lust, dir überhaupt zu helfen."
«Μπορεί να χάσω εντελώς την επιθυμία μου να σε βοηθήσω.»
„Ihre Arbeitsplatzsicherheit ist keineswegs völlig stabil."
«Η ασφάλεια της εργασίας σας δεν είναι σε καμία περίπτωση απόλυτα σταθερή.»
„Eigentlich wollte ich euch das alles unter vier Augen erzählen."
«Αρχικά σκόπευα να σας τα πω όλα αυτά κατ' ιδίαν.»
„Aber jetzt sehe ich, dass Sie wollen, dass ich hier meine Zeit verschwende."
«Αλλά τώρα βλέπω ότι θέλεις να σπαταλήσω τον χρόνο μου εδώ.»
„Ich sehe also keinen Grund, warum deine Eltern das nicht wissen sollten."
«Οπότε δεν βλέπω κανένα λόγο για τον οποίο οι γονείς σου δεν θα έπρεπε να το μάθουν.»
„Ihre Leistungen in letzter Zeit waren nicht zufriedenstellend."
«Η πρόσφατη απόδοσή σας δεν ήταν ικανοποιητική.»
„Ich räume ein, dass die Verkäufe zu dieser Jahreszeit langsamer laufen."
«Παραδέχομαι ότι οι πωλήσεις είναι πιο αργές αυτή την εποχή του χρόνου.»
„Aber es gibt keine Jahreszeit, in der es keine Verkäufe gibt."
«Αλλά δεν υπάρχει εποχή του χρόνου που να μην υπάρχουν εκπτώσεις.»
Für einen Moment vergaß Gregor alles um sich herum.
Για μια στιγμή ο Γκρέγκορ ξέχασε τα πάντα γύρω του.
„Aber Herr Prokurist!", rief Gregor verzweifelt aus.
«Μα κύριε Προκούριστ», φώναξε απελπισμένος ο Γκρέγκορ.
"Ich öffne die Tür sofort, jetzt gleich, keine Sorge."
«Θα ανοίξω την πόρτα αμέσως, τώρα, μην ανησυχείς.»

„Das Problem ist, dass ich mich ziemlich unwohl fühle."

«Το πρόβλημα είναι ότι ένιωθα αρκετά άσχημα.»

„Mir war schwindelig, deshalb konnte ich die Tür nicht erreichen."

«Η ζάλη μου με εμπόδισε να φτάσω στην πόρτα.»

„Ich liege zwar noch im Bett, aber es geht mir schon viel besser."

«Είμαι ακόμα ξαπλωμένος στο κρεβάτι, αλλά νιώθω πολύ καλύτερα.»

"Einen Moment bitte, ich stehe gerade erst auf."

«Μια στιγμή, παρακαλώ, μόλις σηκώνομαι από το κρεβάτι.»

"Einen Moment Geduld, Herr Prokurist, ist alles, worum ich bitte."

«Μια στιγμή υπομονής είναι το μόνο που ζητώ, κύριε Προκούριστ.»

„Es läuft nicht so gut, wie ich dachte, aber ich werde es schon schaffen."

«Δεν πάνε τα πράγματα τόσο καλά όσο νόμιζα, αλλά θα είμαι μια χαρά.»

"Wie kann so etwas einem Menschen so schnell passieren?"

«Πώς μπορεί να συμβεί κάτι τέτοιο σε έναν άνθρωπο τόσο γρήγορα;»

„Mir ging es gestern Abend gut, das wissen meine Eltern."

«Ένιωθα καλά χθες το βράδυ, οι γονείς μου το ξέρουν αυτό.»

„Aber vielleicht hatte ich damals schon eine kleine Vorahnung."

«Αλλά ίσως είχα ήδη μια μικρή προαίσθηση τότε.»

„Man könnte sich fragen, warum ich es nicht im Büro gemeldet habe."

«Ίσως με ρωτήσετε γιατί δεν το ανέφερα στο γραφείο.»

„Ich dachte, ich würde mich morgen früh wieder viel besser fühlen."

«Νόμιζα ότι θα ένιωθα πολύ καλύτερα ξανά το πρωί.»

„Man denkt immer, dass sie die Krankheit bis dahin besiegt haben werden."

«Πάντα νομίζει κανείς ότι θα έχει νικήσει την ασθένεια μέχρι τότε.»

„Aber bitte! Verschonen Sie meine Eltern vor diesen Anschuldigungen!"

"Αλλά σας παρακαλώ! Γλιτώστε τους γονείς μου από αυτές τις κατηγορίες!"

„Mir wurde kein Wort von dem erzählt, was Sie mir erzählt haben."

«Δεν μου έχουν πει λέξη για αυτά που μου είπες.»

„Sie haben möglicherweise die letzten von mir versandten Befehle nicht gelesen."

«Μπορεί να μην διάβασες τις τελευταίες παραγγελίες που έστειλα.»

„Übrigens, du brauchst dir heute keine Sorgen um mich zu machen."

«Παρεμπιπτόντως, δεν χρειάζεται να ανησυχείς για μένα σήμερα.»

„Ich werde trotzdem den Zug um acht Uhr nehmen."

«Θα πάρω ακόμα το τρένο των οκτώ η ώρα.»

„Die wenigen Stunden Ruhe haben mich ausreichend gestärkt."

«Οι λίγες ώρες ξεκούρασης με έχουν δυναμώσει αρκετά.»

"Sie müssen wirklich nicht warten, Manager."

«Δεν υπάρχει λόγος να περιμένετε, διευθυντά.»

„Auch ich werde schon bald im Büro sein."

«Κι εγώ θα είμαι στο γραφείο σύντομα.»

"Und bitte seien Sie so freundlich, ein gutes Wort für mich einzulegen."

«Και σε παρακαλώ να είσαι τόσο ευγενικός/ή να πεις μια καλή κουβέντα για μένα.»

Gregor hatte seine Erklärung recht hastig vorgetragen.

Ο Γκρέγκορ είχε πει την εξήγησή του αρκετά βιαστικά.

Er wusste selbst kaum, was er eigentlich sagen wollte.

Δεν ήξερε τι πραγματικά προσπαθούσε να πει.

Er ging zu der Kiste und versuchte, sich daran hochzuziehen.

Πήγε στο κουτί και προσπάθησε να το χρησιμοποιήσει για
να σηκωθεί.
Er hatte wirklich die feste Absicht, die Tür zu öffnen.
Είχε πραγματικά κάθε πρόθεση να ανοίξει την πόρτα.
Er wollte vom Bevollmächtigten empfangen werden.
Ήθελε να τον δει ο εξουσιοδοτημένος εκπρόσωπος.
Und er wollte das Problem persönlich mit ihm lösen.
Και ήθελε να λύσει το πρόβλημα μαζί του προσωπικά.
**Er war gespannt darauf, wie die anderen auf ihn reagieren
würden.**
Ήταν πρόθυμος να μάθει πώς θα αντιδρούσαν οι άλλοι
απέναντί του.
**Sie sind bestimmt inzwischen auch gespannt darauf, wie es
ihm geht.**
Πρέπει επίσης να ανυπομονούν πλέον να δουν πώς είναι.
**Es gab zwei mögliche Arten, wie sie auf ihn reagieren
konnten.**
Υπήρχαν δύο πιθανοί τρόποι με τους οποίους θα
μπορούσαν να αντιδράσουν απέναντί του.
Eine Möglichkeit war, dass sie Angst bekommen würden.
Μια πιθανότητα ήταν ότι θα φοβόντουσαν.
Wenn sie Angst hatten, dann trug er keine Verantwortung.
Αν ήταν φοβισμένοι, τότε δεν είχε καμία ευθύνη.
**Und dann müsste er sich keine Sorgen mehr um die
Situation machen.**
Και τότε δεν θα χρειαζόταν να ανησυχεί για την
κατάσταση.
**Es gab aber auch noch eine andere Möglichkeit, die man in
Betracht ziehen musste.**
Υπήρχε όμως και μια άλλη πιθανότητα να σκεφτούμε.
**Vielleicht würden sie ihn so, wie er war, einfach
hinnehmen.**
Ίσως θα αποδέχονταν ήρεμα τον τρόπο που ήταν.
Dann hätte auch Gregor keinen Grund, sich aufzuregen.
Τότε ούτε ο Γκρέγκορ θα είχε λόγο να αναστατωθεί.
Es bliebe noch genügend Zeit, den Zug zu erreichen.

Θα υπήρχε ακόμα αρκετός χρόνος για να προλάβουμε το τρένο.

Das Aufrechtstehen war jedoch alles andere als einfach.

Ωστόσο, το να στέκεσαι όρθιος δεν ήταν καθόλου εύκολη υπόθεση.

Bei seinen ersten Versuchen rutschte er von der Kiste ab.

Στις πρώτες του προσπάθειες γλίστρησε έξω από το κουτί.

Die Kiste war zu glatt, als dass er sich dagegen stemmen konnte.

Το κουτί ήταν πολύ λείο για να σταθεί απέναντί του.

Und schließlich gab er sich noch einen letzten Anstoß, um aufzustehen.

Και τελικά έδωσε στον εαυτό του μια τελευταία ώθηση για να σηκωθεί.

Er schenkte den Schmerzen in seinem Bauch keine Beachtung mehr.

Δεν έδωσε πια σημασία στον πόνο στην κοιλιά του.

Egal wie groß der Schmerz sein würde, er würde es durchstehen.

Όσο μεγάλος κι αν ήταν ο πόνος, θα τον ξεπερνούσε.

Er ließ sich gegen die Lehne eines nahegelegenen Stuhls fallen.

Άφησε τον εαυτό του να πέσει στην πλάτη μιας κοντινής καρέκλας.

Und er hielt sich mit seinen kleinen Beinchen am Rand fest.

Και κρατιόταν από τις άκρες με τα μικρά του ποδαράκια.

Zu diesem Zeitpunkt hatte er sich besser im Griff.

Σε αυτό το σημείο είχε αποκτήσει μεγαλύτερο έλεγχο του εαυτού του.

Und sein Fall war stiller als der vorherige.

Και η πτώση του ήταν πιο σιωπηλή από την προηγούμενη.

Weil er dem Manager zuhören musste.

Επειδή έπρεπε να ακούσει τι έλεγε ο διευθυντής.

„Habt ihr irgendetwas davon verstanden?", fragte er die Eltern.

«Καταλάβατε τίποτα από αυτά;» ρώτησε τους γονείς.

"Er würde uns doch nicht zum Narren halten, oder?"

«Δεν θα μας έκανε ηλίθιο, έτσι δεν είναι;»
„Um Gottes Willen!", rief die Mutter und weinte bereits.
«Για όνομα του Θεού», φώναξε η μητέρα, κλαίγοντας ήδη.
„Er könnte schwer krank sein und wir quälen ihn."
«Μπορεί να είναι σοβαρά άρρωστος και να τον βασανίζουμε».
"Grete! Grete!", schrie sie ihrer Tochter zu.
«Γκρέτε! Γκρέτε!» ούρλιαξε στην κόρη.
„Mutter?", rief die Schwester von der anderen Seite.
«Μητέρα;» φώναξε η αδερφή από την άλλη πλευρά.
Dann kommunizierten sie durch Gregors Zimmer.
Έπειτα επικοινώνησαν μέσω του δωματίου του Γκρέγκορ.
„Gregor ist sehr krank und braucht Medikamente."
«Ο Γκρέγκορ είναι πολύ άρρωστος και χρειάζεται φάρμακα.»
„Sie müssen sofort zum Arzt gehen."
«Θα πρέπει να πας αμέσως στον γιατρό.»
Hast du gehört, wie Gregor eben gesprochen hat?
«Άκουσες τον τρόπο που μίλησε ο Γκρέγκορ μόλις τώρα;»
„Das war die Stimme eines Tieres", sagte der Manager.
«Αυτή ήταν η φωνή ενός ζώου», είπε ο διευθυντής.
Seine Worte waren leise im Vergleich zu den Schreien der Mutter.
Τα λόγια του ήταν σιγανά σε σύγκριση με τις κραυγές της μητέρας.
"Anna! Anna!", rief der Vater durch das Vorzimmer.
«Άννα! Άννα!» φώναξε ο πατέρας από τον προθάλαμο.
Und er klatschte in die Hände, um ihre Aufmerksamkeit zu erregen.
Και χτύπησε τα χέρια του για να τραβήξει την προσοχή τους.
"Holt sofort einen Schlüsseldienst!", befahl er dem Dienstmädchen.
«Φέρτε αμέσως έναν κλειδαρά!» διέταξε την υπηρέτρια.
Die Mädchen rannten in ihren Röcken durch das Vorzimmer.

Τα κορίτσια, με τις φούστες τους, έτρεξαν μέσα από τον
προθάλαμο.
**Und ihre Röcke raschelten, als sie an seinem Zimmer
vorbeiliefen.**
Και οι φούστες τους θρόιζαν καθώς έτρεχαν δίπλα από το
δωμάτιό του.
**„Wie konnte sich die Schwester so schnell anziehen?",
dachte er.**
«Πώς ντύθηκε τόσο γρήγορα η αδερφή;» σκέφτηκε.
Die Tür war aufgerissen, aber nicht zugeschlagen.
Η πόρτα άνοιξε σκισμένα, αλλά δεν έκλεισε με δύναμη.
**Dies kommt häufig in Haushalten vor, in denen ein großes
Unglück geschieht.**
Αυτό είναι συνηθισμένο σε σπίτια όπου συμβαίνει μια
μεγάλη ατυχία.
All das hatte Gregor jedoch deutlich ruhiger gemacht.
Αλλά όλα αυτά είχαν κάνει τον Γκρέγκορ να γίνει πολύ πιο
ήρεμος.
Als er seine eigenen Worte hörte, erschienen sie ihm klar.
Όταν άκουσε τα δικά του λόγια, του φάνηκαν ξεκάθαρα.
**Tatsächlich war er der Ansicht, seine Worte seien eigentlich
klarer gewesen.**
Στην πραγματικότητα, ένιωθε ότι τα λόγια του ήταν πιο
ξεκάθαρα.
Die anderen aber verstanden nicht mehr, was er sagte.
Αλλά οι άλλοι δεν καταλάβαιναν πια τι έλεγε.
Vielleicht hatte er sich inzwischen an seine Ohren gewöhnt.
Ίσως είχε πλέον συνηθίσει τα αυτιά του.
Aber zumindest verstanden sie seine Situation jetzt besser.
Αλλά τουλάχιστον τώρα καταλάβαιναν καλύτερα την
κατάστασή του.
Sie erkannten, dass mit ihm tatsächlich etwas nicht stimmte.
Συνειδητοποίησαν ότι όντως κάτι δεν πήγαινε καλά με
αυτόν.
Und sie taten nun alles, was sie konnten, um ihm zu helfen.
Και τώρα έκαναν ό,τι μπορούσαν για να τον βοηθήσουν.

Dies gab Gregor ein Gefühl des Selbstvertrauens, das ihm gefehlt hatte.

Αυτό έδωσε στον Γκρέγκορ ένα αίσθημα αυτοπεποίθησης που του έλειπε.

Und er fühlte sich in der Familie wieder viel sicherer.

Και ένιωθε ξανά πολύ πιο ασφαλής μέσα στην οικογένεια.

Er hatte das Gefühl, wieder in den menschlichen Kreis aufgenommen zu sein.

Ένιωθε ότι είχε συμπεριληφθεί ξανά στον ανθρώπινο κύκλο.

Nun musste er hoffen, dass der Schlüsseldienst die Tür öffnen konnte.

Τώρα έπρεπε να ελπίζει ότι ο κλειδαράς θα μπορούσε να ανοίξει την πόρτα.

Und er hoffte, der Arzt könne solche Aufgaben ausführen.

Και ήλπιζε ότι ο γιατρός θα μπορούσε να εκτελέσει τέτοιες εργασίες.

Er würde bald wieder mehr reden müssen.

Σύντομα θα έπρεπε να μιλήσει ξανά περισσότερο.

Seine Stimme musste so klar wie möglich sein.

Η φωνή του έπρεπε να είναι όσο το δυνατόν πιο καθαρή.

Zur Vorbereitung auf das Treffen räusperte er sich.

Για να προετοιμαστεί για τη συνάντηση, καθάρισε τον λαιμό του.

Er bemühte sich jedoch, nur sehr leise zu husten.

Ωστόσο, έκανε ό,τι μπορούσε για να βήχει πολύ σιγά.

Das Geräusch klang möglicherweise anders als ein menschlicher Husten.

Ο θόρυβος μπορεί να ακουγόταν διαφορετικός από έναν ανθρώπινο βήχα.

Er wusste, dass er solche Dinge nicht mehr unterscheiden konnte.

Ήξερε ότι δεν μπορούσε πλέον να διακρίνει τέτοια πράγματα.

Im Nebenzimmer war es vollkommen still geworden.

Στο διπλανό δωμάτιο είχε επικρατήσει απόλυτη ησυχία.

Die Eltern saßen wahrscheinlich am Tisch.

Οι γονείς πιθανότατα κάθονταν στο τραπέζι.

Möglicherweise flüsterten sie mit dem Manager.

Μπορεί να ψιθύριζαν με τον διευθυντή.

Vielleicht lehnten alle an der Tür und lauschten.

Ίσως όλοι να ήταν ακουμπισμένοι στην πόρτα και να άκουγαν.

Gregor schob den Stuhl langsam in Richtung Tür.

Ο Γκρέγκορ έσπρωξε αργά την καρέκλα προς την πόρτα.

Er stemmte sich gegen die Tür und hielt sich aufrecht.

Έσπρωξε την πόρτα και κρατήθηκε όρθιος.

Er stellte fest, dass sich an seinen Fußsohlen ein wenig Klebstoff befand.

Έμαθε ότι τα μαξιλαράκια των ποδιών του είχαν λίγη κόλλα.

Und er ruhte sich dort einen Moment lang von der Anstrengung aus.

Και ξεκουράστηκε εκεί για μια στιγμή από την προσπάθεια.

Nachdem er sich ausreichend ausgeruht hatte, begann er mit der nächsten Aufgabe.

Αφού ξεκουράστηκε αρκετά, ξεκίνησε την επόμενη δουλειά.

Er begann, den Schlüssel mit dem Mund im Schloss zu drehen.

Άρχισε να γυρίζει το κλειδί στην κλειδαριά με το στόμα του.

Leider schien er gar keine Zähne zu haben.

Δυστυχώς, φαινόταν ότι δεν είχε πραγματικά δόντια.

Aber welche andere Möglichkeit hätte er gehabt, an die Schlüssel zu gelangen?

Αλλά ποιον άλλο τρόπο είχε για να αρπάξει τα κλειδιά;

Zum Glück für ihn waren seine Kiefer natürlich sehr kräftig.

Ευτυχώς γι' αυτόν, τα σαγόνια του ήταν φυσικά πολύ δυνατά.

Mit Hilfe seiner Kiefermuskeln brachte er den Schlüssel tatsächlich in Bewegung.

Με τη βοήθεια των σαγονιών του κατάφερε πραγματικά να κινήσει το κλειδί.

Er hatte keinen Zweifel daran, dass er sich damit auch selbst schadete.

Δεν είχε καμία αμφιβολία ότι προκαλούσε κι ο ίδιος κακό στον εαυτό του.

Weil eine braune Flüssigkeit aus seinem Mund kam.

Επειδή ένα καφέ υγρό έβγαινε από το στόμα του.

Die braune Flüssigkeit ergoss sich über den Schlüssel und die Tür hinunter.

Το καφέ υγρό κύλησε πάνω από το κλειδί και κάτω από την πόρτα.

Aber Gregor kümmerte es nicht, dass er sich selbst schadete.

Αλλά ο Γκρέγκορ δεν ένοιαζε που έκανε κακό στον εαυτό του.

„Können Sie das hören?", fragte der Manager im Nebenraum.

«Το ακούς αυτό;» είπε ο διευθυντής στο διπλανό δωμάτιο.

„Er dreht den Schlüssel um", hatte der Manager bemerkt.

«Γυρίζει το κλειδί», είχε παρατηρήσει ο διευθυντής.

Diese Worte waren eine große Ermutigung für Gregor.

Αυτά τα λόγια ήταν μεγάλη ενθάρρυνση για τον Γκρέγκορ.

Aber auch Vater und Mutter hätten rufen sollen:

Αλλά ο πατέρας και η μητέρα θα έπρεπε επίσης να φωνάξουν:

„Gut gemacht, Gregor!", hätten sie ihm zurufen sollen.

«Ωραία, Γκρέγκορ», θα έπρεπε να του φωνάξουν.

„Immer weiter, immer weiter am Schlüssel drehen, du schaffst das."

«Συνέχισε, συνέχισε να γυρίζεις αυτό το κλειδί, μπορείς να τα καταφέρεις.»

Stattdessen musste Gregor sich ihre Begeisterung vorstellen.

Αλλά αντίθετα, ο Γκρέγκορ έπρεπε να φανταστεί τον ενθουσιασμό τους.

Er presste die Zähne zusammen mit aller Kraft, die er hatte.

Έσφιξε τα σαγόνια του με όση δύναμη είχε.

Und er drehte den Schlüssel weiter im Schloss.

Και συνέχισε να γυρίζει το κλειδί στην κλειδαριά.

Sein Körper wand sich schmerzhaft im Kreis.

Επώδυνα το σώμα του στριφογύριζε γύρω από αυτό σε έναν κύκλο.

Er konnte sich nur noch mit dem Mund aufrecht halten.

Τώρα κρατιόταν όρθιος μόνο με το στόμα του.

Um den Schlüssel weiterzudrehen, drückte er gegen die Tür.

Για να συνεχίσει να στρίβει το κλειδί, πάτησε την πόρτα.

Schließlich weckte das Knacken des Schlosses Gregor wieder auf.

Τελικά, το κροτάλισμα της κλειδαριάς ξύπνησε ξανά τον Γκρέγκορ.

„Ich brauchte also keinen Schlüsseldienst", seufzte er erleichtert.

«Άρα δεν χρειαζόμουν τον κλειδαρά», αναστέναξε με ανακούφιση.

Jetzt musste er nur noch die Tür öffnen, die er aufgeschlossen hatte.

Τώρα απλώς έπρεπε να ανοίξει την πόρτα που είχε ξεκλειδώσει.

Und mit dem Kopf auf dem Türgriff öffnete er die Tür.

Και με το κεφάλι του στη λαβή άνοιξε την πόρτα.

Er befand sich hinter der Tür, die in sein Zimmer führte.

Ήταν πίσω από την πόρτα, η οποία άνοιγε στο δωμάτιό του.

Die Tür war also schon offen, bevor man ihn sehen konnte.

Έτσι η πόρτα ήταν ήδη ανοιχτή πριν καν τον δουν.

Als Nächstes musste er sich um die Tür herummanövrieren.

Στη συνέχεια έπρεπε να κάνει ελιγμούς γύρω από την ίδια την πόρτα.

Diese schwierige Bewegung erforderte auch viel Mühe.

Αυτή η δύσκολη κίνηση απαιτούσε επίσης πολλή προσπάθεια.

Er wollte nicht ungeschickt in den nächsten Raum fallen.

Δεν ήθελε να πέσει αδέξια στο διπλανό δωμάτιο.

So hatte er keine Zeit, sich auf irgendetwas anderes zu konzentrieren.

Έτσι δεν είχε χρόνο να ασχοληθεί με τίποτα άλλο.

Doch dann hörte er den Hauptsekretär laut „Oh!" ausrufen.

Αλλά τότε άκουσε τον αρχιγραμματέα να ψελλίζει δυνατά ένα «Ω!»

Es klang, als würde der Wind durchs Haus rauschen.

Ακουγόταν σαν ο άνεμος να φυσούσε μέσα στο σπίτι.

Er war zufällig derjenige, der der Tür am nächsten stand.

Τυχαίνει να ήταν αυτός που ήταν πιο κοντά στην πόρτα.

Und als er ihn nun sah, presste er die Hand an den Mund.

Και τώρα, βλέποντάς τον, έβαλε το χέρι του στο στόμα του.

Langsam bewegte er sich rückwärts, weg von Gregor.

Κινήθηκε αργά προς τα πίσω, μακριά από τον Γκρέγκορ.

Aber es war, als ob eine unsichtbare Kraft auf ihn einwirkte.

Αλλά ήταν σαν μια αόρατη δύναμη να ενεργεί πάνω του.

Das Erste, was die Mutter tat, war, den Vater anzusehen.

Το πρώτο πράγμα που έκανε η μητέρα ήταν να κοιτάξει τον πατέρα.

Trotz der Anwesenheit des Managers war ihr Haar zerzaust.

Παρά την παρουσία του διευθυντή, τα μαλλιά της ήταν ατημέλητα.

Sie verschränkte die Arme und machte zwei Schritte nach vorn.

Άνοιξε τα χέρια της και έκανε δύο βήματα μπροστά.

Doch dann brach sie mitten in ihrem Rock zusammen.

Αλλά μετά κατέρρευσε στη μέση της φούστας της.

Ihr Kleid breitete sich um sie herum auf dem Boden aus.

Το φόρεμά της απλώθηκε γύρω της στο πάτωμα.

Und ihr Kopf verschwand auf ihren eigenen Brüsten.

Και το κεφάλι της εξαφανίστηκε πάνω στο ίδιο της το στήθος.

Der Vater ballte mit feindseligem Gesichtsausdruck die Faust.

Ο πατέρας έσφιξε τη γροθιά του με μια εχθρική έκφραση.

Er schien Gregor zurück in sein Zimmer drängen zu wollen.

Φαινόταν να θέλει να σπρώξουν τον Γκρέγκορ πίσω στο δωμάτιό του.

Dann blickte er unsicher im Wohnzimmer umher.

Έπειτα κοίταξε με αμφιβολία γύρω του στο σαλόνι.

Und schließlich bedeckte er seine Augen mit den Händen.

Και τελικά κάλυψε τα μάτια του ανάμεσα στα χέρια του.

Und er weinte bitterlich, bis seine mächtige Brust erbebte.

Και έκλαιγε πικρά μέχρι που το δυνατό του στήθος σείστηκε.

Gregor betrat ihr Zimmer tatsächlich gar nicht.

Ο Γκρέγκορ δεν μπήκε καθόλου στο δωμάτιό τους.

Stattdessen lehnte er sich an den Türrahmen.

Αντίθετα, έγειρε στο πλαίσιο της πόρτας.

Von außen war nur die Hälfte seines Körpers sichtbar.

Μόνο το μισό του σώματός του ήταν ορατό σε όσους βρίσκονταν έξω.

Und auf seinem Körper befand sich sein Kopf, zur Seite geneigt.

Και πάνω στο σώμα του βρισκόταν το κεφάλι του, γερμένο στο πλάι.

Das Licht war inzwischen viel heller geworden als zuvor.

Μέχρι τώρα το φως είχε γίνει πολύ πιο φωτεινό από πριν.

Man konnte nun deutlich die andere Straßenseite sehen.

Μπορούσε κανείς να δει καθαρά τώρα την άλλη πλευρά του δρόμου.

Ein Teil des endlosen, grauen Krankenhauses gab sich zu erkennen.

Ένα τμήμα του ατελείωτου, γκρίζου νοσοκομείου αποκαλύφθηκε.

Der Morgenregen hatte noch nicht ganz aufgehört.

Η πρωινή βροχή δεν είχε σταματήσει εντελώς ακόμα.

Doch nun waren die Regentropfen größer und weiter voneinander entfernt.

Αλλά τώρα οι σταγόνες βροχής ήταν μεγαλύτερες και πιο μακριά η μία από την άλλη.

Das Frühstücksbuffet war in Hülle und Fülle vorhanden.

Τα πιάτα για πρωινό ήταν άφθονα στο τραπέζι.

Der Vater hielt das Frühstück für die wichtigste Mahlzeit.

Ο πατέρας θεωρούσε το πρωινό το πιο σημαντικό γεύμα.

Das Frühstück war eine Mahlzeit, die er stundenlang in die Länge zog.

Το πρωινό ήταν ένα γεύμα που το έσερνε για ώρες.

Und in diesen Stunden las er die verschiedenen Zeitungen.

Και αυτές τις ώρες διάβαζε τις διάφορες εφημερίδες.

Direkt gegenüber hing ein Foto von Gregor.

Ακριβώς στον απέναντι τοίχο κρεμόταν μια φωτογραφία του Γκρέγκορ.

Das Foto an der Wand zeigte ihn als Leutnant.

Η φωτογραφία στον τοίχο τον έδειχνε ως υπολοχαγό.

Es war ein Foto aus seiner Zeit beim Militär.

Ήταν μια φωτογραφία από την εποχή που υπηρέτησε στον στρατό.

Seine Hand ruhte auf seinem Schwert, und er hatte ein unbeschwertes Lächeln im Gesicht.

Το χέρι του ήταν στο σπαθί του και είχε ένα ανέμελο χαμόγελο.

Seine Haltung und seine Uniform flößten einen gewissen Respekt ein.

Η στάση του σώματος και η στολή του απαιτούσαν έναν ορισμένο σεβασμό.

Die andere Tür, die zum Vorzimmer führte, war ebenfalls offen.

Η άλλη πόρτα που οδηγούσε στον προθάλαμο ήταν επίσης ανοιχτή.

Und die Tür zur Wohnung war auch noch offen.

Και η πόρτα του διαμερίσματος ήταν ακόμα ανοιχτή.

Man konnte bis zum Vorhof des Wohnhauses sehen.

Μπορούσε κανείς να δει μέχρι την αυλή του διαμερίσματος.

Und dann führte die Treppe hinunter auf die Straße.

Και μετά τα σκαλιά οδηγούσαν στον από κάτω δρόμο.

Gregor war der Einzige, der die Fassung bewahrt hatte.

Ο Γκρέγκορ ήταν ο μόνος που είχε διατηρήσει την ψυχραιμία του.

Er hat das gesehen, daher lag die Verantwortung für das Gespräch bei ihm.

Το είδε αυτό, άρα η συζήτηση ήταν δική του ευθύνη.

"So, ich werde mich jetzt für die Arbeit anziehen", sagte er.

«Λοιπόν, τώρα θα ντυθώ για τη δουλειά», είπε.

„Sobald ich die Textilmuster verpackt habe, werde ich abreisen."

«Αφού συσκευάσω τα δείγματα υφασμάτων, θα φύγω.»

"Beabsichtigen Sie immer noch, mich zu entlassen, Herr Prokurist?"

«Εξακολουθείτε να σκοπεύετε να με απολύσετε, κύριε Προκούριστ;»

„Wie Sie sehen, bin ich nicht so stur, wie Sie dachten."

«Όπως βλέπεις, δεν είμαι τόσο πεισματάρης όσο νόμιζες.»

„Und Sie können sehen, dass ich doch gerne arbeite."

«Και μπορείς να δεις ότι τελικά μου αρέσει να δουλεύω.»

„Ich kann zugeben, dass Reisen aus beruflichen Gründen nicht einfach ist."

«Μπορώ να παραδεχτώ ότι τα ταξίδια για δουλειά δεν είναι εύκολα.»

„Aber ich kann auch akzeptieren, dass es Teil meines Jobs ist."

«Αλλά μπορώ επίσης να αποδεχτώ ότι είναι μέρος της δουλειάς μου».

"Manager, wo gehen Sie hin? Zurück ins Büro?"

«Διευθυντά, πού πηγαίνετε; Πίσω στο γραφείο;»

„Werden Sie alles, was Sie gesehen haben, wahrheitsgemäß berichten?"

«Θα αναφέρεις με ειλικρίνεια όλα όσα είδες;»

„Manchmal kommt es vor, dass man nicht zur Arbeit gehen kann."

«Μερικές φορές συμβαίνει κάποιος να μην μπορεί να πάει στη δουλειά.»

„Das ist der richtige Zeitpunkt, um sich an vergangene Erfolge zu erinnern."

«Αυτή είναι η κατάλληλη στιγμή να θυμηθούμε τα επιτεύγματα του παρελθόντος».

„Nachdem die Schwierigkeit beseitigt wurde, funktioniert es sogar noch besser."

«Αφού αφαιρέσεις τη δυσκολία, λειτουργείς ακόμα καλύτερα.»

„Mein Fleiß und meine Konzentration werden zunehmen.“

«Η επιμέλεια και η συγκέντρωσή μου πρόκειται να αυξηθούν.»

"Sie wissen ganz genau, dass ich dem Chef etwas schulde."

«Ξέρεις πολύ καλά ότι είμαι υπόχρεος στο αφεντικό.»

„Aber ich mache mir auch Sorgen um meine Eltern und meine Schwester.“

«Αλλά επίσης, ανησυχώ για τους γονείς μου και την αδερφή μου.»

„Ich stecke in einer schwierigen Lage, aber ich werde einen Weg finden, da wieder herauszukommen.“

«Είμαι σε δύσκολη θέση, αλλά θα προσπαθήσω να ξεφύγω.»

„Macht es nicht noch schwieriger, als es ohnehin schon ist.“

«Μην το κάνεις αυτό πιο δύσκολο από ό,τι είναι ήδη.»

„Als Kollegen müssen wir uns auch gegenseitig helfen.“

«Ως συνάδελφοι, πρέπει επίσης να βοηθάμε ο ένας τον άλλον.»

„Ich weiß, dass die Büroangestellten die Reisenden nicht mögen.“

«Ξέρω ότι οι υπάλληλοι γραφείου δεν συμπαθούν τους ταξιδιώτες.»

„Ihr glaubt, wir verdienen ein Vermögen und führen ein gutes Leben.“

«Νομίζεις ότι βγάζουμε μια περιουσία και ζούμε καλές ζωές.»

„Sie haben keinen wirklichen Grund, ihre Vorurteile zu hinterfragen.“

«Δεν έχουν κανέναν πραγματικό λόγο να σκεφτούν την προκατάληψή τους».

„Sie als befugter Beamter haben jedoch eine andere Rolle.“

«Αλλά εσείς, εξουσιοδοτημένος αξιωματικός, έχετε διαφορετικό ρόλο.»

„Sie haben einen besseren Überblick als die anderen Mitarbeiter.“

«Έχετε καλύτερη συνολική εικόνα από το υπόλοιπο προσωπικό.»

„Tatsächlich glaube ich, dass Sie den besten Überblick haben.“

«Μάλιστα, νομίζω ότι ίσως έχεις την καλύτερη γενική εικόνα.»

„Sie haben einen besseren Überblick als der Chef selbst.“

«Έχεις καλύτερη εικόνα από τον ίδιο τον προϊστάμενο.»

„Ich gebe zu, dass der Chef die unternehmerische Arbeit leistet.“

«Παραδέχομαι ότι το αφεντικό κάνει όντως την επιχειρηματική δουλειά.»

„Aber es ist leicht, dass seine Urteile in die Irre geführt werden.“

«Αλλά είναι εύκολο οι κρίσεις του να παραπλανηθούν.»

„Und diese kleinen Fehleinschätzungen können uns zum Nachteil gereichen.“

«Και αυτές οι μικρές λανθασμένες κρίσεις μπορούν να αποβούν εις βάρος μας».

„Sie wissen ja, wie leicht es ist, über den Reisenden zu sprechen.“

«Ξέρεις πόσο εύκολο είναι να μιλήσεις για τον ταξιδιώτη.»

„Er ist nicht da, um seinen Ruf vor Gerüchten zu verteidigen.“

«Δεν είναι εκεί για να υπερασπιστεί τη φήμη του από κουτσομπολιά».

„Diese Anschuldigungen können leicht nur Zufälle sein.“

«Αυτές οι κατηγορίες μπορούν εύκολα να είναι απλώς συμπτώσεις.»

„Viele Beschwerden beruhen nicht einmal auf irgendeiner Wahrheit.“

«Πολλά παράπονα δεν έχουν καν τις ρίζες τους σε κάποια αλήθεια.»

„Er ist fast das ganze Jahr über nicht im Büro.“

«Λείπει από το γραφείο σχεδόν όλο το χρόνο.»

Welche Chance hat er, seinen Ruf zu verteidigen?

«Τι πιθανότητες έχει να υπερασπιστεί τη φήμη του;»

„Er erfährt gar nichts von den Anschuldigungen.“

«Δεν έχει καν την ευκαιρία να ακούσει για τις κατηγορίες.»

„Er erfährt erst, was gesagt wurde, wenn es zu spät ist.“

«Ανακαλύπτει τι έχει ειπωθεί όταν είναι πολύ αργά.»

„Zu diesem Zeitpunkt ist er von der Tagesreise völlig erschöpft.“

«Σε αυτό το στάδιο είναι εξαντλημένος από το ταξίδι της ημέρας.»

„Er muss die schrecklichen Konsequenzen trotzdem am eigenen Leib erfahren.“

«Πρέπει ούτως ή άλλως να βιώσει τις τρομερές συνέπειες.»

„Auch wenn er keine Möglichkeit hat, das Problem zu verstehen.“

«Παρόλο που δεν έχει τρόπο να καταλάβει το πρόβλημα.»

"Oh Manager, gehen Sie nicht, ohne mir ein Wort zu sagen."

«Ω, διευθύνε, μην φύγεις χωρίς να μου πεις λέξη.»

„Sag mir wenigstens, dass du mir teilweise zustimmst.“

«Τουλάχιστον πες μου ότι συμφωνείς μαζί μου εν μέρει.»

Der Manager hatte sich aber schon viel früher von Gregor abgewandt.

Αλλά ο διευθυντής είχε απομακρυνθεί από τον Γκρέγκορ πολύ νωρίτερα.

Seine Schulter zuckte, als er Gregor anblickte.

Ο ώμος του τινάχτηκε όταν κοίταξε ξανά τον Γκρέγκορ.

Und er blieb während der gesamten Rede kein einziges Mal stehen.

Και δεν έμεινε ακίνητος ούτε μια φορά κατά τη διάρκεια της ομιλίας.

Er hatte Gregor mit zusammengepressten Lippen angesehen.

Κοίταζε ξανά τον Γκρέγκορ με σφιγμένα χείλη.

Er hatte sich allmählich in Richtung Tür zurückgezogen.

Υποχωρούσε σταδιακά προς την πόρτα.

Aber auch er konnte den Blick nicht von Gregor abwenden.

Αλλά ούτε αυτός μπορούσε να πάρει τα μάτια του από τον Γκρέγκορ.

Er hatte das Gefühl, es gäbe ein geheimes Verbot, den Raum zu verlassen.

Ένιωθε σαν να υπήρχε μια μυστική απαγόρευση να φύγει από το δωμάτιο.

Zu diesem Zeitpunkt befand er sich aber bereits in der Eingangshalle.

Αλλά σε αυτό το στάδιο βρισκόταν ήδη στην είσοδο.

Und nun machte er eine plötzliche Bewegung in Richtung Ausgang.

Και τώρα έκανε μια απότομη κίνηση προς την έξοδο.

Er streckte seine rechte Hand in Richtung der Treppe aus.

Άπλωσε το δεξί του χέρι προς τις σκάλες.

Vielleicht wartete eine übernatürliche Macht darauf, ihn zu retten.

Ίσως μια υπερφυσική δύναμη τον περίμενε για να τον σώσει.

Gregor wusste, dass er ihn so nicht gehen lassen konnte.

Ο Γκρέγκορ ήξερε ότι δεν μπορούσε να του επιτρέψει να φύγει έτσι.

Der Manager darf nicht in der Stimmung zurückkehren, in der er sich befand.

Ο διευθυντής δεν πρέπει να επιστρέψει με τη διάθεση που είχε.

Gregors Arbeitsplatz war stark gefährdet.

Η ασφάλεια της εργασίας του Γκρέγκορ βρισκόταν σε μεγάλο κίνδυνο.

Die Eltern konnten das alles nicht vollständig verstehen.

Οι γονείς δεν μπορούσαν να καταλάβουν πλήρως όλα αυτά.

Über die Jahre hatten sie sich an seine Arbeitsplatzsicherheit gewöhnt.

Με τα χρόνια είχαν συνηθίσει την ασφάλεια της εργασίας του.

Und sie waren davon überzeugt, dass er den Job auf Lebenszeit hatte.

Και είχαν πειστεί ότι είχε τη δουλειά για μια ζωή.

Stattdessen hatten sie sich mit anderen Sorgen beschäftigt.

Αντίθετα, είχαν ασχοληθεί με περισσότερες άλλες ανησυχίες.

Doch diese Bedenken führten dazu, dass sie jegliche Weitsicht verloren.

Αλλά αυτές οι ανησυχίες τους οδήγησαν στο να χάσουν κάθε διορατικότητα.

Gregor hatte jedoch die elterliche Weitsicht nicht verloren.

Ο Γκρέγκορ, ωστόσο, δεν είχε χάσει την προνοητικότητα του γονέα.

Jemand musste den Bevollmächtigten stoppen.

Κάποιος έπρεπε να σταματήσει τον εξουσιοδοτημένο εκπρόσωπο.

Er musste ihn beruhigen und überzeugen.

Έπρεπε να τον ηρεμήσει και να τον πείσει.

Davon hing die Zukunft von Gregor und seiner Familie ab!

Το μέλλον του Γκρέγκορ και της οικογένειάς του εξαρτιόταν από αυτό!

Wenn doch nur die kluge Schwester da gewesen wäre, um zu helfen.

Μακάρι η έξυπνη αδερφή να ήταν εδώ για να βοηθήσει.

Sie hatte schon geweint, als Gregor noch in seinem Zimmer war.

Είχε ήδη κλάψει όταν ο Γκρέγκορ ήταν ακόμα στο δωμάτιό του.

Zu diesem Zeitpunkt lag er einfach nur ruhig auf dem Rücken.

Εκείνη τη στιγμή απλώς ξάπλωνε ήσυχα ανάσκελα.

Sie wusste damals schon um die Bedeutung der Situation.

Ήδη τότε γνώριζε τη σημασία της κατάστασης.

Der Manager hatte bekanntermaßen eine Schwäche für Frauen.

Ο διευθυντής είχε μια γνωστή αδυναμία στις γυναίκες.

Sie hätte ihn leicht dazu überreden können, länger zu bleiben.

Θα μπορούσε εύκολα να τον είχε πείσει να μείνει περισσότερο.

Sie hätte die Tür geschlossen und ihn wieder hineingeführt.

Θα είχε κλείσει την πόρτα και θα τον είχε οδηγήσει πίσω μέσα.

Doch leider war die Schwester bereits aufgebrochen, um einen Arzt zu holen.

Αλλά δυστυχώς η αδελφή είχε πάει να φέρει γιατρό.

Deshalb blieb Gregor nichts anderes übrig, als es selbst zu tun.

Επομένως, ο Γκρέγκορ δεν είχε άλλη επιλογή από το να το κάνει ο ίδιος.

Er hatte nicht bedacht, welche Fähigkeiten er tatsächlich besaß.

Δεν είχε σκεφτεί ποιες ήταν στην πραγματικότητα οι ικανότητές του.

Und er hatte vergessen, seiner Fähigkeit zu sprechen zu misstrauen.

Και είχε ξεχάσει να μην εμπιστεύεται την ικανότητά του να μιλάει.

Dennoch verließ er die Sicherheit seines Zimmers.

Παρ' όλα αυτά, έφυγε από την ασφάλεια του δωματίου του.

Und er drängte sich durch die Öffnung des Zimmers.

Και προχώρησε μέσα από το άνοιγμα του δωματίου.

Der Manager war bereits auf dem Weg die Treppe hinunter.

Ο διευθυντής κατέβαινε ήδη τις σκάλες.

Aber er hielt sich mit beiden Händen am Geländer fest.

Αλλά κρατιόταν από τα κάγκελα και με τα δύο χέρια.

Gregor stürzte, als er sich durch die Tür schob.

Ο Γκρέγκορ έπεσε καθώς σπρώχνονταν μέσα από την πόρτα.

Er stieß einen kleinen Schrei aus, als er nach Halt griff.

Έβγαλε μια μικρή κραυγή καθώς άρπαξε για στήριξη.

Doch anstatt in Panik zu geraten, verspürte er ein körperliches Wohlbefinden.

Αλλά αντί για πανικό, ένιωσε μια σωματική ευεξία.

Zum ersten Mal an diesem Morgen fühlte sich etwas richtig an.

Για πρώτη φορά εκείνο το πρωί ένιωσα κάτι σωστό.

Alle seine Beine standen nun auf festem Boden.

Όλα τα πόδια του είχαν τώρα στέρεο έδαφος από κάτω τους.

Er war überrascht, wie gut er seine Beine kontrollieren konnte.

Έμεινε έκπληκτος με το πόσο καλά μπορούσε να ελέγξει τα πόδια του.

Er freute sich, festzustellen, dass seine Beine ihm vollkommen gehorchten.

Χάρηκε που παρατήρησε ότι τα πόδια του τον υπάκουαν απόλυτα.

Tatsächlich trugen ihn seine Beine überall hin, wo er hinwollte.

Στην πραγματικότητα, τα πόδια του τον πήγαιναν όπου ήθελε.

Bald würden all seine Sorgen ein Ende finden.

Σύντομα όλες οι θλίψεις του έμελλε να φτάσουν στο τέλος τους.

Doch im selben Augenblick sprang seine eigene Mutter auf.

Αλλά την ίδια ακριβώς στιγμή η μητέρα του πετάχτηκε πάνω.

Ihre Arme waren ausgestreckt und ihre Finger gespreizt.

Τα χέρια της ήταν τεντωμένα και τα δάχτυλά της ανοιχτά.

Und sie schrie: „Hilfe, um Gottes willen, helft mir!"

Και φώναξε, «Βοήθεια, για όνομα του Θεού, κάποιος ας βοηθήσει!»

Sie neigte den Kopf; sie wollte Gregor besser sehen.

Έγειρε το κεφάλι της· ήθελε να δει καλύτερα τον Γκρέγκορ.

Doch im Gegensatz zu ihrer ersten Handlung rannte sie zurück.

Αλλά σε αντιπαράθεση με την πρώτη ενέργεια, έτρεξε πίσω.

Sie hatte vergessen, dass der Tisch hinter ihr gedeckt war.

Είχε ξεχάσει ότι το τραπέζι ήταν στρωμένο πίσω της.

Alle Speisen fürs Frühstück standen noch auf dem Tisch.

Όλα τα πράγματα για πρωινό ήταν ακόμα στο τραπέζι.

Sie setzte sich hastig auf den Tisch, als sei sie abgelenkt.

Κάθισε βιαστικά στο τραπέζι, σαν να της είχε αποσπαστεί η προσοχή.

Und sie schien den verschütteten Kaffee nicht zu bemerken.

Και δεν φαινόταν να προσέχει τον χυμένο καφέ.

Der Kaffee, der inzwischen in den Teppich eingezogen war.

Ο καφές που τώρα μουλιαζόταν στο χαλί.

„Mutter, Mutter", sagte Gregor leise und blickte zu ihr auf.

«Μαμά, μητέρα», είπε απαλά ο Γκρέγκορ, κοιτάζοντάς την.

Im Moment war ihm der Manager nicht wichtig.

Προς το παρόν, ο προπονητής δεν ήταν σημαντικός για αυτόν.

Aber da war auch noch der Kaffee, der auf den Teppich tropfte.

Αλλά υπήρχε επίσης ο καφές που έσταζε στο χαλί.

Gregor konnte nicht widerstehen und schnappte nach dem Kaffee.

Ο Γκρέγκορ δεν μπόρεσε να αντισταθεί στο να τρίσει τα σαγόνια του στον καφέ.

Die Mutter fing wegen seines Verhaltens wieder an zu weinen.

Η μητέρα άρχισε να κλαίει ξανά εξαιτίας της συμπεριφοράς του.

Sie sprang vom Tisch, um Abstand von ihm zu gewinnen.

Πήδηξε από το τραπέζι για να αποστασιοποιηθεί από αυτόν.

Und sie rannte in die Arme ihres Vaters, um Schutz zu suchen.

Και έτρεξε στην αγκαλιά του πατέρα, για να σωθεί.

Doch Gregor hatte jetzt keine Zeit mehr für seine Eltern.

Αλλά ο Γκρέγκορ δεν είχε πλέον χρόνο να αφιερώσει στους γονείς του.

Der zuständige Beamte befand sich bereits auf der Treppe.

Ο εξουσιοδοτημένος αξιωματικός ήταν ήδη στις σκάλες.

Er hatte sein Kinn auf dem Geländer, um ins Haus zu schauen.

Είχε ακουμπήσει το πηγούνι του στο κιγκλίδωμα, για να κοιτάξει μέσα στο σπίτι.

Offenbar wollte er sich das Spektakel noch ein letztes Mal ansehen.

Προφανώς ήθελε να ρίξει μια τελευταία ματιά στο θέαμα.

Und Gregor unternahm einen letzten Versuch, den Manager
zu erreichen.

Και ο Γκρέγκορ έκανε μια τελευταία προσπάθεια να
φτάσει στον διευθυντή.

Er rannte so sicher wie möglich zur Tür.

Έτρεξε προς την πόρτα με όσο το δυνατόν μεγαλύτερη
ασφάλεια.

Aber der Hauptsekretär muss etwas geahnt haben.

Αλλά ο αρχιγραμματέας πρέπει να υποψιάστηκε κάτι.

Denn er sprang mehrere Stufen hinunter und verschwand.

Επειδή πήδηξε κάτω από αρκετά σκαλιά και εξαφανίστηκε.

"Huh!", rief Gregor, und sein Ruf hallte durch das
Treppenhaus.

«Χμμ!» φώναξε ο Γκρέγκορ, αντηχώντας μέσα από το
κλιμακοστάσιο.

Die Flucht des Managers schien auch seinen Vater zu
verwirren.

Η απόδραση του διευθυντή φάνηκε επίσης να μπέρδεψε
τον πατέρα του.

Bis dahin war es ihm gelungen, recht gefasst zu bleiben.

Μέχρι τότε είχε καταφέρει να παραμείνει αρκετά
ψύχραιμος.

Doch leider verlor auch er die Fassung, die er zuvor
besessen hatte.

Αλλά δυστυχώς κι αυτός έχασε την ψυχραιμία που είχε.

Er hätte Gregor bei seinem Vorhaben helfen sollen.

Αυτό που έπρεπε να είχε κάνει ήταν να βοηθήσει τον
Γκρέγκορ στην καταδίωξή του.

Doch er packte den Gehstock des Managers mit einer Hand.

Αλλά, άρπαξε το μπαστούνι του διευθυντή στο ένα χέρι.

In seiner anderen Hand hielt er nun eine Zeitung.

Και στο άλλο χέρι κρατούσε τώρα μια εφημερίδα.

Und nun behinderte er Gregor direkt bei seinem Vorhaben.

Και τώρα εμπόδιζε άμεσα τον Γκρέγκορ στην καταδίωξή
του.

Er hatte sich zwischen Gregor und die Straße gestellt.

Είχε τοποθετηθεί ανάμεσα στον Γκρέγκορ και τον δρόμο.

Er stampfte mit den Füßen auf und fuchtelte mit dem Stock und der Zeitung herum.

Χτύπησε τα πόδια του και κούνησε το μπαστούνι και την εφημερίδα.

Und er zwang Gregor aktiv zurück in sein Zimmer.

Και ανάγκαζε ενεργά τον Γκρέγκορ να επιστρέψει στο δωμάτιό του.

Keine der Bitten, die Gregor äußerte, half.

Κανένα από τα αιτήματα που προσπάθησε να κάνει ο Γκρέγκορ δεν βοήθησε.

Weil keines seiner Anliegen verstanden wurde.

Επειδή κανένα από τα αιτήματά του δεν έγινε κατανοητό.

Er wandte den Kopf in eine tiefere, demütigere Haltung.

Έστρεψε το κεφάλι του σε μια βαθύτερη, πιο ταπεινή γωνία.

Doch sein Vater antwortete, indem er noch heftiger mit den Füßen aufstampfte.

Αλλά ο πατέρας του απάντησε χτυπώντας τα πόδια του ακόμα πιο δυνατά.

Die Mutter öffnete trotz des kühlen Wetters ein Fenster.

Η μητέρα άνοιξε ένα παράθυρο, παρά τον δροσερό καιρό.

Und sie presste ihr Gesicht in die Hände vor Kälte.

Και έσφιξε το πρόσωπό της στα χέρια της μέσα στο κρύο.

Der Wind konnte nun durch die gesamte Wohnung strömen.

Ο άνεμος μπορούσε πλέον να διαπεράσει ολόκληρο το διαμέρισμα.

Ein starker Luftzug wehte vom Treppenhaus in die Gasse.

Ένα δυνατό ρεύμα αέρα φυσούσε από τη σκάλα προς το σοκάκι.

Die Vorhänge wurden vom starken Wind hin und her bewegt.

Οι κουρτίνες κυμάτιζαν από τον δυνατό άνεμο.

Und die Zeitung auf dem Tisch raschelte im Wind.

Και η εφημερίδα στο τραπέζι θρόιζε στον άνεμο.

Sogar einige Blätter wurden von draußen ins Haus geweht.

Ακόμη και μερικά φύλλα είχαν πεταχτεί μέσα στο σπίτι από έξω.

Der Vater stampfte mit den Füßen und schob unerbittlich.

Ο πατέρας χτυπούσε τα πόδια του και έσπρωχνε ασταμάτητα.

Und er zischte und gab Geräusche von sich, wie es ein Wilder tun würde.

Και σφύριξε και έβγαλε θορύβους σαν έναν άγριο άνθρωπο.

Gregor hatte das Rückwärtsgehen aber noch nicht geübt.

Αλλά ο Γκρέγκορ δεν είχε εξασκηθεί ακόμα στο να περπατάει προς τα πίσω.

Selbst Gregor würde zugeben, dass diese Bewegung wesentlich langsamer vonstatten ging.

Ακόμα και ο Γκρέγκορ θα παραδεχόταν ότι αυτή η κίνηση ήταν πολύ πιο αργή.

Doch alles, was er wollte, war die Gelegenheit, umzukehren.

Το μόνο που ήθελε όμως ήταν η ευκαιρία να κάνει μια ανατροπή.

Dann wäre er sofort in sein Zimmer gegangen.

Τότε θα είχε πάει κατευθείαν στο δωμάτιό του.

Aber er hatte zu große Angst, seinen Vater ungeduldig zu machen.

Αλλά φοβόταν πολύ μήπως κάνει τον πατέρα του ανυπόμονο.

Und es bestand die Drohung mit einem Schlag mit dem Stock.

Και υπήρχε η απειλή χτυπήματος με το μπαστούνι.

Ein solcher Schlag auf den Hinterkopf könnte tödlich sein.

Ένα τέτοιο χτύπημα στο πίσω μέρος του κεφαλιού θα μπορούσε να είναι θανατηφόρο.

Am Ende blieb Gregor jedoch keine andere Wahl.

Αλλά στο τέλος ο Γκρέγκορ δεν είχε άλλη επιλογή.

Ihm wurde klar, dass er nicht einmal mehr geradeaus rückwärts gehen konnte.

Συνειδητοποίησε ότι δεν μπορούσε καν να περπατήσει προς τα πίσω ευθεία.

Er begann sich so schnell wie möglich umzudrehen.

Άρχισε να γυρίζει όσο πιο γρήγορα μπορούσε.

Doch in Wirklichkeit war diese Drehbewegung genauso langsam.

Αλλά στην πραγματικότητα αυτή η κίνηση στροφής ήταν εξίσου αργή.

Und ihm folgten die besorgten Blicke des Vaters.

Και τον ακολούθησαν τα ανήσυχα βλέμματα του πατέρα.

Vielleicht bemerkte der Vater Gregors gute Absichten.

Ίσως ο πατέρας πρόσεξε τις καλές προθέσεις του Γκρέγκορ.

Weil er ihn nicht daran hinderte, sich umzudrehen.

Επειδή δεν τον εμπόδισε να γυρίσει.

Er benutzte sogar die Spitze seines Stocks, um die Drehung zu steuern.

Χρησιμοποιούσε ακόμη και την άκρη του μπαστουνιού του για να καθοδηγεί την περιστροφή.

Gregor wünschte sich aber dennoch, sein Vater hätte ihn nicht angefaucht!

Αλλά ο Γκρέγκορ εξακολουθούσε να εύχεται να μην του είχε σφυρίξει ο πατέρας!

Das Zischen trug nur noch zur Verwirrung des Augenblicks bei.

Το σφύριγμα μόνο επιδείνωσε τη σύγχυση της στιγμής.

Und dann unterlief ihm ein Fehler, und er bog in die falsche Richtung ab.

Και μετά έκανε ένα λάθος και έστριψε προς τη λάθος κατεύθυνση.

Am Ende gelang es ihm schließlich doch, den richtigen Weg einzuschlagen.

Στο τέλος κατάφερε να αντιμετωπίσει τον σωστό δρόμο.

Und er war zufrieden mit den Fortschritten, die er gemacht hatte.

Και ήταν ευχαριστημένος με την πρόοδο που είχε σημειώσει.

Doch dann trat das nächste Problem noch deutlicher zutage.

Αλλά τότε το επόμενο πρόβλημα έγινε ακόμη πιο εμφανές.

Sein Körper war zu breit, um problemlos durch die Tür zu passen.

Το σώμα του ήταν πολύ φαρδύ για να χωρέσει εύκολα μέσα από την πόρτα.

In seinem jetzigen Zustand bemerkte der Vater dies nicht.

Στην τωρινή του κατάσταση, ο πατέρας δεν το πρόσεξε αυτό.

Deshalb kam es ihm nicht in den Sinn, die Tür weiter zu öffnen.

Έτσι δεν του πέρασε από το μυαλό να ανοίξει την πόρτα περισσότερο.

Dann wäre genügend Platz für Gregor gewesen.

Τότε θα υπήρχε αρκετός χώρος για τον Γκρέγκορ.

Seine einzige Priorität war es, Gregor in sein Zimmer zu bringen.

Η μόνη του προτεραιότητα ήταν να βάλει τον Γκρέγκορ στο δωμάτιό του.

Er hätte aufstehen müssen, um durch die Tür zu passen.

Θα έπρεπε να σηκωθεί όρθιος για να περάσει την πόρτα.

Der Vater hätte ein solches Manöver jedoch nicht zugelassen.

Αλλά ο πατέρας δεν θα επέτρεπε έναν τέτοιο ελιγμό.

Tatsächlich fauchte er ihn noch heftiger an als zuvor.

Στην πραγματικότητα, του σφύριζε ακόμα πιο άγρια από πριν.

Es klang nach mehr als nur einem Mann, der ihn anzischt.

Ακουγόταν σαν κάτι περισσότερο από ένας απλός άντρας που του σφύριζε.

Seine Forderungen schienen nun an Dringlichkeit gewonnen zu haben.

Οι απαιτήσεις του φαινόταν να έχουν μια νέα επείγουσα ανάγκη πίσω τους.

Für Spielereien war jetzt wirklich keine Zeit mehr.

Πραγματικά δεν υπήρχε πια χρόνος για χαζομάρες.

Was auch immer geschah, Gregor musste durch die Tür gelangen.

Ό,τι και να είχε συμβεί, ο Γκρέγκορ έπρεπε να περάσει την πόρτα.

**Er kämpfte sich ohne jegliche Rücksicht auf sich selbst
durch.**

Πίεσε τον εαυτό του χωρίς καμία αυτοεκτίμηση.

**Durch die Bewegung würde eine Seite seines Körpers nach
oben gedrückt.**

Η μία πλευρά του σώματός του αναγκάστηκε να
ανασηκωθεί προς τα πάνω από την κίνηση.

Und er lag unbeholfen und schief zwischen den Türrahmen.

Και ξάπλωσε αδέξια και στραβά ανάμεσα στην πόρτα.

Eine seiner Flanken war am Holz wundgescheuert.

Ένα από τα πλευρά του ήταν τριμμένο άψογα στο ξύλο.

**Und er hatte hässliche Flecken auf der weiß gestrichenen
Tür hinterlassen.**

Και είχε αφήσει άσχημους λεκέδες στην άσπρη βαμμένη
πόρτα.

**Auf einer Seite seines Körpers hingen die Beine zitternd in
der Luft.**

Τα πόδια στη μία πλευρά του κρέμονταν τρέμοντας στον
αέρα.

**Seine anderen Beine drückten schmerzhaft gegen den
Boden.**

Τα άλλα του πόδια πιέζονταν επώδυνα στο πάτωμα.

**Bald würde er vollständig zwischen den Türen eingeklemmt
sein.**

Σύντομα θα είχε κολλήσει εντελώς ανάμεσα στην πόρτα.

**Und dann hätte er sich überhaupt nicht mehr bewegen
können.**

Και τότε δεν θα μπορούσε να κινηθεί καθόλου.

**Doch der Vater gab ihm einen wahrhaft befreienden,
starken Anstoß.**

Αλλά ο πατέρας του έδωσε μια πραγματικά
απελευθερωτική δυνατή ώθηση.

Und er stürzte, stark blutend, tief in sein Zimmer hinein.

Και έπεσε, αιμορραγώντας βαριά, βαθιά μέσα στο δωμάτιό
του.

Der Vater knallte die Tür hinter sich mit seinem Stock zu.

Ο πατέρας έκλεισε την πόρτα πίσω του με το μπαστούνι
του.
Und dann kehrte endlich wieder Ruhe ein.
Και μετά επιτέλους επικράτησε ξανά λίγη ηρεμία και
γαλήνη.

Teil Zwei
Μέρος Δεύτερο

Gregor wachte erst viel später am Tag auf.

Ο Γκρέγκορ δεν ξύπνησε παρά πολύ αργότερα μέσα στην ημέρα.

Die Dämmerung war hereingebrochen; er hatte tief und fest geschlafen.

Είχε πέσει το σούρουπο· είχε κοιμηθεί βαριά και αναίσθητος.

Er wäre auch ohne Störung aufgewacht.

Θα είχε ξυπνήσει ακόμα και χωρίς να τον ενοχλήσουν.

Denn er fühlte sich ausreichend ausgeruht und gut geschlafen.

Επειδή ένιωθε αρκετά ξεκούραστος και κοιμόταν καλά.

Aber er glaubte, draußen flüchtige Schritte zu hören.

Αλλά του νόμιζε ότι άκουσε κάποια φευγαλέα βήματα έξω.

Und vielleicht hat jemand die Haustür sorgfältig geschlossen.

Και κάποιος μπορεί να έκλεισε προσεκτικά την μπροστινή πόρτα.

Das Licht der elektrischen Straßenbahn lag blass an der Decke.

Το φως του ηλεκτρικού τραμ έπεφτε χλωμό στην οροφή.

Auch die Oberseite der Möbel wurde ein wenig beleuchtet.

Το πάνω μέρος των επίπλων έλαβε επίσης λίγο φως.

Doch unten am Boden, auf Gregors Höhe, war es dunkel.

Αλλά κάτω στο έδαφος, στο επίπεδο του Γκρέγκορ, ήταν σκοτεινά.

Seine Beine schoben ihn langsam wieder in Richtung Tür.

Τα πόδια του τον έσπρωξαν αργά ξανά προς την πόρτα.

Er war sehr neugierig, zu sehen, was dort geschehen war.

Ήταν πολύ περίεργος να δει τι είχε συμβεί εκεί.

Seine Kontrolle über seine Fühler war jedoch noch nicht entwickelt.

Αλλά ο έλεγχος των συναισθημάτων του δεν είχε ακόμη αναπτυχθεί.

Obwohl er diese neuen Sensoren allmählich zu schätzen begann.

Αν και άρχισε να εκτιμά αυτούς τους νέους αισθητήρες.

Eine lange, unansehnliche Narbe schien seine linke Seite hinunterzulaufen.

Μια μακριά, δυσάρεστη ουλή φαινόταν να τρέχει στην αριστερή του πλευρά.

Die Narbe fühlte sich an, als würde sie diese Seite seines Körpers einengen.

Η ουλή ένιωθε σαν να έσφιγγε εκείνη την πλευρά του σώματός του.

Und so musste er buchstäblich auf seinen zwei Beinreihen humpeln.

Και έτσι αναγκάστηκε κυριολεκτικά να κουτσαίνει στις δύο σειρές ποδιών του.

Eines seiner Beine war an diesem Morgen schwer verletzt worden.

Το ένα του πόδι είχε τραυματιστεί σοβαρά εκείνο το πρωί.

Es war wirklich ein Wunder, dass er sich nicht noch mehr Beine gebrochen hatte.

Πραγματικά ήταν θαύμα που δεν είχε σπάσει περισσότερα πόδια.

Und so schleppte er sein verletztes Bein leblos hinter sich her.

Και έτσι έσερνε άψυχα πίσω του το τραυματισμένο του πόδι.

Als er die Tür erreichte, erkannte er etwas Tiefgreifendes.

Όταν έφτασε στην πόρτα, συνειδητοποίησε κάτι βαθύ.

Es war der Geruch von etwas, der ihn dorthin gelockt hatte.

Ήταν η μυρωδιά κάποιου πράγματος που τον είχε δελεάσει εκεί.

In Gregors Zimmer war etwas Essbares für ihn hinterlassen worden.

Κάτι βρώσιμο είχε μείνει για τον Γκρέγκορ στο δωμάτιό του.

Stückchen Weißbrot schwimmen in einer Schüssel mit süßer Milch.

Κομμάτια λευκού ψωμιού που επιπλέουν σε ένα μπολ με γλυκό γάλα.

Er konnte seine innere Freude kaum verbergen.

Δύσκολα μπορούσε να συγκρατήσει τη χαρά που έκρυβε μέσα του.

Er war jetzt noch hungriger als am Morgen.

Πεινούσε ακόμα περισσότερο τώρα από ό,τι το πρωί.

Er tauchte sofort seinen Kopf in die Schüssel mit Milch.

Αμέσως βούτηξε το κεφάλι του στο μπολ με το γάλα.

Die Milch quoll ihm fast über den ganzen Kopf, bis zu den Augen.

Το γάλα ξεπρόβαλε σχεδόν σε όλο του το κεφάλι, μέχρι τα μάτια του.

Doch schon bald riss er den Kopf zurück, bitter enttäuscht.

Αλλά σύντομα τράβηξε το κεφάλι του πίσω, πικρά απογοητευμένος.

Das Essen war aufgrund seiner empfindlichen linken Seite schwierig.

Το φαγητό ήταν δύσκολο λόγω της ευαίσθητης αριστερής του πλευράς.

Und er konnte nur essen, indem er mit dem ganzen Körper keuchte.

Και μπορούσε να φάει μόνο λαχανιάζοντας με όλο του το σώμα.

Das war jedoch nicht der wahre Grund für seine Enttäuschung.

Αλλά αυτός δεν ήταν ο πραγματικός λόγος της απογοήτευσής του.

Milch war schon immer eines seiner Lieblingsgerichte gewesen.

Το γάλα ήταν πάντα ένα από τα αγαπημένα του πιάτα.

Er hatte keinen Zweifel daran, dass seine Schwester sich daran erinnerte.

Δεν είχε καμία αμφιβολία ότι η αδερφή του το θυμόταν αυτό.

Und das war der Grund, warum sie ihm Milch gegeben hatte.

Και αυτός ήταν ο λόγος που του είχε δώσει γάλα.

Er konnte nicht erklären, warum er Milch jetzt nicht mehr mochte.

Δεν μπορούσε να εξηγήσει γιατί τώρα αντιπαθούσε το γάλα.

Und er wandte sich fast widerwillig von der Schüssel ab.

Και γύρισε μακριά από το μπολ σχεδόν απρόθυμα.

Enttäuscht kroch er zurück in die Mitte des Raumes.

Απογοητευμένος, σύρθηκε πίσω στη μέση του δωματίου.

Hier konnte er durch den Türspalt hindurchsehen.

Εδώ μπόρεσε να δει μέσα από τη χαραμάδα της πόρτας.

Er konnte sehen, dass im Wohnzimmer das Feuer brannte.

Μπορούσε να δει ότι η φωτιά στο σαλόνι ήταν αναμμένη.

Gewöhnlich las der Vater um diese Zeit die Zeitung.

Συνήθως αυτή την ώρα ο πατέρας διάβαζε την εφημερίδα.

Er las seiner Mutter immer mit erhobener Stimme vor.

Πάντα διάβαζε στη μητέρα με υψωμένη φωνή.

Manchmal lauschte auch die Schwester dem Vater.

Μερικές φορές η αδερφή άκουγε και τον πατέρα.

Sie hatte Gregor immer von diesem Vorlesen erzählt.

Πάντα έλεγε στον Γκρέγκορ γι' αυτή την ανάγνωση φωναχτά.

Doch heute war aus dem Zimmer kein Laut zu hören.

Αλλά σήμερα δεν ακουγόταν κανένας ήχος από το δωμάτιο.

Vielleicht war diese Gewohnheit bereits in Vergessenheit geraten.

Ίσως αυτή η συνήθεια να είχε ήδη ξεπεραστεί.

Eine tiefe Stille hatte sich über die gesamte Wohnung gelegt.

Μια βαθιά ησυχία είχε απλωθεί σε όλο το διαμέρισμα.

Obwohl er wusste, dass die Wohnung ganz sicher nicht leer war.

Αν και ήξερε ότι το διαμέρισμα σίγουρα δεν ήταν άδειο.

„Was für ein ruhiges Leben die Familie doch führte", dachte Gregor.

«Τι ήσυχη ζωή ζούσε η οικογένεια», σκέφτηκε ο Γκρέγκορ.

Und er blickte mit großem Stolz in die Dunkelheit.

Και κοίταξε το σκοτάδι με μεγάλη υπερηφάνεια.

Er war stolz auf das Leben, das er ihnen hatte ermöglichen können.

Ήταν περήφανος για τη ζωή που είχε καταφέρει να τους χαρίσει.

Er war stolz auf die schöne Wohnung, in der sie lebten.

Ήταν περήφανος για το όμορφο διαμέρισμα στο οποίο έμεναν.

Doch sollte dieser Frieden nun ein schreckliches Ende nehmen?

Αλλά μήπως όλη αυτή η ειρήνη επρόκειτο να φτάσει σε ένα τρομερό τέλος;

Würde man ihnen ihren Wohlstand nehmen?

Θα τους αφαιρούνταν η ευημερία τους;

War ihre Zufriedenheit nun in Zukunft ungewiss?

Ήταν πλέον αβέβαιη η ικανοποίησή τους στο μέλλον;

Doch er wollte sich nicht in solchen Gedanken verlieren.

Αλλά δεν ήθελε να χαθεί σε τέτοιες σκέψεις.

Um sich die Zeit zu vertreiben, kroch er die Wände rauf und runter.

Για να κρατήσει τον εαυτό του απασχολημένο, σέρνονταν πάνω κάτω στους τοίχους.

Im Laufe des langen Abends wurde eine Tür einen Spalt breit geöffnet.

Κατά τη διάρκεια της μακράς βραδιάς, μια πόρτα άνοιξε ελαφρά.

Und zu einem anderen Zeitpunkt öffnete sich die andere Tür einen Spaltbreit.

Και κάποια άλλη στιγμή η άλλη πόρτα άνοιξε λίγο.

Doch beide Male wurden die Türen schnell wieder geschlossen.

Αλλά και τις δύο φορές οι πόρτες έκλεισαν γρήγορα ξανά.

Offenbar hatte jemand draußen den Wunsch, hereinzukommen.

Προφανώς κάποιος απ' έξω είχε την επιθυμία να μπει μέσα.

Aber sie hatten auch zu viele Bedenken, hereinzukommen.

Αλλά είχαν επίσης πάρα πολλές ανησυχίες για την είσοδό τους.

Gregor blieb nun direkt vor der Wohnzimmertür stehen.

Ο Γκρέγκορ σταμάτησε τώρα ακριβώς στην πόρτα του σαλονιού.

Er war fest entschlossen, den zögernden Besucher irgendwie zu verführen.

Ήταν αποφασισμένος να δελεάσει με κάποιο τρόπο τον διστακτικό επισκέπτη.

Und er wollte auch wissen, wer der Besucher gewesen war.

Και ήθελε επίσης να μάθει ποιος ήταν ο επισκέπτης.

Doch an diesem Abend wurde die Tür kein drittes Mal geöffnet.

Αλλά εκείνο το βράδυ η πόρτα δεν άνοιξε για τρίτη φορά.

Und Gregor verbrachte seine Zeit vergeblich damit, an der Tür zu warten.

Και ο Γκρέγκορ περνούσε τον χρόνο του περιμένοντας στην πόρτα μάταια.

Früher am Tag wollten sie alle in den Raum kommen.

Νωρίτερα εκείνη την ημέρα όλοι ήθελαν να μπουν στο δωμάτιο.

Jetzt, da die Türen unverschlossen waren, würde es ihnen leichter fallen.

Τώρα που οι πόρτες ήταν ξεκλείδωτες, θα ήταν πιο εύκολο γι' αυτούς.

Aber sie entschieden sich dafür, auf der anderen Seite des Raumes zu bleiben.

Αλλά επέλεξαν να μείνουν στην άλλη άκρη του δωματίου.

Gregor bemerkte, dass die Schlüssel nicht mehr in ihren Schlössern steckten.

Ο Γκρέγκορ παρατήρησε ότι τα κλειδιά δεν ήταν πια στις κλειδαριές τους.

Jemand muss die Schlüssel zum Außenschloss umgesteckt haben.

Κάποιος πρέπει να έχει μετακινήσει τα κλειδιά στην εξωτερική κλειδαριά.

Erst spät in der Nacht wurde das Licht im Wohnzimmer ausgeschaltet.

Μόνο αργά το βράδυ έσβησε το φως του σαλονιού.

Die Familie muss die ganze Zeit wach geblieben sein.

Η οικογένεια πρέπει να έμεινε ξύπνια όλο αυτό το διάστημα.

Und Gregor konnte deutlich hören, wie sie sich auf Zehenspitzen davonschlichen.

Και ο Γκρέγκορ τους άκουγε καθαρά να απομακρύνονται στις μύτες των ποδιών.

Nun würde bis zum Morgen niemand zu Gregor kommen.

Τώρα κανείς δεν επρόκειτο να έρθει στον Γκρέγκορ μέχρι το πρωί.

So hatte er lange Zeit für sich, um ungestört nachzudenken.

Έτσι είχε πολύ χρόνο μόνος του, για να σκεφτεί ανενόχλητος.

Wie könnte man sein Leben jetzt am besten neu ordnen?

Ποιος θα ήταν ο καλύτερος τρόπος για να αναδιοργανώσει τη ζωή του τώρα;

Doch die hohen Wände des leeren Zimmers ängstigten ihn.

Αλλά οι ψηλοί τοίχοι του άδειου δωματίου τον τρόμαξαν.

Ihm blieb keine andere Wahl, als sich flach auf den Boden zu legen.

Δεν είχε άλλη επιλογή από το να ξαπλώσει καταγής.

Und er fand in diesem Raum niemals die Ursache seiner Angst.

Και ποτέ δεν βρήκε την αιτία του φόβου του σε εκείνο το χώρο.

Es war dasselbe Zimmer, in dem er seit fünf Jahren lebte.

Ήταν το ίδιο δωμάτιο στο οποίο έμενε για πέντε χρόνια.

Halb bewusst machte er eine Bewegung in Richtung Sofa.

Μισοσυνείδητα έκανε μια κίνηση προς τον καναπέ.

Und ohne jede Scham versteckte er sich unter dem Sofa.

Και χωρίς καμία ντροπή κρύφτηκε κάτω από τον καναπέ.

Dort unten fühlte er sich sofort wieder sehr wohl.

Εκεί κάτω ένιωσε αμέσως ξανά πολύ άνετα.

Obwohl sein Rücken etwas gequetscht war.

Παρά το γεγονός ότι η πλάτη του ήταν λίγο πιεσμένη.

Auch unter dem Sofa konnte er seinen Kopf nicht mehr heben.

Δεν μπορούσε πλέον να σηκώσει το κεφάλι του ούτε κάτω από τον καναπέ.

Aber selbst das zog er einem Aufenthalt im Freien vor.

Αλλά ακόμα και αυτό προτιμούσε από το να βρίσκεται σε οποιονδήποτε ανοιχτό χώρο.

Er bedauerte jedoch, dass sein Körper so breit war.

Ωστόσο, μετάνιωσε που το σώμα του ήταν τόσο πλατύ.

Das Sofa konnte seinen ganzen Körper nicht vollständig bedecken.

Ο καναπές δεν μπορούσε να καλύψει πλήρως όλο του το σώμα.

Er blieb die ganze Nacht unter dem Sofa.

Έμεινε κάτω από τον καναπέ όλη τη νύχτα.

Die Nacht verbrachte er halb schlafend, geplagt von seinem Hunger.

Τη νύχτα την πέρασε μισοκοιμισμένος, ταραγμένος από την πείνα του.

Und die Zeit, die er wach war, verbrachte er entweder in Sorgen oder in Hoffnung.

Και τον χρόνο που ήταν ξύπνιος τον περνούσε είτε ανησυχώντας είτε ελπίζοντας.

Doch all seine vagen Hoffnungen führten zu demselben Schluss.

Αλλά όλες οι αόριστες ελπίδες του οδηγούσαν στο ίδιο συμπέρασμα.

Ihm blieb nichts anderes übrig, als vorerst zu schweigen.

Δεν είχε άλλη επιλογή από το να παραμείνει σιωπηλός προς το παρόν.

Er musste der Familie gegenüber Geduld und Rücksichtnahme zeigen.

Έπρεπε να δείξει υπομονή και σεβασμό στην οικογένεια.

Es war die einzige Möglichkeit, die Unannehmlichkeiten erträglich zu machen.

Ήταν ο μόνος τρόπος για να γίνει η ταλαιπωρία υποφερτή.

Die Unannehmlichkeiten, die er nun der Familie auferlegte.

Η ταλαιπωρία που τώρα επέβαλε στην οικογένεια.

Er musste nicht lange warten, um sein Mitgefühl unter Beweis zu stellen.

Δεν χρειάστηκε να περιμένει πολύ για να αποδείξει τη συμπόνια του.

Früh am Morgen schaute die Schwester in sein Zimmer.

Νωρίς το πρωί η αδελφή κοίταξε στο δωμάτιό του.

Obwohl es eigentlich genauso viel Nacht wie Morgen war.

Αν και στην πραγματικότητα ήταν τόσο νύχτα όσο και πρωί.

Sie war vollständig angezogen und schien aufgeregt zu sein.

Ήταν πλήρως ντυμένη και φαινόταν να δείχνει ενθουσιασμό.

Die Tragfähigkeit seiner neu getroffenen Entscheidung könnte sich bewähren.

Η ισχύς της πρόσφατα ληφθείσας απόφασής του μπορούσε να δοκιμαστεί.

Sie entdeckte ihn nicht sofort auf Anhieb.

Δεν τον εντόπισε αμέσως με την πρώτη της ματιά.

Er musste irgendwo sein; weggeflogen konnte er nicht sein.

Έπρεπε να βρίσκεται κάπου· δεν γινόταν να πετάξει μακριά.

Doch dann schweifte ihr Blick ein zweites Mal durch den Raum.

Αλλά τότε τα μάτια της έριξαν μια δεύτερη ματιά στο δωμάτιο.

Und dieses Mal entdeckte sie seinen Oberkörper unter dem Sofa.

Και αυτή τη φορά εντόπισε τον κορμό του κάτω από τον καναπέ.

Sie war so verängstigt, dass sie jegliche Selbstbeherrschung verlor.

Ήταν τόσο τρομοκρατημένη που έχασε κάθε αυτοέλεγχο.

Und ihre erste Reaktion war, die Tür wieder zuzuschlagen.

Και η πρώτη της αντίδραση ήταν να κλείσει ξανά με δύναμη την πόρτα.

Doch sie schien ihr Verhalten auch sofort zu bereuen.

Αλλά φάνηκε επίσης να μετανιώνει αμέσως για τη συμπεριφορά της.

Kaum hatte sie die Tür zugeschlagen, öffnete sie sie auch schon wieder.

Μόλις έκλεισε την πόρτα με δύναμη, την άνοιξε ξανά.

Und diesmal schlich sie sich leise auf Zehenspitzen in den Raum.

Και αυτή τη φορά μπήκε απαλά στις μύτες των ποδιών της στο δωμάτιο.

Sie bewegte sich, als ob sie eine schwerkranke Person besuchen würde.

Κινήθηκε σαν να επισκεπτόταν κάποιον σοβαρά άρρωστο.

Oder sie könnte einen völlig Fremden besucht haben.

Ή μπορεί να επισκεπτόταν έναν εντελώς άγνωστο.

Gregor drückte seinen Kopf fast bis an den Rand des Sofas.

Ο Γκρέγκορ έσπρωξε το κεφάλι του σχεδόν στην άκρη του καναπέ.

Und von unterhalb des Tresors beobachtete er sie im Zimmer.

Και από κάτω από το χρηματοκιβώτιο την παρακολουθούσε στο δωμάτιο.

Würde sie bemerken, dass er die Milch stehen gelassen hatte?

Θα πρόσεχε άραγε ότι είχε αφήσει το γάλα;

Er hatte die Milch nicht etwa aus Mangel an Hunger stehen gelassen.

Δεν είχε αφήσει το γάλα λόγω έλλειψης πείνας.

Wollte sie ihm stattdessen anderes Essen bringen?

Μήπως θα του έφερνε διαφορετικό φαγητό;

Vielleicht ein Gericht, das seinen Vorlieben besser entsprach.

Ίσως ένα πιάτο που να ταίριαζε καλύτερα στις προτιμήσεις του.

Aber sie hätte seinen Appetit selbst bemerken müssen.

Αλλά θα έπρεπε να είχε παρατηρήσει η ίδια την όρεξή του.

Er wäre lieber verhungert, als sie davon erfahren zu lassen.

Θα προτιμούσε να είχε πεθάνει της πείνας παρά να την κάνει να το συνειδητοποιήσει.

Eigentlich hätte er es ihr sehr gerne gesagt.

Στην πραγματικότητα, θα ήθελε πολύ να της το πει.

Er war wirklich versucht, unter dem Sofa hervorzuschießen.

Μπήκε πραγματικά στον πειρασμό να ορμήσει έξω από κάτω από τον καναπέ.

Er wollte sich seiner Schwester zu Füßen werfen.

Ήθελε να πέσει στα πόδια της αδερφής του.

Und er wollte sie um etwas Leckeres zu essen bitten.

Και ήθελε να της ζητήσει κάτι καλό να φάει.

Doch dann blickte die Schwester zu der Schüssel mit Milch.

Αλλά τότε η αδελφή κοίταξε προς το μπολ με το γάλα.

Sie bemerkte sofort, dass die Schüssel noch voll war.

Αμέσως παρατήρησε ότι το μπολ ήταν ακόμα γεμάτο.

Sie war ziemlich überrascht, dass Gregor nichts gegessen hatte.

Έμεινε μάλλον έκπληκτη που ο Γκρέγκορ δεν είχε φάει τίποτα.

Nur ein wenig Milch war auf den Boden verschüttet worden.

Μόνο λίγο γάλα είχε χυθεί στο πάτωμα.

Sie nahm sofort die Schüssel und trug sie hinaus.

Αμέσως πήρε το μπολ και το έβγαλε έξω.

Er sah, dass sie die Schüssel nicht mit bloßen Händen aufgehoben hatte.

Είδε ότι δεν σήκωσε το μπολ με γυμνά χέρια.

Stattdessen hob sie die Schüssel mit einem der Lappen hoch.

Αντ' αυτού, σήκωσε το μπολ χρησιμοποιώντας ένα από τα κουρέλια.

Gregor vergaß dieses kleine Detail jedoch sehr schnell.

Αλλά ο Γκρέγκορ ξέχασε πολύ γρήγορα αυτή τη μικρή λεπτομέρεια.

Er war nun von etwas ganz anderem viel begeisterter.

Τώρα ήταν πολύ πιο ενθουσιασμένος για κάτι άλλο.

Was könnte sie als Ersatz für die Milch mitbringen?

Τι θα μπορούσε να φέρει ως αντικατάσταση του γάλακτος;

Er hatte verschiedene Vermutungen darüber, was sie wohl mitbringen könnte.

Είχε διάφορες σκέψεις για το τι θα μπορούσε να φέρει.

Doch die Güte seiner Schwester übertraf seine Erwartungen.

Αλλά η καλοσύνη της αδερφής του ξεπέρασε τις προσδοκίες του.

Ihr wurde klar, dass sie herausfinden musste, was seine neuen Vorlieben waren.

Συνειδητοποίησε ότι έπρεπε να δοκιμάσει ποιες ήταν οι νέες του προτιμήσεις.

Deshalb brachte sie eine ganze Auswahl an verschiedenen Speisen mit.

Έτσι έφερε μια ολόκληρη ποικιλία από διαφορετικά φαγητά.

Halbverfaultes Gemüse, Knochen vom Abendessen.

Μισοσάπια λαχανικά, κόκαλα από το βραδινό γεύμα.

Die eingedickte Soße von der anderen Mahlzeit, die sie gegessen hatten.

Στερεοποιημένη σάλτσα από το άλλο γεύμα που είχαν φάει.

Ein paar Rosinen, einige Mandeln, trockenes Brot, Butterbrot.

Μερικές σταφίδες, μερικά αμύγδαλα, ξερό ψωμί, ψωμί με βούτυρο.

Etwas Brot, das mit Butter bestrichen und gesalzen war.

Λίγο ψωμί που είχε βουτυρωθεί και αλατιστεί.

Käse, den Gregor vor zwei Tagen noch für ungenießbar erklärt hatte.

Τυρί που ο Γκρέγκορ είχε χαρακτηρίσει ακατάλληλο για βρώση πριν από δύο μέρες.

Die gesamte Auswahl an Speisen wurde auf einer Zeitung ausgelegt.

Όλη αυτή η επιλογή φαγητού τοποθετήθηκε σε μια εφημερίδα.

Und sie stellte auch eine Schüssel mit Wasser neben seine Mahlzeiten.

Και έβαλε επίσης ένα μπολ με νερό δίπλα στα γεύματά του.

Sie wusste, dass Gregor nicht vor ihr gegessen hätte.

Ήξερε ότι ο Γκρέγκορ δεν θα είχε φάει μπροστά της.

Aus Respekt vor ihm verließ sie deshalb wieder den Raum.

Έτσι, από σεβασμό προς αυτόν, έφυγε ξανά από το δωμάτιο.

Und sie hat beim Weggehen sogar den Schlüssel im Schloss umgedreht.

Και μάλιστα γύρισε το κλειδί στην κλειδαριά καθώς έφευγε.

Aber sie drehte den Schlüssel ganz leise und vorsichtig um.

Αλλά γύρισε το κλειδί πολύ ήσυχα και προσεκτικά.

Auf diese Weise würde nur Gregor wissen, dass die Tür verschlossen war.

Με αυτόν τον τρόπο μόνο ο Γκρέγκορ θα ήξερε ότι η πόρτα ήταν κλειδωμένη.

Nun konnte er es sich so bequem machen, wie er wollte.

Τώρα μπορούσε να βολευτεί όσο ήθελε.

Gregors Beine surrten, als es Zeit zum Essen war.

Τα πόδια του Γκρέγκορ βούιζαν όταν ήρθε η ώρα του φαγητού.

Bemerkenswert ist, dass er keinerlei Beschwerden mehr verspürte.

Αξίζει να σημειωθεί ότι δεν ένιωθε πλέον καμία ενόχληση.

Seine Wunden müssen bereits vollständig verheilt sein.

Οι πληγές του πρέπει να έχουν ήδη επουλωθεί εντελώς.

Weil er seine früheren Behinderungen nicht mehr spürte.

Επειδή δεν ένιωθε πλέον τις προηγούμενες αναπηρίες του.

Seine neue Fähigkeit zu heilen überraschte und verblüffte ihn.

Η νέα του ικανότητα να θεραπεύει τον εξέπληξε και τον κατέπληξε.

Vor mehr als einem Monat schnitt er sich mit einem Messer in den Finger.

Πριν από περισσότερο από ένα μήνα έκοψε το δάχτυλό του με ένα μαχαίρι.

Bis vor zwei Tagen schmerzte ihn diese Wunde noch.

Μέχρι πριν από δύο μέρες, η πληγή τον πονούσε ακόμα.

„Bin ich jetzt viel weniger empfindlich?", dachte er bei sich.

«Είμαι πολύ λιγότερο ευαίσθητος τώρα;» σκέφτηκε.

Inzwischen lutschte er gierig an dem Käse.

Μέχρι τώρα ρουφούσε ήδη λαίμαργα το τυρί.

Er fühlte sich vom Käse mehr angezogen als von den anderen Speisen.

Τον τράβηξε περισσότερο το τυρί παρά τα άλλα φαγητά.

Er aß schnell ein Stück Käse nach dem anderen.

Έφαγε γρήγορα το ένα κομμάτι τυρί μετά το άλλο.

Beim Genuss des Geschmacks traten ihm vor Zufriedenheit die Tränen in die Augen.

Τα μάτια του δάκρυσαν από ικανοποίηση στη γεύση του.

Nach dem Käse aß er das Gemüse und die Soße.

Μετά το τυρί έφαγε τα λαχανικά και τη σάλτσα.

Das frische Essen schmeckte ihm jedoch nicht.

Το φρέσκο φαγητό, ωστόσο, δεν του άρεσε.

Tatsächlich konnte er nicht einmal den Geruch von frischen Lebensmitteln ertragen.

Στην πραγματικότητα, δεν άντεχε ούτε τη μυρωδιά του φρέσκου φαγητού.

Er hat sogar die anderen Lebensmittel von den frischen Lebensmitteln weggezerrt.

Μάλιστα, έσερνε και τα άλλα φαγητά μακριά από το φρέσκο φαγητό.

Und im Nu hatte er auch noch das Essbare aufgegessen.

Και πολύ γρήγορα τελείωσε το πιο βρώσιμο φαγητό.

Das ganze leckere Essen hatte eine schläfrig machende Wirkung auf ihn.

Όλα τα νόστιμα φαγητά είχαν μια νανουριστική επίδραση πάνω του.

Und er lag träge an der Stelle, wo er gegessen hatte.

Και ξάπλωσε νωχελικά στο σημείο όπου είχε φάει.

Schließlich kam seine Schwester zurück, um noch einmal nach ihm zu sehen.

Τελικά η αδερφή του επέστρεψε για να τον ελέγξει ξανά.

Sie hatte die Weitsicht, den Schlüssel ganz langsam umzudrehen.

Είχε την προνοητικότητα να γυρίζει το κλειδί πολύ αργά.

Dies war für Gregor ein Warnsignal, sich zurückzuziehen.

Αυτό έδωσε στον Γκρέγκορ μια προειδοποίηση ότι έπρεπε να αποσυρθεί.

Benommen und erschrocken huschte er zurück unter das Sofa.

Ζαλισμένος και ξαφνιασμένος, έσπευσε πίσω κάτω από τον καναπέ.

Doch diesmal war es nicht so einfach, unter dem Sofa zu bleiben.

Αλλά το να μείνει κάτω από τον καναπέ δεν ήταν τόσο εύκολο αυτή τη φορά.

Sein Körper war durch das viele Essen etwas runder geworden.

Το σώμα του είχε στρογγυλευτεί λίγο από όλο αυτό το φαγητό.

Und er musste sich beherrschen, nicht wieder auszulaufen.

Και έπρεπε να συγκρατηθεί για να μην ξεμείνει από τρέχουσες καταστάσεις.

Auch wenn die Schwester nicht lange im Zimmer blieb.

Παρόλο που η αδελφή δεν έμεινε πολύ στο δωμάτιο.

In dem engen Raum rang er nach Luft.

Δυσκολευόταν να αναπνεύσει κάτω από εκείνο το στενό χώρο.

Doch er überwand die kurzen Anfälle von Atemnot.

Αλλά πρόλαβε να ξεπεράσει τις μικρές κρίσεις ασφυξίας.

Mit aufgerissenen Augen beobachtete er die Aktivitäten der Schwester.

Με γουρλωμένα μάτια παρακολουθούσε τις δραστηριότητες της αδελφής.

Die ahnungslose Schwester schüttete alles in einen Eimer.

Η ανυποψίαστη αδερφή τα έριξε όλα σε έναν κουβά.

Sie entsorgte nicht nur das Essen, das Gregor nicht gegessen hatte.

Δεν πέταξε μόνο το φαγητό που δεν είχε φάει ο Γκρέγκορ.

Aber sie entsorgte auch das Essen, das er nicht angerührt hatte.

Αλλά επίσης ξεφορτώθηκε το φαγητό που δεν είχε αγγίξει.

Offenbar war dieses Essen nun für niemanden mehr genießbar.

Προφανώς αυτό το φαγητό δεν ήταν πλέον βρώσιμο για κανέναν.

Anschließend verschloss sie den Futtereimer mit einem Holzdeckel.

Στη συνέχεια έκλεισε τον κουβά με το φαγητό με ένα ξύλινο καπάκι.

Und mit dem Essen, dem Eimer und dem Wischmopp ging sie.

Και με το φαγητό, τον κουβά και τη σφουγγαρίστρα, έφυγε.

Gregor hätte nicht mehr lange warten können.

Ο Γκρέγκορ δεν θα μπορούσε να περιμένει για πολύ ακόμα.

Sobald sie weg war, entkam er unter dem Sofa hervor.

Μόλις εκείνη έφυγε, εκείνος δραπέτευσε κάτω από τον καναπέ.

Und er streckte sich aus und atmete erleichtert auf.

Και τεντώθηκε και φυσούσε από ανακούφιση.

So erhielt Gregor von nun an regelmäßig seine Nahrung.

Έτσι λάμβανε φαγητό ο Γκρέγκορ κάθε τόσο.

Seine Schwester gab ihm einmal früh am Morgen etwas zu essen.

Η αδερφή του τού έδωσε φαγητό μια φορά νωρίς το πρωί.

Zu dieser Stunde schliefen die Eltern und das Dienstmädchen noch.

Εκείνη την ώρα οι γονείς και η υπηρέτρια κοιμόντουσαν ακόμα.

Und er erhielt eine zweite Mahlzeit, nachdem alle anderen bereits zu Mittag gegessen hatten.

Και έλαβε ένα δεύτερο γεύμα αφού όλοι έτρωγαν μεσημεριανό.

Denn zu dieser Zeit schliefen die Eltern auch eine Weile.

Γιατί εκείνη την ώρα κοιμόντουσαν και οι γονείς για λίγο.

Und das Dienstmädchen wurde von der Schwester mit einer Besorgung weggeschickt.

Και η υπηρέτρια έφυγε από την αδερφή για κάποια δουλειά.

Sie hatten ganz sicher nicht die Absicht, Gregor verhungern zu lassen.

Σίγουρα δεν είχαν καμία πρόθεση να αφήσουν τον Γκρέγκορ να λιμοκτονήσει.

Aber sie hätten ihm auch nicht beim Essen zusehen wollen.

Αλλά δεν θα ήθελαν ούτε να τον δουν να τρώει.

Die Angaben der Schwester reichten als Information aus.

Αυτά που ανέφερε η αδελφή ήταν αρκετές πληροφορίες.

Vielleicht war es ihre Art, den Eltern den Kummer zu ersparen.

Ίσως ήταν ο τρόπος της να γλιτώσει τους γονείς από τη θλίψη.

Sie hatten unter seinen Taten schon genug gelitten.

Είχαν ήδη υποφέρει αρκετά από τις πράξεις του.

Der erste Tag verblasste langsam zu einer fernen Erinnerung.

Η πρώτη μέρα σιγά σιγά γινόταν μια μακρινή ανάμνηση.

Gregor hatte keine Möglichkeit zu erfahren, was an diesem Tag geschah.

Ο Γκρέγκορ δεν είχε κανέναν τρόπο να μάθει τι συνέβη εκείνη την ημέρα.

Wie wurde der Schlüsseldienstmitarbeiter aus der Wohnung geleitet?

Πώς οδηγήθηκε ο κλειδαράς έξω από το διαμέρισμα;

Mit welchen Ausreden war der Arzt schließlich zufrieden?

Με ποιες δικαιολογίες ικανοποιήθηκε τελικά ο γιατρός;

Er hatte keinen Weg gefunden, sich verständlich zu machen.

Δεν είχε βρει κανέναν τρόπο να γίνει κατανοητός.

Es gelang ihm nicht einmal, mit seiner Schwester zu kommunizieren.

Δεν κατάφερε καν να επικοινωνήσει με την αδερφή του.

Und so dachten sie, er könne sie nicht verstehen.

Και έτσι νόμιζαν ότι δεν μπορούσε να τους καταλάβει.

Und deshalb würde auch kein Versuch unternommen, mit ihm zu sprechen.

Και γι' αυτό δεν έγινε καμία προσπάθεια να του μιλήσω.

Seine Schwester kam jeden Morgen und jeden Mittag in sein Zimmer.

Η αδερφή του ερχόταν στο δωμάτιό του κάθε πρωί και μεσημεριανό.

Doch er musste sich damit begnügen, ihre Seufzer zu hören.

Αλλά έπρεπε να αρκεστεί στο να ακούει τους αναστεναγμούς της.

Später gewöhnte sie sich dann doch etwas mehr an Gregors Gestalt.

Αργότερα συνήθισε λίγο περισσότερο τη φόρμα του Γκρέγκορ.

Und sie fühlte sich etwas freier, weitere Bemerkungen zu machen.

Και ένιωσε λίγη περισσότερη ελευθερία να κάνει περισσότερες παρατηρήσεις.

(Obwohl sie sich nie ganz an ihn gewöhnen würde.)

(Αν και δεν θα τον συνήθιζε ποτέ εντελώς.)

Und dann fühlte sich Gregor wieder etwas mehr angesprochen.

Και τότε ο Γκρέγκορ ένιωσε ξανά ότι του μίλησαν λίγο περισσότερο.

Und er nahm wahr, was er als freundliche Kommentare empfand.

Και αντιλήφθηκε αυτό που θεώρησε φιλικά σχόλια.

„Ihm hat das Essen heute geschmeckt" oder „Er hat alles aufgegessen".

«Απόλαυσε το φαγητό του σήμερα» ή «έφαγε τα πάντα».

Das war aber erst der Fall, nachdem er sein gesamtes Essen aufgegessen hatte.

Αλλά αυτό συνέβαινε μόνο όταν είχε φάει όλο το φαγητό του.

Doch in letzter Zeit kam dies immer seltener vor.

Αλλά πρόσφατα αυτό γινόταν όλο και πιο σπάνιο.

„Er hat sein Essen kaum angerührt", sagte sie jetzt immer öfter.

«Μόλις άγγιζε το φαγητό του», έλεγε πιο συχνά τώρα.

Und jedes Mal schwang ein Hauch von Traurigkeit in ihrer Stimme mit.

Και υπήρχε μια πινελιά θλίψης στη φωνή της κάθε φορά.

Gregor konnte keine anderen Nachrichten direkter empfangen.

Ο Γκρέγκορ δεν μπορούσε να ακούσει άλλα νέα πιο άμεσα.

Aber er hörte viele Neuigkeiten aus den angrenzenden Zimmern mit.

Αλλά άκουσε τυχαία πολλά νέα από τα διπλανά δωμάτια.

Als er Stimmen hörte, rannte er zur entsprechenden Tür.

Όταν άκουσε φωνές έτρεξε στην αντίστοιχη πόρτα.

Und er presste seinen ganzen Körper gegen die Tür, um zu hören.

Και πίεσε όλο του το σώμα στην πόρτα για να ακούσει.

Alle Gespräche drehten sich in irgendeiner Weise um ihn.

Όλες οι συζητήσεις τον αφορούσαν με τον έναν ή τον άλλον τρόπο.

Selbst wenn es scheinbar um etwas ganz anderes ging.

Ακόμα και όταν το θέμα φαινόταν να αφορά κάτι άλλο.

Diese Beobachtung traf insbesondere in der Anfangszeit zu.

Αυτή η παρατήρηση ήταν ιδιαίτερα αληθής στις πρώτες μέρες.

Bei jeder Mahlzeit wiederholten sie die gleiche Diskussion.

Σε κάθε γεύμα επαναλάμβαναν την ίδια συζήτηση.

Sie waren sich noch immer unsicher, wie sie sich ihm gegenüber verhalten sollten.

Δεν ήταν ακόμα σίγουροι για το πώς να συμπεριφερθούν κοντά του.

Das gleiche Thema wurde aber auch zwischen den Mahlzeiten besprochen.

Αλλά το ίδιο θέμα συζητούνταν και ανάμεσα στα γεύματα.

Weil immer zwei Familienmitglieder zu Hause waren.

Επειδή υπήρχαν πάντα δύο μέλη της οικογένειας στο σπίτι.

Niemand wollte allein im Haus bleiben.

Κανείς δεν ήθελε να μείνει μόνος του στο σπίτι.

Aber die Wohnung leer stehen zu lassen, kam auch nicht in Frage.

Αλλά και το να αφήσουν το διαμέρισμα άδειο ήταν εκτός συζήτησης.

Das Dienstmädchen war die Einzige, die nicht an die Wohnung gebunden war.

Η καμαριέρα ήταν η μόνη που δεν ήταν δεσμευμένη στο διαμέρισμα.

Sie hatte bereits am ersten Tag darum gebeten, gehen zu dürfen.

Είχε ήδη ζητήσει να φύγει από την πρώτη κιόλας μέρα.

Sie kniete nieder und flehte darum, entlassen zu werden.

Έπεσε στα γόνατα και παρακάλεσε να την απολύσουν.

Die Familie wusste nicht, wie viel das Dienstmädchen tatsächlich wusste.

Η οικογένεια δεν ήξερε πόσα γνώριζε στην πραγματικότητα η υπηρέτρια.

Zu diesem Zeitpunkt hatte sie nicht mehr gesehen als alle anderen.

Σε εκείνο το στάδιο δεν είχε δει περισσότερα από οποιονδήποτε άλλον.

Was geschehen war, blieb der Familie weiterhin ein Rätsel.

Αυτό που είχε συμβεί ήταν ακόμα ένα μυστήριο για την οικογένεια.

Doch eine Viertelstunde später verabschiedete sie sich.

Αλλά ένα τέταρτο αργότερα την αποχαιρέτησε.

Und sie dankte der Familie mit Tränen in den Augen.

Και ευχαρίστησε την οικογένεια με δάκρυα στα μάτια της.

Aber eigentlich dankte sie ihnen dafür, dass sie sie freigelassen hatten.

Αλλά στην πραγματικότητα τους ευχαρίστησε που την είχαν απελευθερώσει.

Sie schienen ihr größte Freundlichkeit entgegengebracht zu haben.

Φαινόταν να της έχουν δείξει τη μεγαλύτερη καλοσύνη.

Sie leistete sogar einen Eid, ohne dazu aufgefordert worden
zu sein.

Έδωσε μάλιστα και όρκο, χωρίς να της το ζητήσουν.

Sie sagte, sie würde niemandem erzählen, was passiert war.

Είπε ότι δεν θα έλεγε σε κανέναν τι είχε συμβεί.

Nun musste die Schwester zusammen mit ihrer Mutter
kochen.

Τώρα η αδερφή έπρεπε να μαγειρέψει μαζί με τη μητέρα
της.

Das war aber keine allzu große Unannehmlichkeit.

Αλλά αυτό δεν ήταν και τόσο μεγάλη ταλαιπωρία.

Weil die beiden sowieso fast nichts aßen.

Επειδή οι δυο τους δεν έφαγαν σχεδόν τίποτα ούτως ή
άλλως.

Immer und immer wieder hörte Gregor dasselbe Gespräch
mit.

Ξανά και ξανά ο Γκρέγκορ άκουγε την ίδια συζήτηση.

Einer der beiden sagte dem anderen, er müsse mehr essen.

Ο ένας έλεγε στον άλλον ότι έπρεπε να φάει περισσότερο.

Diese Person erhielt jedoch keine Antwort von der
betreffenden Person.

Αλλά αυτό το άτομο δεν έλαβε καμία απάντηση από το
άτομο.

„Danke, ich habe genug", oder etwas Ähnliches.

«Ευχαριστώ, έχω αρκετά» ή κάτι παρόμοιο.

Vielleicht tranken sie auch gar nichts mehr.

Ίσως ούτε αυτοί έπιναν πια τίποτα.

Die Schwester fragte ihren Vater oft, ob er Bier wolle.

Η αδερφή ρωτούσε συχνά τον πατέρα της αν ήθελε μπύρα.

Und sie bot freundlicherweise an, das Bier selbst zu holen.

Και προσφέρθηκε θερμά να φέρει η ίδια την μπύρα.

Der Vater schwieg auf ihre Bitte hin stets.

Ο πατέρας παρέμενε πάντα σιωπηλός στο αίτημά της.

Die Schwester musste also einen Weg finden, jeden Zweifel
auszuräumen.

Έτσι λοιπόν, η αδελφή έπρεπε να βρει έναν τρόπο να
διώξει κάθε αμφιβολία.

Und sie sagte, sie würde das Dienstmädchen losschicken, um Bier zu holen.

Και είπε ότι θα έστελνε την καμαριέρα να φέρει λίγη μπύρα.

Doch dann sagte der Vater schließlich ein lautes, deutliches „Nein".

Αλλά τότε ο πατέρας είπε τελικά ένα μεγάλο ηχηρό «όχι».

Das Thema, dass er ein Bier trank, wurde danach nicht mehr erwähnt.

Τότε το θέμα ότι έπινε μπύρα δεν αναφέρθηκε πλέον.

Er hatte die finanzielle Situation bereits zuvor erläutert.

Είχε ήδη εξηγήσει την οικονομική κατάσταση πριν.

Tatsächlich sprach er schon am ersten Tag über Finanzen.

Μάλιστα, ανέφερε τα οικονομικά την πρώτη κιόλας μέρα.

Er machte ihnen die Aussichten deutlich.

Τους έκανε να συνειδητοποιήσουν καλά ποιες ήταν οι προοπτικές.

Sein eigenes Unternehmen war vor etwa fünf Jahren zusammengebrochen.

Η δική του επιχείρηση είχε καταρρεύσει πριν από περίπου πέντε χρόνια.

Hin und wieder stand er auf, um den Tisch zu verlassen.

Πού και πού σηκώθηκε για να φύγει από το τραπέζι.

Und er ging zur Kasse seines alten Geschäfts.

Και πήγε στο ταμείο της παλιάς του επιχείρησης.

Aus Sentimentalität hatte er die Kasse aufgehoben.

Είχε σώσει την ταμειακή μηχανή από συναισθηματισμό.

Gregor hörte, wie er ein schweres und kompliziertes Schloss öffnete.

Ο Γκρέγκορ τον άκουσε να ξεκλειδώνει μια βαριά και περίπλοκη κλειδαριά.

Und er holte Quittungen und Bücher aus der Kasse.

Και έβγαλε αποδείξεις και βιβλία από το ταμείο.

Nachdem er die Gegenstände an sich genommen hatte, schloss er die Geldkassette wieder ab.

Αφού πήρε τα αντικείμενα, κλείδωσε ξανά το χρηματοκιβώτιο.

Gregor hatte seit seiner Gefangennahme keine guten Nachrichten mehr erhalten.

Ο Γκρέγκορ δεν είχε ακούσει κανένα καλό νέο από τότε που φυλακίστηκε.

Er glaubte, das Geschäft habe seinen Vater in den Ruin getrieben.

Πίστευε ότι η επιχείρηση είχε οδηγήσει τον πατέρα του σε πτώχευση.

Dieser Eindruck war Gregor vom Vater sicherlich vermittelt worden.

Ο πατέρας σίγουρα είχε δώσει στον Γκρέγκορ αυτή την εντύπωση.

Und Gregor fragte ihn nie wieder nach den Finanzen.

Και ο Γκρέγκορ δεν τον ρώτησε ποτέ περισσότερα για τα οικονομικά.

Gregor wollte alles tun, was er konnte, um der Familie zu helfen.

Ο Γκρέγκορ ήθελε να κάνει ό,τι μπορούσε για να βοηθήσει την οικογένεια.

Er wollte ihnen helfen, das geschäftliche Unglück zu vergessen.

Ήθελε να τους βοηθήσει να ξεχάσουν την επαγγελματική ατυχία.

Der Bankrott, der zur völligen Hoffnungslosigkeit führte.

Η χρεοκοπία που έφερε την απόλυτη απελπισία.

So begann er mit einer ganz besonderen Leidenschaft zu arbeiten.

έτσι άρχισε να εργάζεται με ένα πολύ ιδιαίτερο πάθος.

Er war quasi über Nacht zum Handelsreisenden geworden.

Είχε γίνει περιοδεύων πωλητής σχεδόν από τη μια μέρα στην άλλη.

Davor hatte er lediglich als schlecht bezahlter Angestellter gearbeitet.

Πριν από αυτό εργαζόταν απλώς ως χαμηλόμισθος υπάλληλος.

Nun boten sich ihm völlig andere Verdienstmöglichkeiten.

Τώρα είχε εντελώς διαφορετικές ευκαιρίες για κέρδος.

Erfolgreiche Verkäufe konnten sofort in Bargeld umgewandelt werden.

Οι επιτυχημένες πωλήσεις θα μπορούσαν να μετατραπούν αμέσως σε μετρητά.

Das Geld wird natürlich aus seinen Provisionen ausgezahlt.

Τα μετρητά φυσικά καταβάλλονται από τις προμήθειές του.

Nun konnte Gregor Geld auf den Familientisch bringen.

Τώρα ο Γκρέγκορ μπορούσε να βάλει χρήματα στο οικογενειακό τραπέζι.

Und sie waren erstaunt und erfreut über seinen Verdienst.

Και έμειναν έκπληκτοι και χαρούμενοι με τα κέρδη του.

Aber diese schönen Zeiten werden sich nicht wiederholen.

Αλλά αυτές οι όμορφες στιγμές δεν θα επαναληφθούν.

Sie hatten sich gerade erst an diese schönen Zeiten gewöhnt.

Μόλις είχαν συνηθίσει αυτές τις καλές εποχές.

Jeden Zahltag nahm die Familie das Geld dankbar entgegen.

Κάθε μέρα πληρωμής η οικογένεια δεχόταν με ευγνωμοσύνη τα χρήματα.

Und Gregor war ebenso gern bereit, das Geld herauszugeben.

Και ο Γκρέγκορ ήταν εξίσου χαρούμενος που παρέδωσε τα χρήματα.

Doch die im Gegenzug entgegengebrachte herzliche Zuneigung erlosch allmählich.

Αλλά η θερμή στοργή που δίνονταν σε αντάλλαγμα σιγά σιγά έσβησε.

Nur seine Schwester stand Gregor noch so nahe wie zuvor.

Μόνο η αδερφή του παρέμεινε τόσο κοντά στον Γκρέγκορ όσο και πριν.

Im Gegensatz zu Gregor hatte sie eine tiefe Wertschätzung für Musik.

Αυτή, σε αντίθεση με τον Γκρέγκορ, είχε βαθιά εκτίμηση για τη μουσική.

Und sie konnte sehr berührend Geige spielen.

Και ήξερε πώς να παίζει βιολί πολύ συγκινητικά.

Gregor plante insgeheim, sie auf eine Musikschule zu schicken.

Ο Γκρέγκορ σχεδίαζε κρυφά να την στείλει σε μουσική σχολή.

Er hatte noch nicht entschieden, wie er die Kosten decken würde.

Δεν είχε αποφασίσει ακόμα πώς θα πλήρωνε τα έξοδα.

Aber irgendwie würde er die Kosten decken.

Αλλά με κάποιο τρόπο θα κάλυπτε τα έξοδα.

Gelegentlich unternahmen Gregor und seine Familie Kurztrips.

Περιστασιακά, ο Γκρέγκορ και η οικογένειά του πήγαιναν σύντομα ταξίδια.

Gregor und seine Schwester sprachen oft über dieses Thema.

Ο Γκρέγκορ και η αδελφή έθεταν συχνά το θέμα.

Es wurde aber immer nur als eine wunderbare Idee erwähnt.

Αλλά αναφέρθηκε μόνο ως μια υπέροχη ιδέα.

Sie glaubten nicht wirklich, dass der Traum in Erfüllung gehen könnte.

Δεν πίστευαν πραγματικά ότι το όνειρο θα μπορούσε να πραγματοποιηθεί.

Und den Eltern gefielen solche fantasievollen Ambitionen nicht.

Και στους γονείς δεν άρεσαν τέτοιες φαντασιόπληκτες φιλοδοξίες.

Selbst wenn das Thema ganz harmlos angesprochen wurde.

Ακόμα και όταν το θέμα τέθηκε πολύ αθώα.

Gregor dachte aber weiterhin an die Musikschule.

Αλλά ο Γκρέγκορ συνέχισε να σκέφτεται τη μουσική σχολή.

Und er hatte vor, das Geschenk am Heiligabend anzukündigen.

Και σχεδίαζε να ανακοινώσει το δώρο την παραμονή των Χριστουγέννων.

In seinem jetzigen Zustand wäre das natürlich unmöglich.

Φυσικά, στην τωρινή του κατάσταση, κάτι τέτοιο θα ήταν αδύνατο.

Doch solche Gedanken gingen ihm durch den Kopf.

Αλλά τέτοιου είδους σκέψεις περνούσαν από το μυαλό του.

Und solche Gedanken kamen ihm, während er der Familie zuhörte.

Και έκανε τέτοιες σκέψεις καθώς άκουγε την οικογένεια.

Manchmal war er zu müde, um ihnen weiter zuzuhören.

Κατά καιρούς κουραζόταν πολύ για να τους ακούει συνέχεια.

Vor Erschöpfung sank sein Kopf gegen die Tür.

Το κεφάλι του έπεσε στην πόρτα από την κούρασή του.

Doch er legte sofort wieder seinen Kopf gegen die Tür.

Αλλά αμέσως ακούμπησε ξανά το κεφάλι του στην πόρτα.

Denn selbst das leiseste Geräusch war draußen zu hören.

Γιατί απ' έξω ακουγόταν και ο παραμικρός θόρυβος.

Und jedes Geräusch, das er machte, brachte die Familie zum Schweigen.

Και κάθε θόρυβος που έκανε θα έκανε την οικογένεια να σωπάσει.

„Was macht er denn jetzt?", fragte der Vater die Familie.

«Τι κάνει τώρα;» ρώτησε ο πατέρας την οικογένεια.

Und er ging zur Tür, um nachzusehen, was das Geräusch verursachte.

Και πήγε στην πόρτα για να δει τι ήταν ο θόρυβος.

Und dann wurde das unterbrochene Gespräch allmählich wieder aufgenommen.

Και μετά η διακεκομμένη συζήτηση συνεχίστηκε σταδιακά.

Was der Vater aber sagte, überraschte alle auf positive Weise.

Αλλά αυτά που είπε ο πατέρας εξέπληξαν τους πάντες.

Gregor erfuhr nun den wahren Stand der Finanzen.

Ο Γκρέγκορ έμαθε τώρα την πραγματική κατάσταση των οικονομικών.

Trotz all des Unglücks gab es auch etwas Glück.

Παρά όλες τις ατυχίες, υπήρξε και κάποια καλή τύχη.

Ein kleines Vermögen aus alten Zeiten war noch vorhanden.

Μια πολύ μικρή περιουσία από τα παλιά χρόνια ήταν ακόμα εκεί.

Der Vater erklärte die Dinge, musste sich aber wiederholen.
Ο πατέρας εξήγησε τα πράγματα, αλλά έπρεπε να τα επαναλάβει.
Weil er sich eine Weile nicht mehr mit diesen Dingen befasst hatte.
Επειδή δεν είχε ασχοληθεί με αυτά τα πράγματα για κάποιο διάστημα.
Und weil die Mutter solche Dinge nicht verstand.
Και επειδή η μητέρα δεν καταλάβαινε τέτοια πράγματα.
Die Zinssätze der Bank waren etwas gestiegen.
Τα επιτόκια από τις τράπεζες είχαν αυξηθεί λίγο.
Das unberührte Geld hatte sich stärker erhöht als erwartet.
Τα ανέγγιχτα χρήματα είχαν αυξηθεί περισσότερο από το αναμενόμενο.
Darüber hinaus hatte Gregor ihnen immer seine Ersparnisse gegeben.
Επιπλέον, ο Γκρέγκορ τους έδινε πάντα τις οικονομίες του.
Er hatte nur wenige Gulden für sich behalten.
Είχε κρατήσει μόνο λίγα φιορίνια για τον εαυτό του.
Und sein Geld war auch noch nicht vollständig aufgebraucht.
Και τα χρήματά του δεν είχαν εξαντληθεί εντελώς.
Zusammen hatte sich dieses Geld zu einem kleinen Kapital angesammelt.
Μαζί, αυτά τα χρήματα είχαν συσσωρευτεί σε ένα μικρό κεφάλαιο.
Gregor nickte hinter seiner Tür eifrig zu der Nachricht.
Ο Γκρέγκορ, πίσω από την πόρτα του, έγνεψε πρόθυμα προς τα νέα.
Er war erfreut über diese unerwartete Vorsicht und Sparsamkeit.
Ήταν ευχαριστημένος με αυτή την απροσδόκητη προσοχή και λιτότητα.
Die überschüssigen Mittel hätten zur Tilgung der Schulden verwendet werden können.
Τα πλεονάζοντα κεφάλαια θα μπορούσαν να είχαν χρησιμοποιηθεί για την αποπληρωμή του χρέους.

Dann hätten sie dem Chef nichts mehr geschuldet.

Τότε δεν θα χρωστούσαν πια τίποτα στο αφεντικό.

Und Gregor hätte schon viel früher eine neue Stelle annehmen können.

Και ο Γκρέγκορ θα μπορούσε να είχε μετακομίσει σε μια νέα δουλειά πολύ νωρίτερα.

Aber so, wie der Vater es arrangiert hatte, war es jetzt viel besser.

Αλλά ο τρόπος που το κανόνισε ο πατέρας ήταν πολύ καλύτερος τώρα.

Das Geld reichte nicht ganz zum Leben von den Zinsen.

Τα χρήματα δεν ήταν αρκετά για να ζήσει κανείς από τους τόκους.

Und ein Teil des Geldes musste für Notfälle zurückgelegt werden.

Και έπρεπε να διατεθούν κάποια χρήματα για έκτακτες ανάγκες.

Das Geld hätte nur für ein oder zwei Jahre gereicht.

Θα ήταν αρκετά χρήματα μόνο για ένα ή δύο χρόνια.

Das bedeutete, dass jemand Geld verdienen musste, damit sie leben konnten.

Αυτό σήμαινε ότι κάποιος έπρεπε να βγάζει χρήματα για να ζήσει.

Der Vater war nicht krank und er war stark genug.

Ο πατέρας δεν ήταν άρρωστος, και ήταν αρκετά δυνατός.

Doch er war seit mehr als fünf Jahren arbeitslos.

Αλλά ήταν άνεργος για περισσότερα από πέντε χρόνια.

Und aufgrund seines Alters hatte er kaum noch Selbstvertrauen.

Και, λόγω της ηλικίας του, του είχε απομείνει ελάχιστη αυτοπεποίθηση.

Er hatte in letzter Zeit auch deutlich an Gewicht zugenommen.

Είχε επίσης πάρει πολλά κιλά τον τελευταίο καιρό.

Sein Leben war stets mühsam und erfolglos gewesen.

Η ζωή του ήταν πάντα δύσκολη και ανεπιτυχής.

Und dies war der erste Urlaub, den er je verbracht hatte.

Και αυτές ήταν οι πρώτες διακοπές που είχε κάνει ποτέ.

Und da er nicht beschäftigt war, war er ziemlich ungeschickt geworden.

Και χωρίς να τον απασχολούν, είχε γίνει αρκετά αδέξιος.

Wäre es besser, wenn die alte Mutter das Geld verdienen würde?

Θα ήταν καλύτερα αν η ηλικιωμένη μητέρα κέρδιζε τα χρήματα;

Die alte Mutter, die an Asthma litt.

Η ηλικιωμένη μητέρα που υπέφερε από άσθμα.

Die alte Mutter, die Mühe hatte, die Treppe hinaufzugehen.

Η ηλικιωμένη μητέρα που πάλευε να ανέβει τις σκάλες.

Die alte Mutter, die ihre Zeit damit verbrachte, auf dem Sofa zu liegen.

Η ηλικιωμένη μητέρα που περνούσε τον χρόνο της ξαπλωμένη στον καναπέ.

Die alte Mutter, die es vorzog, am Fenster zu sitzen.

Η ηλικιωμένη μητέρα που προτιμούσε να μένει δίπλα στο παράθυρο.

Damit sie bei Bedarf durchatmen konnte.

Για να μπορεί να παίρνει ανάσα όταν χρειάζεται.

Wäre es besser, wenn die jüngere Schwester das Geld verdienen würde?

Θα ήταν καλύτερα αν η νεαρή αδερφή κέρδιζε τα χρήματα;

Die Schwester, die mit siebzehn Jahren noch ein Kind war.

Η αδερφή, η οποία στα δεκαεπτά της χρόνια, ήταν ακόμα παιδί.

Die Schwester, die nur wenige, bescheidene Freuden hatte.

Η αδερφή που είχε μόνο λίγες, μικρές απολαύσεις.

Die Schwester, die am liebsten Geige spielte.

Η αδελφή που απολάμβανε κυρίως να παίζει βιολί.

Sie wusste, dass ihr bisheriger Lebensstil sehr beneidenswert war;

Ήξερε ότι ο προηγούμενος τρόπος ζωής της ήταν πολύ αξιοζήλευτος.

Sich schick anziehen, ausschlafen, im Haushalt helfen.

Ντύνομαι ωραία, ξυπνάω αργά, βοηθάω στο σπίτι.

Das Gespräch drehte sich oft um die Notwendigkeit, Geld zu verdienen.

Η συζήτηση συχνά στρεφόταν στην ανάγκη να κερδίσουν χρήματα.

Gregor war immer der Erste, der die Tür losließ.

Ο Γκρέγκορ ήταν πάντα ο πρώτος που άφηνε την πόρτα.

Das Gespräch erfüllte ihn mit Scham und Trauer.

Η συζήτηση τον έκανε να φουντώσει από ντροπή και θλίψη.

Also warf er sich auf das kühle Ledersofa.

Έτσι, έπεσε πάνω στον δροσερό δερμάτινο καναπέ.

Und den Rest der Nacht verbrachte er oft auf dem Sofa.

Και συχνά περνούσε το υπόλοιπο της νύχτας στον καναπέ.

Er hat nie wirklich auf dem Sofa geschlafen, auch nicht nachts.

Δεν κοιμόταν ποτέ πραγματικά στον καναπέ, ούτε τη νύχτα.

Oft kratzte er stundenlang an dem Leder.

Συχνά απλώς έξυνε το δέρμα για ώρες ασταμάτητα.

Manchmal schob er den Sessel ans Fenster.

Άλλες φορές έσπρωχνε την πολυθρόνα στο παράθυρο.

Allein dies erforderte von seiner Seite einen erheblichen Aufwand.

Αυτό και μόνο απαιτούσε μεγάλη προσπάθεια εκ μέρους του.

Der Sessel half ihm, auf die Fensterbank zu klettern.

Η πολυθρόνα τον βοήθησε να συρθεί στο περβάζι του παραθύρου.

Und von dort aus konnte er sich ans Fenster lehnen.

Και από εκεί μπόρεσε να ακουμπήσει στο παράθυρο.

Er empfand dabei stets ein großes Gefühl der Freiheit.

Ένιωθε μια μεγάλη αίσθηση ελευθερίας κάνοντας αυτό.

Vielleicht suchte er nach einem alten, befreienden Gefühl.

Ίσως έψαχνε για κάποιο παλιό, απελευθερωτικό συναίσθημα.

Doch seine Sehkraft war nicht mehr so scharf wie früher.

Αλλά η όρασή του δεν ήταν τόσο οξεία όσο ήταν παλιά.

Dinge in geringer Entfernung waren verschwommen und undeutlich.

Τα πράγματα σε μικρή απόσταση ήταν θολά και δυσδιάκριτα.

Er konnte das Krankenhaus auf der anderen Straßenseite nicht mehr sehen.

Δεν μπορούσε πλέον να δει το νοσοκομείο απέναντι από το δρόμο.

Vorher hatte er den Anblick verflucht, jetzt wollte er ihn sehen.

Πριν καταραστεί τη θέα, τώρα ήθελε να τη δει.

Er wusste, dass er in der ruhigen, städtischen Charlottenstraße wohnte.

Ήξερε ότι ζούσε στην ήσυχη, αστική οδό Σαρλότενστρασε.

Aber vielleicht dachte er, er blicke in die Wüste.

Αλλά μπορεί να νόμιζε ότι κοίταζε στην έρημο.

Eine Ödnis, wo grauer Himmel und graue Erde verschmolzen.

Μια ερημιά όπου ο γκρίζος ουρανός και η γκρίζα γη σμίγουν.

Zweimal bemerkte die aufmerksame Schwester, dass der Stuhl verschoben worden war.

Δύο φορές η προσεκτική αδελφή παρατήρησε ότι η καρέκλα είχε μετακινηθεί.

Nachdem sie aufgeräumt hatte, schob sie den Stuhl zurück ans Fenster.

Αφού τακτοποίησε, έσπρωξε την καρέκλα πίσω στο παράθυρο.

Und von nun an ließ sie sogar den Fensterflügel offen.

Και από τώρα και στο εξής άφηνε ακόμη και το περβάζι του παραθύρου ανοιχτό.

Gregor wünschte sich sehr, er hätte mit seiner Schwester sprechen können.

Ο Γκρέγκορ εύχεται πραγματικά να μπορούσε να μιλήσει στην αδερφή του.

Er wollte ihr für alles danken, was sie für ihn getan hatte.

Ήθελε να την ευχαριστήσει για όλα όσα έκανε για εκείνον.

Dann hätte er ihre Dienste leichter toleriert.

Τότε θα ανεχόταν τις υπηρεσίες τους πιο εύκολα.

Doch so wie die Dinge standen, litt er darunter, dass sie ihm half.

Αλλά όπως ήρθαν τα πράγματα, υπέφερε επειδή τον βοηθούσε.

Die Schwester versuchte natürlich, die Peinlichkeit zu überspielen.

Η αδερφή, φυσικά, προσπάθησε να θολώσει την αμηχανία.

Und sie tat ihr Bestes, so zu tun, als ob sie sich nicht belastet fühlte.

Και έκανε ό,τι μπορούσε για να προσποιηθεί ότι δεν ένιωθε βάρος.

Natürlich musste sie das erst einmal üben.

Φυσικά, αυτό ήταν κάτι που έπρεπε πρώτα να εξασκήσει.

Und je mehr Zeit verging, desto besser wurde sie darin.

Και όσο περισσότερος καιρός περνούσε, τόσο καλύτερη γινόταν σε αυτό.

Gregor erhielt jedoch auch mehr Zeit, um ihr Täuschungsmanöver zu durchschauen.

Αλλά στον Γκρέγκορ δόθηκε επίσης περισσότερος χρόνος για να δει την προσποίηση της.

Schon das Betreten seines Zimmers durch sie war für ihn eine Tortur.

Ακόμα και η είσοδός της στο δωμάτιό του ήταν μια δοκιμασία γι' αυτόν.

Kaum war sie eingetreten, rannte sie direkt zum Fenster.

Μόλις μπήκε μέσα, έτρεξε κατευθείαν στο παράθυρο.

Sie nahm sich nicht einmal die Zeit, die Tür zu schließen.

Δεν αφιέρωσε καν χρόνο για να κλείσει την πόρτα.

Normalerweise ersparte sie allen den Anblick von Gregors Zimmer.

Κανονικά, γλίτωνε τους πάντες από τη θέα του δωματίου του Γκρέγκορ.

Und mit hastigen Händen riss sie das Fenster auf.

Και άνοιξε απότομα το παράθυρο με βιαστικά χέρια.

Dann atmete sie wieder, als ob sie erstickt wäre.

Έπειτα ανέπνευσε ξανά σαν να την είχαν πνιγεί.

Die einströmende Luft war kalt, und sie atmete tief durch.

Ο αέρας που έμπαινε ήταν κρύος και ανέπνεε βαθιά.

Dennoch blieb sie noch eine Weile am Fenster stehen.

Παρ' όλα αυτά, έμεινε για λίγο στο παράθυρο.

Mit dieser Routine ängstigte sie Gregor zweimal täglich.

Τρόμαζε τον Γκρέγκορ δύο φορές την ημέρα με αυτή τη ρουτίνα.

Während sie im Zimmer war, zitterte er unter dem Sofa.

Ενώ εκείνη ήταν στο δωμάτιο, εκείνος έτρεμε κάτω από τον καναπέ.

Er wusste, dass sie ihm diese Tortur gern erspart hätte.

Ήξερε ότι θα ήθελε να τον γλιτώσει από τη δοκιμασία.

Aber sie konnte nicht in dem Zimmer sein, wenn das Fenster geschlossen war.

Αλλά δεν μπορούσε να βρίσκεται στο δωμάτιο με κλειστό το παράθυρο.

Einmal kam sie etwas früher.

Υπήρξε μια φορά που ήρθε λίγο νωρίτερα.

Vermutlich etwa einen Monat nach Gregors Verwandlung.

Πιθανώς περίπου ένα μήνα μετά τη μεταμόρφωση του Γκρέγκορ.

Sie hatte sich ein wenig an sein neues Aussehen gewöhnt.

Είχε κάπως συνηθίσει τη νέα του εμφάνιση.

Sie hatte also keinen Grund mehr, besonders schockiert zu sein.

Έτσι δεν είχε πλέον κανένα λόγο να είναι ιδιαίτερα σοκαρισμένη.

Sie fand ihn immer noch regungslos aus dem Fenster starrend vor.

Τον βρήκε ακόμα να κοιτάζει έξω από το παράθυρο, ακίνητος.

Er befand sich am schrecklichsten Ort, an dem er hätte sein können.

Βρισκόταν στο πιο φρικτό μέρος που θα μπορούσε να βρίσκεται.

Er wäre nicht überrascht gewesen, wenn sie nicht hereingekommen wäre.

Δεν θα είχε εκπλαγεί αν δεν είχε μπει μέσα.

Er hinderte sie daran, das Fenster zu öffnen.

Όπου την εμπόδισε να ανοίξει το παράθυρο.

Sie verließ schnell wieder das Zimmer und schloss die Tür.

Βγήκε γρήγορα ξανά από το δωμάτιο και έκλεισε την πόρτα.

Ein Fremder hätte zu allen möglichen Schlussfolgerungen gelangen können.

Ένας ξένος θα μπορούσε να είχε καταλήξει σε κάθε είδους συμπεράσματα.

Vielleicht wartete er nur auf die Gelegenheit, sie zu beißen.

Ίσως απλώς περίμενε την ευκαιρία να τη δαγκώσει.

Gregor versteckte sich natürlich sofort unter dem Sofa.

Ο Γκρέγκορ, φυσικά, κρύφτηκε αμέσως κάτω από τον καναπέ.

Doch er musste bis Mittag warten, bis seine Schwester zurückkehrte.

Αλλά έπρεπε να περιμένει μέχρι το μεσημέρι για να επιστρέψει η αδερφή του.

Und sie wirkte viel unruhiger als sonst.

Και φαινόταν πολύ πιο ανήσυχη από τον συνηθισμένο της εαυτό.

Ihm wurde klar, dass der Anblick von ihm immer noch unerträglich war.

Συνειδητοποίησε ότι η θέα του ήταν ακόμα αφόρητη.

Der Anblick von ihm würde für sie weiterhin unerträglich bleiben.

Η θέα του θα της παρέμενε αφόρητη.

Sie konnte es wahrscheinlich nicht ertragen, auch nur einen Teil von ihm zu sehen.

Πιθανότατα δεν θα άντεχε να δει κανένα κομμάτι του.

Ein kleines Teil ragte immer unter dem Sofa hervor.

Ένα μικρό μέρος προεξείχε πάντα κάτω από τον καναπέ.

Eines Tages trug er ein Bettlaken auf dem Rücken zum Sofa.

Μια μέρα κουβαλούσε ένα σεντόνι στην πλάτη του στον κανаπέ.

Er wollte verhindern, dass sie irgendetwas von ihm sah.

Ήθελε να την γλιτώσει από το να δει οποιοδήποτε μέρος του εαυτού του.

Er richtete das Bettlaken so aus, dass er vollständig verdeckt war.

Τακτοποίησε το σεντόνι έτσι ώστε να κρυφτεί ολόκληρος.

Selbst wenn sie sich bückte, könnte sie ihn nicht sehen.

Ακόμα κι αν έσκυβε, δεν θα μπορούσε να τον δει.

Für Gregor dauerte die gesamte Arbeit mehr als drei Stunden.

Όλη η προσπάθεια πήρε στον Γκρέγκορ περισσότερες από τρεις ώρες.

Möglicherweise hielt sie das Bettlaken für überflüssig.

Μπορεί να πίστευε ότι το σεντόνι ήταν περιττό.

Sie hätte gewusst, dass er das Bettlaken nicht wollte.

Θα ήξερε ότι δεν ήθελε το σεντόνι.

Er tat es zu ihrem Wohlbefinden und nicht für sich selbst.

Το έκανε για την άνεσή της, όχι για τον εαυτό του.

Und sie hätte das Bettlaken abnehmen können, wenn sie gewollt hätte.

Και θα μπορούσε να είχε αφαιρέσει το σεντόνι αν ήθελε.

Aber sie ließ das Bettlaken dort, wo Gregor es hingelegt hatte.

Αλλά άφησε το σεντόνι εκεί που το είχε βάλει ο Γκρέγκορ.

Und Gregor glaubte sogar, einen dankbaren Blick erhascht zu haben.

Και ο Γκρέγκορ νόμιζε μάλιστα ότι τον είχε δει με ένα ευγνωμοσύνη.

Er hatte das Bettlaken vorsichtig mit dem Kopf angehoben.

Είχε σηκώσει απαλά το σεντόνι με το κεφάλι του.

Er wollte herausfinden, ob seiner Schwester die Vereinbarung gefiel.

Ήθελε να δει αν άρεσε η συμφωνία στην αδερφή του.

**Die ersten zwei Wochen waren für die Eltern am
schwierigsten.**

Οι πρώτες δύο εβδομάδες ήταν οι πιο δύσκολες για τους
γονείς.

**Sie brachten es nicht übers Herz, hereinzukommen und ihn
zu sehen.**

Δεν μπορούσαν να τολμήσουν να έρθουν μέσα και να τον
δουν.

Er belauschte in dieser Zeit viele ihrer Gespräche.

Άκουσε πολλές από τις συνομιλίες τους εκείνη την εποχή.

**Sie nahmen alles, was die Schwester tat, voll und ganz zur
Kenntnis.**

Αναγνώριζαν πλήρως όλα όσα έκανε η αδελφή.

Auch wenn sie früher oft verärgert über sie waren.

Ακόμα κι αν παλιά συχνά ενοχλούνταν μαζί της.

**Weil sie ein ziemlich nutzloses Mädchen gewesen zu sein
schien.**

Επειδή της φαινόταν κάπως άχρηστο κορίτσι.

Nun warteten sie auf der anderen Seite des Raumes.

Τώρα ήταν αυτοί που περίμεναν στην άλλη άκρη του
δωματίου.

Und sie war es, die den Raum betrat, um alles zu erledigen.

Και ήταν αυτή που μπήκε στο δωμάτιο για να κάνει τα
πάντα.

Sobald sie herauskam, wollten sie alles wissen.

Μόλις βγήκε έξω, ήθελαν να μάθουν τα πάντα.

**Sie musste ihnen genau beschreiben, wie das Zimmer
aussah.**

Έπρεπε να τους πει ακριβώς πώς ήταν το δωμάτιο.

**„Was hat Gregor gegessen? Wie hat er sich diesmal
verhalten?"**

«Τι έφαγε ο Γκρέγκορ; Πώς συμπεριφέρθηκε αυτή τη
φορά;»

„War vielleicht eine leichte Verbesserung zu bemerken?"

«Υπήρξε ίσως κάποια μικρή βελτίωση που πρέπει να
παρατηρηθεί;»

Die Mutter war übrigens tatsächlich mutiger.

Η μητέρα, παρεμπιπτόντως, ήταν στην πραγματικότητα πιο θαρραλέα.

Und natürlich war es ihr eigener Sohn im Zimmer.

Και φυσικά ήταν ο δικός της γιος μέσα στο δωμάτιο.

Sie wollte Gregor eigentlich schon bald besuchen.

Στην πραγματικότητα ήθελε να επισκεφτεί τον Γκρέγκορ σχετικά σύντομα.

Doch der Vater und die Schwester hielten sie zunächst zurück.

Αλλά ο πατέρας και η αδερφή αρχικά την κράτησαν πίσω.

Sie brachten sehr rationale Argumente dafür vor, dass sie nicht gehen sollte.

Έφεραν πολύ λογικά επιχειρήματα για να μην πάει.

Gregor hörte ihren Argumenten sehr aufmerksam zu.

Ο Γκρέγκορ άκουγε πολύ προσεκτικά τη συλλογιστική τους.

Und er akzeptierte die Argumentation genauso wie seine Mutter.

Και αποδέχτηκε το σκεπτικό όσο και η μητέρα του.

Später musste sie jedoch mit Gewalt zurückgehalten werden.

Αργότερα, ωστόσο, έπρεπε να συγκρατηθεί με τη βία.

"Lasst mich zu Gregor hinein, er ist mein unglücklicher Sohn!"

«Άσε με να μπω στον Γκρέγκορ, είναι ο άτυχος γιος μου!»

"Verstehst du denn nicht, dass ich ihn aufsuchen muss?"

«Δεν καταλαβαίνεις ότι πρέπει να πάω να τον δω;»

Gregor ließ sich ebenfalls von den Argumenten seiner Mutter überzeugen.

Ο Γκρέγκορ πείστηκε επίσης από τα επιχειρήματα της μητέρας του.

Vielleicht hatte sie recht; es wäre gut, wenn sie hereinkäme.

Ίσως είχε δίκιο· θα ήταν καλό αν έμπαινε.

Ihn jeden Tag zu besuchen, wäre viel zu viel.

Το να τον κοιτάζω κάθε μέρα θα ήταν υπερβολικό.

Aber ihn vielleicht einmal pro Woche zu sehen, könnte genügen.

Αλλά το να τον βλέπεις ίσως μία φορά την εβδομάδα μπορεί να είναι αρκετό.

Sie versteht die Dinge vielleicht viel besser als die Schwester.

Μπορεί να καταλαβαίνει τα πράγματα πολύ καλύτερα από την αδερφή.

Trotz all ihres Mutes war sie doch nur ein Kind.

Παρά το θάρρος της, ήταν ακόμα ένα παιδί.

Vielleicht war es kindliche Unbekümmertheit, die sie dazu veranlasste, diese Aufgabe anzunehmen.

Ίσως η παιδική απερισκεψία την έκανε να αναλάβει το έργο.

Doch Gregors Wunsch, seine Mutter wiederzusehen, ging bald in Erfüllung.

Αλλά η επιθυμία του Γκρέγκορ να δει τη μητέρα του σύντομα έγινε πραγματικότητα.

Tagsüber hielt sich Gregor vom Fenster fern.

Κατά τη διάρκεια της ημέρας ο Γκρέγκορ κρατιόταν μακριά από το παράθυρο.

Dies tat er aus Rücksicht auf seine Eltern.

Αυτό το έκανε από σεβασμό προς τους γονείς του.

Er hatte nicht viel Platz, um auf dem Boden herumzukriechen.

Δεν είχε πολύ χώρο να σέρνεται στο πάτωμα.

Es fiel ihm schwer, nachts still zu liegen.

Δυσκολευόταν να μείνει ακίνητος κατά τη διάρκεια της νύχτας.

Das Essen bereitete ihm nicht einmal mehr die geringste Freude.

Το φαγητό δεν του έδινε πια την παραμικρή ευχαρίστηση.

Natürlich musste er sich irgendwie ablenken.

Φυσικά, έπρεπε να βρει κάποιον τρόπο να αποσπάσει την προσοχή του.

Um sich die Zeit zu vertreiben, kletterte er die Wände rauf und runter.

Για να ψυχαγωγηθεί, σύρθηκε πάνω κάτω στους τοίχους.

Und er kroch auch kopfüber an der Decke entlang.

Και σύρθηκε επίσης κατά μήκος του ταβανιού, ανάποδα.

Besonders glücklich war er, als er von der Decke hing.

Ήταν ιδιαίτερα χαρούμενος όταν κρεμόταν από το ταβάνι.

Es war etwas völlig anderes, als auf dem Boden zu liegen.

Ήταν εντελώς διαφορετικό από το να είσαι ξαπλωμένος στο πάτωμα.

In dieser Position fiel ihm das Atmen deutlich leichter.

Βρήκε πολύ πιο εύκολο να αναπνεύσει σε αυτή τη θέση.

Ein leichtes, aber angenehmes Kribbeln durchfuhr seinen Körper.

Μια ελαφριά αλλά ευχάριστη δόνηση διαπέρασε το σώμα του.

Manchmal gab er sich seinem Glück sogar zu sehr hin.

Μερικές φορές μάλιστα χαλάρωνε υπερβολικά μέσα στην ευτυχία του.

Manchmal ließ er sich ablenken und ließ die Decke los.

Μερικές φορές αποσπόταν η προσοχή του και άφηνε το ταβάνι.

Und zu seiner eigenen Überraschung landete er wieder auf dem Boden.

Και προς έκπληξή του προσγειώθηκε ξανά στο έδαφος.

Aber er hatte seinen Körper deutlich besser unter Kontrolle als zuvor.

Αλλά είχε πολύ καλύτερο έλεγχο του σώματός του από πριν.

So verletzte er sich nun nicht mehr bei so heftigen Stürzen.

Έτσι δεν τραυματίστηκε από τόσο μεγάλες πτώσεις τώρα.

Die Schwester bemerkte sofort Gregors neue Freude.

Η αδερφή παρατήρησε αμέσως τη νέα ευχαρίστηση του Γκρέγκορ.

Und dort, wo er gekrochen war, waren Klebstoffreste zu sehen.

Και υπήρχαν ίχνη κόλλας στα σημεία που είχε σέρνεται.

Auch hier dachte die Schwester an Gregors Wohlbefinden.

Εδώ πάλι η αδελφή σκέφτηκε την υγεία του Γκρέγκορ.

Vielleicht würde er mehr Platz zum Herumkriechen begrüßen.

Ίσως θα εκτιμούσε περισσότερο χώρο για να σέρνεται τριγύρω.

Und der Gedanke hatte sich fest in ihrem Kopf verankert.

Και η ιδέα εδραιώθηκε βαθιά στο κεφάλι της.

Einige der großen Möbelstücke behinderten seine Bewegungsfreiheit.

Μερικά από τα μεγάλα έπιπλα εμπόδιζαν την ελεύθερη κίνησή του.

Da er nicht mehr arbeitete, brauchte er den Schreibtisch nicht mehr.

Δεν δούλευε πια, οπότε δεν είχε ανάγκη το γραφείο.

Und die Schachtel nahm auch mehr Platz ein als nötig. ***

Και το κουτί έπιανε περισσότερο χώρο από όσο χρειαζόταν. ***

Die Schwester war nicht in der Lage, diese Dinge allein zu bewegen.

Η αδελφή δεν μπορούσε να μετακινήσει αυτά τα πράγματα μόνη της.

Natürlich wagte sie es nicht, den Vater um Hilfe zu bitten.

Φυσικά δεν τόλμησε να ζητήσει βοήθεια από τον πατέρα.

Das Dienstmädchen hätte ihr sicherlich auch nicht geholfen.

Ούτε η υπηρέτρια θα την είχε βοηθήσει σίγουρα.

Das neue Dienstmädchen war tatsächlich ein Jahr jünger als sie.

Η καινούρια υπηρέτρια ήταν στην πραγματικότητα ένα χρόνο νεότερη από αυτήν.

Sie hatte mutig die Rolle der ehemaligen Magd übernommen.

Είχε αναλάβει με θάρρος τους ρόλους της πρώην υπηρέτριας.

Doch ein Privileg wollte sie unbedingt haben.

Υπήρχε όμως ένα προνόμιο που επέμενε να έχει.

Sie wollte die Küche stets verschlossen halten.

Ήθελε να κρατάει την κουζίνα κλειδωμένη ανά πάσα στιγμή.

Daher blieb der Schwester nichts anderes übrig, als ihre Mutter zu fragen.

Έτσι, η αδερφή δεν είχε άλλη επιλογή από το να ρωτήσει τη μητέρα της.

Unter Freudenschreien kam die Mutter herbei, um zu helfen.

Με κραυγές χαράς και ενθουσιασμού η μητέρα ήρθε να βοηθήσει.

Doch an der Tür zu Gregors Zimmer verstummte sie.

Αλλά σώπασε στην πόρτα του δωματίου του Γκρέγκορ.

Die Schwester überprüfte, ob im Zimmer alles in Ordnung war.

Η αδελφή έλεγξε αν όλα στο δωμάτιο ήταν καλά.

Gregor hatte das Bettlaken hastig noch straffer gezogen.

Ο Γκρέγκορ είχε τραβήξει βιαστικά το σεντόνι ακόμα πιο σφιχτά.

Obwohl das Bettlaken immer noch willkürlich angeordnet aussah.

Αν και το σεντόνι φαινόταν ακόμα τυχαία τοποθετημένο.

Erst dann ließ sie ihre Mutter ins Zimmer.

Και μόνο τότε άφησε τη μητέρα της να μπει στο δωμάτιο.

Gregor verzichtete auch darauf, unter dem Laken hervorzuspähen.

Ο Γκρέγκορ απέφυγε επίσης να κατασκοπεύει κάτω από το σεντόνι.

Er beschloss, diesmal auf einen Besuch bei seiner Mutter zu verzichten.

Αποφάσισε να μην δει τη μητέρα του αυτή τη φορά.

Gregor war schon froh genug, dass sie überhaupt gekommen war.

Ο Γκρέγκορ ήταν αρκετά χαρούμενος που είχε μπει καν μέσα.

„Komm herein, du kannst ihn nicht sehen", sagte die Schwester.

«Έλα μέσα, δεν μπορείς να τον δεις», είπε η αδερφή.

Gregor nahm an, dass sie ihre Mutter an der Hand führte.

Ο Γκρέγκορ υπέθεσε ότι οδηγούσε τη μητέρα της από το χέρι.

Dann hörte er, wie die beiden schwachen Frauen die Möbel verrückten.

Τότε άκουσε τις δύο αδύναμες γυναίκες να μετακινούν τα έπιπλα.

Die Schwester schien den größten Teil der Arbeit für sich zu beanspruchen.

Η αδελφή φαινόταν να αναλαμβάνει το μεγαλύτερο μέρος της δουλειάς για τον εαυτό της.

Ihre Mutter befürchtete, sie würde sich überanstrengen.

Η μητέρα της φοβόταν ότι θα καταπονούνταν υπερβολικά.

Doch die Schwester schenkte diesen Warnungen keine Beachtung.

Αλλά η αδελφή δεν έδωσε σημασία σε αυτές τις προειδοποιήσεις.

Doch auch nach fünfzehn Minuten ging es nur sehr langsam voran.

Αλλά ακόμη και μετά από δεκαπέντε λεπτά η πρόοδος ήταν πολύ αργή.

Es war ihnen nicht gelungen, die Möbel weit zu bewegen.

Δεν είχαν καταφέρει να μετακινήσουν τα έπιπλα πολύ μακριά.

Langsam beschlich sie ein Gefühl der Niederlage.

Άρχισαν σιγά σιγά να νιώθουν μια αίσθηση ήττας.

Die Mutter war die Erste, die die Sinnlosigkeit eingestand.

Η μητέρα ήταν η πρώτη που παραδέχτηκε τη ματαιότητα.

"Vielleicht wäre es besser, die Schachtel hier zu lassen."

«Ίσως θα ήταν καλύτερα να αφήσουμε το κουτί εδώ.»

„Die Kiste ist zu schwer, als dass wir sie noch viel weiter bewegen könnten."

«Το κουτί είναι πολύ βαρύ για να προχωρήσουμε πολύ πιο μακριά.»

„Und wir werden nicht fertig sein, bevor dein Vater eintrifft."

«Και δεν θα τελειώσουμε πριν φτάσει ο πατέρας σου.»

„Wenn wir die Kiste hier lassen würden, würde das seinen Weg nur noch mehr versperren."

«Αν άφηνε το κουτί εδώ, θα του έκλεινε το δρόμο ακόμα περισσότερο.»
Und können wir sicher sein, dass wir ihm damit einen Gefallen tun?
«Και μπορούμε να είμαστε σίγουροι ότι του κάνουμε χάρη;»
Sie begannen zu glauben, dass das Gegenteil durchaus der Fall sein könnte.
Άρχισαν να πιστεύουν ότι ίσως να ισχύει και το αντίθετο.
Der Anblick der leeren Wand lastete schwer auf ihrem Herzen.
Η θέα του άδειου τοίχου βάραινε την καρδιά της.
Was spricht dagegen, dass Gregor das auch so empfinden würde?
Τι να πεις ότι και ο Γκρέγκορ δεν θα ένιωθε έτσι;
„Er hat sich bereits an die Möbel in seinem Zimmer gewöhnt."
«Έχει ήδη συνηθίσει τα έπιπλα στο δωμάτιό του.»
„In einem leeren Zimmer könnte er sich noch verlassener fühlen."
«Μπορεί να νιώθει ακόμη πιο εγκαταλελειμμένος σε ένα άδειο δωμάτιο.»
Ihre Stimme war inzwischen fast zu einem Flüstern gesunken.
Μέχρι τώρα η φωνή της είχε σχεδόν χαμηλώσει σε ψίθυρο.
Sie wusste tatsächlich nicht, wo sich Gregor genau aufhielt.
Δεν ήξερε στην πραγματικότητα πού ακριβώς βρισκόταν ο Γκρέγκορ.
Sie wollte nicht einmal, dass er ihre Stimme hörte.
Δεν ήθελε καν να ακούσει τη φωνή της.
Obwohl sie sich sicher war, dass er sie nicht verstand.
Αν και ήταν σίγουρη ότι δεν την καταλάβαινε.
„Würde es nicht so aussehen, als hätten wir ihn völlig aufgegeben?"
«Δεν θα μας φαινόταν σαν να τον έχουμε εγκαταλείψει εντελώς;»
"Wird er nicht das Gefühl haben, dass wir ihn mit der Situation allein lassen?"

«Δεν θα νιώσει ότι τον αφήνουμε να τα βγάλει πέρα μόνος του;»

„Wir sollten den Raum genau so verlassen, wie er war.“

«Πρέπει να φύγουμε από το δωμάτιο ακριβώς όπως ήταν.»

„Irgendwann wird Gregor zu uns zurückkehren, so wie er war.“

«Τελικά ο Γκρέγκορ θα επιστρέψει σε εμάς όπως ήταν.»

„Dann wird er feststellen, dass alles noch an seinem Platz ist.“

«Τότε θα διαπιστώσει ότι όλα είναι ακόμα στη θέση τους.»

„Und er wird die Übergangszeit viel leichter vergessen.“

«Και θα ξεχάσει την ενδιάμεση περίοδο πολύ πιο εύκολα.»

Als Gregor diese Worte hörte, begriff er etwas.

Όταν ο Γκρέγκορ άκουσε αυτά τα λόγια, συνειδητοποίησε κάτι.

Sein Verstand war in den letzten zwei Monaten verwirrt worden.

Το μυαλό του είχε μπερδευτεί τους τελευταίους δύο μήνες.

Der Mangel an menschlicher Interaktion hatte ihm nicht gutgetan.

Η έλλειψη ανθρώπινης αλληλεπίδρασης δεν του είχε κάνει καλό.

Er brauchte das eintönige Leben im Kreise seiner Familie wirklich.

Είχε πραγματικά ανάγκη τη μονότονη ζωή ανάμεσα στην οικογένειά του.

Warum sonst hätte er eine solch unsinnige Forderung gestellt?

Γιατί αλλιώς θα έκανε μια τόσο παράλογη απαίτηση;

Welchen Sinn sollte es denn haben, sein Zimmer zu räumen?

Τι νόημα θα είχε να αδειάσει το δωμάτιό του;

Das gemütliche Zimmer war mit geerbten Möbeln eingerichtet.

Το άνετο δωμάτιο είναι επιπλωμένο με κληρονομημένα έπιπλα.

Warum sollte er diese bekannte Wärme in eine Höhle verwandeln wollen?

Γιατί να θέλει να μετατρέψει αυτή τη γνωστή ζέστη σε σπηλιά;

Eine Höhle, in der er ungestört in alle Richtungen kriechen konnte.

Μια σπηλιά όπου θα μπορούσε να σέρνεται προς όλες τις κατευθύνσεις με την ησυχία του.

Doch in einer Höhle vergaß er rasch seine menschliche Vergangenheit.

Αλλά μια σπηλιά στην οποία ξέχασε γρήγορα το ανθρώπινο παρελθόν του.

Er fragte sich, ob er schon kurz davor war, alles zu vergessen.

Έπρεπε να αναρωτηθεί αν ήταν ήδη κοντά στο να ξεχάσει.

Die Stimme seiner Mutter hatte ihn aufgerüttelt und seine Erinnerung wachgerufen.

Η φωνή της μητέρας του τον είχε συγκινήσει και τον είχε κάνει να θυμηθεί.

Die Stimme, die er so lange nicht gehört hatte.

Η φωνή που δεν είχε ακούσει για τόσο καιρό.

Nichts durfte entfernt werden; alles musste bleiben.

Τίποτα δεν έπρεπε να αφαιρεθεί, όλα έπρεπε να μείνουν.

Die Möbel wirkten sich positiv auf seinen Zustand aus.

Τα έπιπλα επηρέασαν θετικά την κατάστασή του.

Und ohne diesen Anker zur Vergangenheit konnte er nicht zurechtkommen.

Και δεν θα μπορούσε να τα καταφέρει χωρίς αυτή την άγκυρα στο παρελθόν.

Die Möbel hinderten ihn daran, sinnlos herumzukriechen.

Τα έπιπλα τον εμπόδιζαν να σέρνεται άτσαλα τριγύρω.

Das war aber kein Verlust, sondern vielmehr ein großer Vorteil.

Αλλά αυτό δεν ήταν απώλεια· αντιθέτως, ήταν ένα μεγάλο πλεονέκτημα.

Leider hatte die Schwester eine ganz andere Meinung.

Δυστυχώς, η αδελφή είχε πολύ διαφορετική γνώμη.

Sie war gewissermaßen zu einer Sprecherin Gregors geworden.

Είχε γίνει κάπως εκπρόσωπος του Γκρέγκορ.

Natürlich war ihre Meinung nicht völlig unberechtigt.

Φυσικά, η γνώμη της δεν ήταν εντελώς αδικαιολόγητη.

Doch der Meinung ihrer Mutter musste hier widersprochen werden.

Αλλά η γνώμη της μητέρας της έπρεπε να αντικρουστεί εδώ.

Es war nicht nur die Kiste, die nun entfernt werden musste.

Δεν ήταν μόνο το κουτί που έπρεπε τώρα να αφαιρεθεί.

Sein Schreibtisch und der Kleiderschrank konnten ebenfalls nicht bleiben.

Ούτε το γραφείο του ούτε η ντουλάπα μπορούσαν να μείνουν.

Das Einzige, was unverzichtbar war, war das Sofa.

Το μόνο απαραίτητο ήταν ο καναπές.

Sie hat diese Entscheidung nicht aus kindischem Trotz getroffen.

Δεν το αποφάσισε αυτό απλώς από παιδική ανυπακοή.

Es lag auch nicht an ihrem erst kürzlich gewonnenen Selbstvertrauen.

Δεν ήταν ούτε η πρόσφατα αποκτημένη αυτοπεποίθησή της.

Das neue Selbstvertrauen, das sie hatte, trieb sie an, so hart für den Sieg zu arbeiten.

Τη νέα αυτοπεποίθηση που έπρεπε να δουλέψει τόσο σκληρά για να κερδίσει.

Auch wenn niemand erwartet hatte, dass sie dazu in der Lage sein würde.

Ακόμα κι αν κανείς δεν περίμενε ότι θα τα κατάφερνε.

Gregor brauchte tatsächlich viel Platz zum Kriechen.

Ο Γκρέγκορ χρειαζόταν πραγματικά πολύ χώρο για να μπουσουλήσει.

Die Möbel schränkten den ihm zur Verfügung stehenden Raum zusätzlich ein.

Τα έπιπλα περιόριζαν μόνο τον διαθέσιμο χώρο που είχε.

Sie konnte diese Dinge besser sehen als die Mutter.
Ήταν σε θέση να δει αυτά τα πράγματα καλύτερα από τη μητέρα.
Aber vielleicht spielte auch ihre romantische Ader eine Rolle.
Αλλά ίσως και το ρομαντικό της πνεύμα έπαιξε κάποιο ρόλο.
Mädchen in diesem Alter entwickeln oft eine gewisse Begeisterung.
Τα κορίτσια αυτής της ηλικίας συχνά αποκτούν έναν συγκεκριμένο ενθουσιασμό.
Und sie verspüren das Bedürfnis, ihren Willen durchzusetzen, wann immer es ihnen möglich ist.
Και νιώθουν την ανάγκη να πετύχουν το δικό τους όποτε μπορούν.
Vielleicht wollte sie ihn deshalb heimlich sabotieren.
Ίσως αυτός να ήταν ο λόγος που ήθελε να τον σαμποτάρει κρυφά.
Noch furchterregender ist er, wenn er an den Wänden entlangkriecht.
Είναι ακόμη πιο τρομακτικός όταν σέρνεται στους τοίχους.
Die Eltern trauten sich nicht mehr, das Zimmer zu betreten.
Οι γονείς δεν τολμούσαν πλέον να μπουν στο δωμάτιο.
Sie wäre tatsächlich die alleinige Betreuerin ihres Bruders.
Θα ήταν πραγματικά η μοναδική φροντίστρια του αδελφού της.
Sie ließ sich von ihrer Mutter nicht umstimmen.
Δεν άφησε τη μητέρα της να την πείσει για το αντίθετο.
Gregors Mutter fühlte sich in dem Zimmer bereits unwohl.
Η μητέρα του Γκρέγκορ ένιωθε ήδη άβολα στο δωμάτιο.
Sie hörte bald auf zu sprechen und half ihrer Tochter erneut.
Σύντομα σταμάτησε να μιλάει και βοήθησε ξανά την κόρη της.
Mit ihren letzten Kräften entfernten sie den Kleiderschrank.
Με τις δυνάμεις που τους είχαν απομείνει, αφαίρεσαν την ντουλάπα.
Auf die Kommode konnte er verzichten.

Η συρταριέρα ήταν κάτι που δεν μπορούσε να κάνει και χωρίς αυτήν.

Der Schreibtisch musste aber vorerst dort bleiben.

Αλλά το γραφείο έπρεπε να παραμείνει προς το παρόν.

Während die Frauen weg waren, versuchte er, sich einen Überblick über den Raum zu verschaffen.

Ενώ οι γυναίκες έλειπαν, προσπάθησε να αξιολογήσει το δωμάτιο.

Und Gregor streckte seinen Kopf unter dem Sofa hervor.

Και ο Γκρέγκορ έβγαλε το κεφάλι του κάτω από τον καναπέ.

Er musste sehen, was er in dieser Situation tun konnte.

Έπρεπε να δει τι μπορούσε να κάνει για την κατάσταση.

Aber er war so vorsichtig und rücksichtsvoll wie möglich.

Αλλά ήταν όσο το δυνατόν πιο προσεκτικός και διακριτικός.

Leider war es die Mutter, die zuerst zurückkehrte.

Δυστυχώς, η μητέρα ήταν αυτή που επέστρεψε πρώτη.

Grete war noch dabei, den Kleiderschrank im Nebenzimmer umzustellen.

Η Γκρέτε συνέχιζε να μετακινεί την ντουλάπα στο διπλανό δωμάτιο.

Die Mutter war den Anblick Gregors jedoch nicht gewohnt.

Αλλά η μητέρα δεν ήταν συνηθισμένη στη θέα του Γκρέγκορ.

Schon ein flüchtiger Blick auf ihn hätte sie krank machen können.

Ακόμα και μια απλή ματιά του θα μπορούσε να την είχε αρρωστήσει.

Gregor eilte rückwärts zum anderen Ende des Sofas.

Ο Γκρέγκορ έσπευσε προς τα πίσω στην άκρη του καναπέ.

Aber er konnte sich nicht zurücklehnen und das Bettlaken ausbalancieren.

Αλλά δεν μπορούσε να κουνηθεί πίσω και να ισορροπήσει το σεντόνι.

Die Bewegung reichte aus, um die Aufmerksamkeit der Mutter zu erregen.

Η κίνηση ήταν αρκετή για να τραβήξει την προσοχή της
μητέρας.

Sie hielt inne und verharrte einen kurzen Moment ganz still.

Σταμάτησε για μια σύντομη στιγμή και έμεινε εντελώς
ακίνητη.

Dann drehte sie sich um und verließ das Zimmer wieder.

Έπειτα γύρισε και βγήκε ξανά από το δωμάτιο.

**Gregor redete sich immer wieder ein, dass nichts
Ungewöhnliches passiert sei.**

Ο Γκρέγκορ έλεγε στον εαυτό του ότι δεν συνέβαινε τίποτα
ασυνήθιστο.

**„Es handelt sich lediglich um ein paar Möbelstücke, die
weggebracht wurden."**

«Είναι απλώς κάποια έπιπλα που έχουν αφαιρεθεί.»

**Doch schon bald musste er zugeben, dass ihn die Ereignisse
mitgenommen hatten.**

Σύντομα όμως αναγκάστηκε να παραδεχτεί ότι τα
γεγονότα τον επηρέασαν.

Die Frauen hatten alles, was sie taten, auch gesagt.

Οι γυναίκες έλεγαν όλα όσα έκαναν.

Sie waren im Zimmer auf und ab gegangen.

Περπατούσαν πέρα δώθε μέσα στο δωμάτιο.

Das Kratzen aller Möbelstücke auf dem Boden.

Το ξύσιμο όλων των επίπλων στο πάτωμα.

Er hatte das Gefühl, von allen Seiten angegriffen zu werden.

Ένιωθε σαν να τον επιτίθονταν από παντού.

Er zog Kopf und Beine so fest wie möglich an.

Τράβηξε το κεφάλι και τα πόδια του μέσα όσο πιο σφιχτά
μπορούσε.

Mit aller Kraft presste er seinen Körper zu Boden.

Με όλη του τη δύναμη πίεσε το σώμα του στο έδαφος.

**Er wusste, dass er das alles nicht mehr lange aushalten
konnte.**

Ήξερε ότι δεν θα μπορούσε να αντέξει όλα αυτά για πολύ
ακόμα.

**Sie räumten sein Zimmer aus und nahmen alles mit, was
ihm lieb und teuer war.**

Άδειασαν το δωμάτιό του και πήραν όλα όσα αγαπούσε.

Sie hatten bereits die Kiste mit all seinen Werkzeugen mitgenommen.

Είχαν ήδη πάρει το κουτί που περιείχε όλα τα εργαλεία του.

Nun lockerten sie seinen schweren Schreibtisch vom Boden.

Τώρα χαλάρωναν το βαρύ γραφείο του από το έδαφος.

Der Schreibtisch, an dem er nach seiner Rückkehr von der Arbeit gearbeitet hatte.

Το γραφείο στο οποίο είχε δουλέψει αφού είχε επιστρέψει από τη δουλειά.

Der Schreibtisch, an dem er seine Geschäftsaufgaben erledigt hatte.

Το γραφείο στο οποίο είχε γράψει τις επαγγελματικές του εργασίες.

Der Schreibtisch, an dem er in der Sekundarschule seine Hausaufgaben gemacht hatte.

Το γραφείο στο οποίο είχε κάνει τις εργασίες του στο γυμνάσιο.

Ja, diesen Schreibtisch hatte er schon in der Grundschule.

Ναι, είχε ήδη αυτό το θρανίο στο δημοτικό σχολείο.

Er hatte wirklich keine Zeit, sich von ihren guten Absichten zu überzeugen.

Δεν είχε πραγματικά χρόνο να επιβεβαιώσει τις καλές τους προθέσεις.

Obwohl er beinahe vergessen hatte, dass sie überhaupt da waren.

Αν και είχε σχεδόν ξεχάσει ότι ήταν εκεί ούτως ή άλλως.

Weil sie vor Erschöpfung still arbeiteten.

Επειδή δούλευαν σιωπηλά, λόγω εξάντλησης.

Sie waren zu müde, um ihre Bewegungen jetzt noch bekannt zu geben.

Ήταν πολύ κουρασμένοι για να ανακοινώσουν τώρα τις κινήσεις τους.

Alles, was er hörte, waren ihre schweren Schritte auf dem Boden.

Το μόνο που άκουγε ήταν τα βαριά βήματά τους στο πάτωμα.

Genau in diesem Moment lehnten sie an der Kiste.

Ακριβώς εκείνη τη στιγμή ήταν ακουμπισμένοι στο κουτί.

Und da kam Gregor unter dem Sofa hervor.

Και τότε ήταν που ο Γκρέγκορ βγήκε κάτω από τον καναπέ.

Er änderte viermal seine Laufrichtung.

Άλλαξε την κατεύθυνση που έτρεχε τέσσερις φορές.

Er konnte sich nicht entscheiden, welcher Gegenstand zuerst gerettet werden musste.

Δεν μπορούσε να αποφασίσει ποιο αντικείμενο έπρεπε να σωθεί πρώτο.

Plötzlich richtete sich sein Blick auf die leere Wand.

Ξαφνικά η προσοχή του τράβηξε ο άδειος τοίχος.

Alles, was sie ihm hinterlassen hatten, war das Bild der Dame im Pelzmantel.

Το μόνο που του είχαν αφήσει ήταν η εικόνα της κυρίας με τη γούνα.

Er kroch zu dem Bild und drückte seinen Körper an sie.

Σύρθηκε προς την εικόνα για να πιέσει το σώμα του πάνω της.

Und sein Körper verdeckte vollständig das Bild.

Και το σώμα του κάλυπτε πλήρως την εικόνα.

Das Glas stützte ihn und kühlte seinen heißen Bauch.

Το ποτήρι τον κράτησε όρθιο και παρηγόρησε την καυτή του κοιλιά.

Dieses Foto konnte ihm nicht mehr abgenommen werden.

Αυτή η φωτογραφία δεν μπορούσε πλέον να του αφαιρεθεί.

Dann wandte er den Kopf zur Wohnzimmertür.

Έπειτα γύρισε το κεφάλι του προς την πόρτα του σαλονιού.

Er wollte zusehen, wie die Frauen ins Zimmer zurückkehrten.

Επρόκειτο να παρακολουθήσει καθώς οι γυναίκες επέστρεφαν στο δωμάτιο.

Und sie ruhten sich nicht lange aus, bevor sie wieder zurückkehrten.

Και δεν άργησαν να ησυχάσουν πριν επιστρέψουν ξανά.

Grete hatte den Arm um ihre Mutter gelegt, um ihr beim Gehen zu helfen.

Η Γκρέτε είχε αγκαλιάσει τη μητέρα της για να τη
βοηθήσει να περπατήσει.

**„Was sollen wir denn jetzt nehmen?", fragte Grete und
blickte sich um.**

«Τι θα πάρουμε τώρα;» είπε η Γκρέτε και κοίταξε γύρω της.

**Genau in diesem Moment trafen sich ihre Blicke mit
Gregors.**

Ακριβώς εκείνη τη στιγμή το βλέμμα της συνάντησε τα
μάτια του Γκρέγκορ.

Trotz des Schocks behielt sie die Fassung.

Παρά το σοκ, διατήρησε την ψυχραιμία της.

Vermutlich nur wegen der Anwesenheit ihrer Mutter.

Πιθανώς μόνο λόγω της παρουσίας της μητέρας της.

**Sie neigte ihr Gesicht zu ihrer Mutter und verdeckte ihr die
Sicht.**

Έσκυψε το πρόσωπό της προς τη μητέρα της, καλύπτοντας
το οπτικό της πεδίο.

Und dann sagte sie, zitternd und gedankenlos:

Και τότε είπε, αν και τρέμοντας και απερίσκεπτα:

**"Kommt schon, sollten wir nicht zurück ins Wohnzimmer
gehen?"**

«Έλα, δεν πρέπει να γυρίσουμε στο σαλόνι;»

Gregor konnte die Absichten der Schwester leicht verstehen.

Ο Γκρέγκορ μπορούσε εύκολα να καταλάβει τις προθέσεις
της αδελφής.

**Ihre oberste Priorität war es, ihre Mutter in Sicherheit zu
bringen.**

Η πρώτη της προτεραιότητα ήταν να μεταφέρει τη μητέρα
της σε ασφαλές μέρος.

Aber dann wollte sie ihn von der Mauer herunterjagen.

Αλλά μετά επρόκειτο να τον κυνηγήσει κάτω από τον
τοίχο.

„Nun, sie kann es ja versuchen!", dachte Gregor bei sich.

«Λοιπόν, σίγουρα μπορεί να προσπαθήσει!» σκέφτηκε μέσα
του ο Γκρέγκορ.

Er behielt sein Bild fest im Blick und gab es nicht her.

Κάθισε σταθερά πάνω στην εικόνα του και δεν την άφησε.

Am liebsten wäre er der Schwester ins Gesicht gesprungen.

Θα προτιμούσε να είχε πηδήξει κατάμουτρα στην αδερφή.

Doch Gretes Worte hatten ihre Mutter noch mehr beunruhigt.

Αλλά τα λόγια της Γκρέτε είχαν ανησυχήσει τη μητέρα της ακόμη περισσότερο.

Sie trat beiseite, um zu sehen, was vor ihr verborgen wurde.

Έκανε στην άκρη για να δει τι της έκρυβαν.

Und sie sah den braunen Fleck auf der geblümten Tapete.

Και είδε τον καφέ λεκέ στην λουλουδάτη ταπετσαρία.

Und sie schrie auf, noch bevor sie merkte, dass es Gregor war.

Και ούρλιαξε πριν καν καταλάβει ότι ήταν ο Γκρέγκορ.

"Oh Gott", schrie sie mit ausgestreckten Armen.

«Θεέ μου», ούρλιαξε με τα χέρια της απλωμένα.

Und sie sank auf die Couch, als hätte sie aufgegeben.

Και έπεσε στον καναπέ σαν να τα είχε παρατήσει.

„Gregor!", rief die Schwester ihm mit erhobener Faust zu.

«Γκρέγκορ!» φώναξε η αδερφή προς το μέρος του με σηκωμένη γροθιά.

Und sie warf ihm einen langen, harten und durchdringenden Blick zu.

Και του έριξε ένα παρατεταμένο, σκληρό και διαπεραστικό βλέμμα.

Dies war das erste Mal, dass sie direkt mit ihm gesprochen hatte.

Αυτή ήταν η πρώτη φορά που του είχε μιλήσει απευθείας.

Sie rannte ins Nebenzimmer, um Riechsalz zu holen.

Έτρεξε στο διπλανό δωμάτιο για να πάρει μερικά μυρωδάτα άλατα.

Sie musste ihre Mutter wieder zum Bewusstsein bringen.

Έπρεπε να επαναφέρει τη μητέρα της στις αισθήσεις της.

Gregor wollte helfen, er konnte das Bild später aufbewahren.

Ο Γκρέγκορ ήθελε να βοηθήσει, μπορούσε να σώσει την εικόνα αργότερα.

Doch er war fest an der Glasscheibe festgeklebt.

Αλλά είχε κολλήσει γερά στο γυαλί.

Deshalb musste er sich mit großer Kraft losreißen.

Έτσι αναγκάστηκε να απομακρυνθεί χρησιμοποιώντας πολλή δύναμη.

Auch er rannte in den nächsten Raum, wo sich die Schwester befand.

Κι αυτός έτρεξε στο διπλανό δωμάτιο, όπου βρισκόταν η αδερφή.

Früher hätte er ihr vielleicht einen Rat geben können.

Στα παλιά χρόνια θα μπορούσε να της είχε δώσει κάποιες συμβουλές.

Doch nun konnte er nichts anderes tun, als tatenlos zuzusehen.

Αλλά τώρα δεν μπορούσε να κάνει τίποτα άλλο παρά να στέκεται άπραγος και να παρακολουθεί.

Sie durchwühlte die Schublade und öffnete verschiedene Flaschen.

Έψαξε μέσα στην τράβηγμα, ανοίγοντας διάφορα μπουκάλια.

Und er erschreckte sie immer noch, als sie sich umdrehte.

Και την τρόμαξε ακόμα όταν γύρισε.

Eine Flasche fiel zu Boden, zerbrach und splitterte.

Ένα μπουκάλι έπεσε στο πάτωμα, έσπασε και θρυμματίστηκε.

Ein Glassplitter traf Gregor im Gesicht und verletzte ihn.

Ένα θραύσμα γυαλιού χτύπησε το πρόσωπο του Γκρέγκορ και τον τραυμάτισε.

Die Flasche hatte eine Art ätzende Flüssigkeit enthalten.

Το μπουκάλι περιείχε κάποιο είδος καυστικού υγρού.

Und nun brannte die ätzende Flüssigkeit auf Gregors Gesicht.

Και τώρα το διαβρωτικό υγρό έκαιγε το πρόσωπο του Γκρέγκορ.

Die Schwester hatte jedoch im Moment keine Zeit für Gregor.

Η αδερφή, ωστόσο, δεν είχε χρόνο για τον Γκρέγκορ αυτή τη στιγμή.

Sie sammelte so viele Flaschen ein, wie sie tragen konnte.

Μάζεψε όσα περισσότερα μπουκάλια μπορούσε.

Und sie rannte mit der Medizin zurück zu ihrer Mutter.

Και έτρεξε πίσω στη μητέρα της με το φάρμακο.

Sie schlug die Tür mit dem Fuß zu und schloss Gregor aus.

Χτύπησε την πόρτα με το πόδι της, αποκλείοντας τον Γκρέγκορ.

Nun war er von seiner möglicherweise sterbenden Mutter abgeschnitten.

Τώρα ήταν αποκομμένος από την πιθανώς ετοιμοθάνατη μητέρα του.

Wenn er die Tür öffnete, würde er die Schwester verjagen.

Αν άνοιγε την πόρτα, θα έδιωχνε την αδερφή.

Aber natürlich musste sie bleiben, um sich um die Mutter zu kümmern.

Αλλά φυσικά έπρεπε να μείνει για να φροντίσει τη μητέρα.

Es gab für ihn nichts anderes zu tun, als auf sie zu warten.

Δεν μπορούσε να κάνει τίποτα άλλο τώρα παρά να τους περιμένει.

Von Selbstvorwürfen und Angst geplagt, begann er zu kriechen.

Βασανισμένος από αυτομεμψία και άγχος, άρχισε να σέρνεται.

Er kroch überall hin; an Wänden, Möbeln, der Decke.

Σέρνονταν παντού· τοίχους, έπιπλα, το ταβάνι.

Er hatte das Gefühl, als würde sich der ganze Raum um ihn drehen.

Ένιωθε σαν όλο το δωμάτιο να γύριζε γύρω του.

Schließlich fiel er, verzweifelt und schwindlig, wieder zu Boden.

Τελικά, σε απόγνωση και ζάλη, έπεσε ξανά κάτω.

Und er fiel direkt auf den großen Esstisch.

Και έπεσε ακριβώς πάνω στο μεγάλο τραπέζι της τραπεζαρίας.

Er lag eine Weile da, betäubt und unfähig sich zu bewegen.

Πέρασε αρκετή ώρα ξαπλωμένος εκεί, μουδιασμένος και ανίκανος να κουνηθεί.

Er war erschöpft von all dem, was ihm dieser Tag gebracht
hatte.

Ήταν εξαντλημένος από όλα όσα του είχε φέρει αυτή η
μέρα.

Es herrschte ringsum Stille, aber vielleicht war das ein gutes
Zeichen.

Επικρατούσε ησυχία τριγύρω, αλλά ίσως αυτό να ήταν
καλό σημάδι.

Dann zerriss das Klingeln an der Haustür die Stille.

Τότε, σπάζοντας τη σιωπή, χτύπησε το κουδούνι έξω.

Das Dienstmädchen hatte sich natürlich in ihrer Küche
eingeschlossen.

Η υπηρέτρια, φυσικά, είχε κλειδωθεί στην κουζίνα της.

Die Schwester war also die Einzige, die die Tür öffnen
konnte.

Έτσι, η αδελφή ήταν η μόνη που μπορούσε να ανοίξει την
πόρτα.

„Was ist passiert?", fragte der Vater als Erstes.

«Τι συνέβη;» ήταν το πρώτο πράγμα που ρώτησε ο
πατέρας.

Gretes Erscheinung hatte ihm wahrscheinlich alles verraten.

Η εμφάνιση της Γκρέτε πιθανότατα του τα είχε πει όλα.

Gretes Stimme wurde beim Sprechen gedämpft und dumpf.

Η φωνή της Γκρέτε έγινε πνιχτή και μουντή καθώς
μιλούσε.

Sie muss ihr Gesicht an die Brust ihres Vaters gedrückt
haben.

Πρέπει να πίεσε το πρόσωπό της στο στήθος του πατέρα
της.

„Mutter war bewusstlos, aber es geht ihr jetzt besser."

«Η μητέρα ήταν αναίσθητη, αλλά τώρα αισθάνεται
καλύτερα».

„Gregor ist entkommen", fügte sie hinzu, was er auch
erwartet hatte.

«Ο Γκρέγκορ δραπέτευσε», πρόσθεσε, κάτι που εκείνος
περίμενε.

"Ich habe dir doch immer gesagt, dass er eines Tages
ausbrechen würde."
«Πάντα σου έλεγα ότι μια μέρα θα δραπετεύσει.»
„Aber ihr Frauen wolltet mir ja nicht zuhören, nicht wahr?"
«Αλλά εσείς οι γυναίκες δεν θέλατε να με ακούσετε, έτσι
δεν είναι;»
Gregor erkannte schnell, wie sein Vater die Dinge sehen
würde.
Ο Γκρέγκορ γρήγορα συνειδητοποίησε πώς θα έβλεπε τα
πράγματα ο πατέρας του.
Er hatte Gretes allzu kurze Nachricht falsch interpretiert.
Είχε παρερμηνεύσει το υπερβολικά σύντομο μήνυμα της
Γκρέτε.
Er nahm an, Gregor habe eine Gewalttat begangen.
Υπέθεσε ότι ο Γκρέγκορ είχε διαπράξει κάποια βίαιη
πράξη.
Gregor musste einen Weg finden, seinen Vater irgendwie zu
besänftigen.
Ο Γκρέγκορ έπρεπε να βρει έναν τρόπο να κατευνάσει τον
πατέρα του με κάποιο τρόπο.
Weil er keine Zeit hatte, ihm die Dinge zu erklären.
Επειδή δεν είχε χρόνο να του εξηγήσει τα πράγματα.
Aber er hätte die Dinge ohnehin nicht erklären können.
Αλλά έτσι κι αλλιώς δεν θα μπορούσε να εξηγήσει τα
πράγματα.
Da flüchtete er zur Tür und drückte sich dagegen.
Έτσι έτρεξε προς την πόρτα και κόλλησε πάνω της.
So konnte sein Vater ihn vom Vorzimmer aus sehen.
Έτσι ο πατέρας του μπορούσε να τον δει από το
προθάλαμο.
Und er würde erkennen, dass er die besten Absichten hatte.
Και θα μπορούσε να δει ότι είχε τις καλύτερες προθέσεις.
Es war nicht nötig, ihn mit einem Besen zurückzudrängen.
Δεν υπήρχε λόγος να τον σπρώξουν πίσω με σκούπα.
Der Vater hätte lediglich die Tür öffnen müssen.
Το μόνο που θα έπρεπε να κάνει ο πατέρας ήταν να ανοίξει
την πόρτα.

Doch er hatte keine Lust, solche Feinheiten zu bemerken.

Αλλά δεν είχε διάθεση να προσέξει τέτοιες λεπτές αποχρώσεις.

"Da bist du ja!", rief er, sobald er eingetreten war.

«Ορίστε!» αναφώνησε, μόλις μπήκε μέσα.

Es war, als wäre er gleichzeitig wütend und glücklich.

Ήταν σαν να ήταν θυμωμένος και χαρούμενος ταυτόχρονα.

Er zog den Kopf zurück und blickte zu seinem Vater auf.

Τράβηξε το κεφάλι του πίσω και κοίταξε τον πατέρα.

Er hatte sich seinen Vater nicht so vorgestellt.

Δεν είχε φανταστεί τον πατέρα του να στέκεται εκεί έτσι.

Doch in letzter Zeit hatte er eine neue Ablenkung gefunden.

Αλλά πρόσφατα είχε βρει έναν νέο αντιπερισπασμό.

Das Herumkriechen nahm nun einen großen Teil seines Tages ein.

Το να μπουσουλάει καταλάμβανε τώρα μεγάλο μέρος της ημέρας του.

Zuvor hatte er alle Neuigkeiten in der Wohnung im Blick behalten.

Πριν, παρακολουθούσε κάθε νέο στο διαμέρισμα.

Aber in letzter Zeit hatte er nicht mehr so genau darauf geachtet.

Αλλά τελευταία δεν έδινε και τόση προσοχή.

Er hätte auf Veränderungen vorbereitet sein müssen.

Έπρεπε να είναι προετοιμασμένος να αντιμετωπίσει αλλαγές.

Aber war dieser Mann vor ihm noch der Vater?

Παρ' όλα αυτά, ήταν άραγε αυτός ο άνθρωπος πριν από αυτόν ακόμα ο πατέρας;

War er noch derselbe Mann, der früher müde in seinem Bett lag?

Ήταν ο ίδιος άντρας που συνήθιζε να ξαπλωνει κουρασμένος στο κρεβάτι του;

Als Gregor bereits auf Geschäftsreise war.

Όταν ο Γκρέγκορ είχε ήδη φύγει για επαγγελματικό ταξίδι.

War er derselbe Mann, der ihn abends begrüßte?

Ήταν ο ίδιος άνθρωπος που τον χαιρετούσε τα βράδια;

Als er in seinem Morgenmantel in seinem Sessel saß.

Όταν ήταν με τη ρόμπα του στην πολυθρόνα του.

War er derselbe Mann, der nicht aufstehen konnte, um ihn zu begrüßen?

Ήταν ο ίδιος άνθρωπος που δεν μπορούσε να σηκωθεί να τον καλωσορίσει;

So blieb er sitzen und hob freudig den Arm.

Έτσι, μένοντας καθισμένος, σήκωσε το χέρι του σε ένδειξη χαράς.

War er derselbe Mann, mit dem er gelegentlich spazieren ging?

Ήταν ο ίδιος άντρας με τον οποίο έκανε περιστασιακές βόλτες;

In seltenen Fällen: an einigen Sonntagen im Jahr oder an Feiertagen.

Σε σπάνιες περιπτώσεις: μερικές Κυριακές το χρόνο ή αργίες.

War er derselbe Mann, der in seinen Mantel gehüllt herüberkam?

Ήταν ο ίδιος άντρας που περπατούσε, τυλιγμένος στο παλτό του;

Musste er sich langsam zwischen Mutter und ihm vorwärtsarbeiten?

Προχωρούσε αργά προς τα εμπρός, ανάμεσα σε αυτόν και τη μητέρα;

Und sie gingen seinetwegen bereits langsam.

Και περπατούσαν ήδη αργά εξαιτίας του.

Doch nun stand dieser Mann stark und aufrecht.

Αλλά τώρα αυτός ο άντρας στεκόταν δυνατός και όρθιος.

Er trug eine blaue Uniform mit goldenen Knöpfen.

Ήταν ντυμένος με μπλε στολή με χρυσά κουμπιά.

Knöpfe, die die Angestellten der Bankinstitute tragen.

Κουμπιά που φορούν οι υπάλληλοι των τραπεζικών ιδρυμάτων.

Über dem steifen Kragen trat sein markantes Doppelkinn hervor.

Πάνω από το άκαμπτο γιακά ξεπρόβαλε το δυνατό διπλό πηγούνι του.

Unter seinen buschigen Augenbrauen blickten seine schwarzen Augen hervor.

Κάτω από τα πυκνά φρύδια του τα μαύρα μάτια του κοιτούσαν έξω.

Seine Augen wirkten nun durchdringend, frisch und aufmerksam.

Τώρα τα μάτια του φαίνονταν διαπεραστικά, φρέσκα και ζωηρά.

Das zuvor zerzauste weiße Haar wurde glatt gekämmt.

Τα προηγουμένως ατημέλητα άσπρα μαλλιά ήταν χτενισμένα.

Und sein Haar hatte nun einen sorgfältigen Mittelscheitel.

Και τα μαλλιά του είχαν τώρα μια προσεγμένη κεντρική χωρίστρα.

Er warf seinen Hut weg, der mit einem goldenen Monogramm verziert war.

Πέταξε το καπέλο του, το οποίο ήταν στερεωμένο με ένα χρυσό μονόγραμμα.

Es handelte sich wahrscheinlich um das Monogramm der Bank, für die er arbeitete.

Ήταν πιθανώς το μονόγραμμα της τράπεζας στην οποία εργαζόταν.

Und der Hut landete auf dem Sofa, um später weggeräumt zu werden.

Και το καπέλο προσγειώθηκε στον καναπέ, για να το τακτοποιήσουν αργότερα.

Er schob den Saum der langen Uniformjacke zurück.

Έσπρωξε προς τα πίσω το κάτω μέρος του μακριού σακακιού της στολής.

Und er steckte seine Daumen in die Hosentaschen.

Και έβαλε τους αντίχειρές του στις τσέπες του παντελονιού του.

Und dann ging er mit finsterer Miene auf Gregor zu.

Και μετά, με σκυθρωπό πρόσωπο, περπάτησε προς τον Γκρέγκορ.

Er wusste wahrscheinlich selbst noch nicht, was er vorhatte.

Πιθανότατα δεν ήξερε καν τι σκόπευε να κάνει.

Dennoch hob er die Füße ungewöhnlich hoch.

Παρ' όλα αυτά, σήκωσε τα πόδια του ασυνήθιστα ψηλά.

Gregor staunte über die enorme Größe seiner Stiefel.

Ο Γκρέγκορ έμεινε έκπληκτος από το τεράστιο μέγεθος
των μπότες του.

**Doch dafür blieb wirklich keine Zeit, seine Schuhe zu
bewundern.**

Αλλά πραγματικά δεν υπήρχε χρόνος να θαυμάσει τα
παπούτσια του.

**Der Vater hatte sich für eine sehr strenge Disziplin
entschieden.**

Ο πατέρας είχε αποφασίσει να επιβάλει πολύ αυστηρή
πειθαρχία.

Für Gregor war nur die größtmögliche Strenge angemessen.

Μόνο η μεγαλύτερη αυστηρότητα ήταν κατάλληλη για τον
Γκρέγκορ.

Das wusste er vom ersten Tag seiner Verwandlung an.

Το ήξερε αυτό από την πρώτη μέρα της μεταμόρφωσής του.

**Er rannte zu seinem Vater und blieb stehen, als dieser
stehen blieb.**

Έτρεξε στον πατέρα του και σταμάτησε όταν σταμάτησε κι
αυτός.

Als er sich wieder bewegte, huschte er erneut auf ihn zu.

Έτρεξε ξανά προς το μέρος του όταν εκείνος κινήθηκε
ξανά.

**Der Vater hielt einen Moment inne, und Gregor tat es ihm
gleich.**

Ο πατέρας σταμάτησε για μια στιγμή, όπως και ο
Γκρέγκορ.

**Und sobald sich sein Vater bewegte, stürmte er wieder
vorwärts.**

Και όρμησε ξανά μπροστά μόλις ο πατέρας του κινήθηκε.

**Auf diese Weise gingen sie mehrmals im Kreis um den
Raum.**

Με αυτόν τον τρόπο έκαναν κύκλους γύρω από το δωμάτιο αρκετές φορές.

Bislang hatte noch niemand einen entscheidenden Vorteil errungen.

Κανένας δεν είχε αποκτήσει ακόμη αποφασιστικό πλεονέκτημα.

Man konnte nicht den Eindruck einer Verfolgungsjagd gewinnen.

Δεν θα μπορούσε κανείς να σχηματίσει την εντύπωση καταδίωξης.

Weil das ganze Geschehen viel zu langsam vonstatten ging.

Επειδή όλο το συμβάν συνέβαινε πολύ αργά.

Gregor hatte beschlossen, am Boden zu bleiben.

Ο Γκρέγκορ είχε αποφασίσει να μείνει στο έδαφος.

Er hätte die Wände hoch und an der Decke entlanglaufen können.

Θα μπορούσε να είχε τρέξει πάνω στους τοίχους και κατά μήκος του ταβανιού.

Er wollte den Vater aber nicht unnötig provozieren.

Αλλά δεν ήθελε να προκαλέσει τον πατέρα άσκοπα.

Eine solche Flucht hätte besonders verwerflich erscheinen können.

Μια τέτοια απόδραση μπορεί να φαινόταν ιδιαίτερα άδικη.

Gregor räumte ein, dass diese Jagd nicht mehr lange dauern könne.

Ο Γκρέγκορ παραδέχτηκε ότι αυτή η καταδίωξη δεν μπορούσε να διαρκέσει για πολύ περισσότερο.

Jeder Schritt erforderte eine Vielzahl von Bewegungen.

Κάθε βήμα έπρεπε να συνοδεύεται από μια πληθώρα κινήσεων.

Er begann bereits Atemnot zu verspüren.

Είχε ήδη αρχίσει να νιώθει μια δύσπνοια.

Schon vorher hatte er nie absolut zuverlässige Lungen gehabt.

Ακόμα και πριν, δεν είχε ποτέ απόλυτα αξιόπιστους πνεύμονες.

Er taumelte dahin und sparte seine Kräfte für den Lauf.

Παραπατούσε, φυλάσσοντας τις δυνάμεις του για το τρέξιμο.

Er war so müde, dass er die Augen kaum noch offen halten konnte.

Ήταν τόσο κουρασμένος που με δυσκολία κρατούσε τα μάτια του ανοιχτά.

Seine Gedanken verlangsamten sich zu sehr, um an andere Fluchtmöglichkeiten zu denken.

Οι σκέψεις του έγιναν πολύ αργές για να σκεφτεί άλλες αποδράσεις.

Er hatte fast vergessen, dass ihm die Wände zur Verfügung standen.

Είχε σχεδόν ξεχάσει ότι τα τείχη ήταν διαθέσιμα σε αυτόν.

Die Wände waren aber ohnehin hinter Möbeln verborgen.

Αλλά οι τοίχοι ήταν κρυμμένοι πίσω από έπιπλα ούτως ή άλλως.

Und die Möbel wiesen zu viele Kerben und Vorsprünge auf.

Και τα έπιπλα είχαν πάρα πολλές εγκοπές και προεξοχές.

Und dann, direkt neben ihm, rollte ein Apfel.

Και τότε, ακριβώς δίπλα του, να κυλάει, υπήρχε ένα μήλο.

Ihm wurde klar, dass der Apfel nach ihm geworfen worden sein musste.

Το μήλο πρέπει να του το πέταξαν, συνειδητοποίησε.

Doch er hatte keine Zeit zum Nachdenken, da kam schon der nächste Apfel.

Αλλά δεν είχε χρόνο να σκεφτεί πριν έρθει άλλο ένα μήλο.

Gregor erstarrte vor Schreck über die neue Strategie seines Vaters.

Ο Γκρέγκορ πάγωσε από το σοκ με τη νέα στρατηγική του πατέρα.

Er konnte durch einen Fluchtversuch nichts mehr gewinnen.

Δεν μπορούσε πλέον να κερδίσει τίποτα προσπαθώντας να τρέξει.

Der Vater hatte beschlossen, ihn mit Früchten zu überhäufen.

Ο πατέρας είχε αποφασίσει να τον βομβαρδίσει με φρούτα.

Er hatte sich die Taschen mit Obst aus der Küchenschale gefüllt.

Είχε γεμίσει τις τσέπες του από τη φρουτιέρα της κουζίνας.

Ohne besonders darauf zu zielen, warf er Apfel um Apfel.

Χωρίς να στοχεύσει ιδιαίτερα, έριχνε το ένα μήλο μετά το άλλο.

Diese kleinen roten Äpfel rollten auf dem Boden herum.

Αυτά τα μικρά κόκκινα μήλα κυλούσαν στο έδαφος.

Wie von einem Stromschlag getroffen, stießen die Äpfel aneinander.

Σαν να ηλεκτρίστηκαν, τα μήλα χτύπησαν το ένα πάνω στο άλλο.

Einer der schwach geworfenen Äpfel streifte Gregors Rücken.

Ένα από τα αδύναμα πεταμένα μήλα έγδαρε την πλάτη του Γκρέγκορ.

Zum Glück für ihn rutschte der Apfel harmlos herunter.

Ευτυχώς γι' αυτόν, το μήλο γλίστρησε ακίνδυνα.

Der anschließend geworfene Apfel traf jedoch genauer.

Ωστόσο, το μήλο που ρίχτηκε μετά ήταν πιο εύστοχο.

Und dieser Apfel blieb tief in Gregors Rücken stecken.

Και αυτό το μήλο σφηνώθηκε βαθιά στην πλάτη του Γκρέγκορ.

Gregor wollte sich vor dem Schmerz davonreißen.

Ο Γκρέγκορ ήθελε να ξεφύγει από τον πόνο.

Vielleicht ließe sich diesem neuen, unvorstellbaren Schmerz entkommen.

Ίσως θα μπορούσε κανείς να ξεφύγει από αυτόν τον νέο, απίστευτο πόνο.

Vielleicht würde ein Ortswechsel seine Qualen lindern.

Ίσως μια αλλαγή τοποθεσίας θα ανακούφιζε την αγωνία του.

Aber er fühlte sich, als wäre er am Boden festgenagelt.

Αλλά ένιωθε σαν να τον είχαν καρφώσει στο πάτωμα.

Er streckte sich aus, aber nur aufgrund seiner Verwirrung.

Τεντώθηκε, αλλά μόνο λόγω της σύγχυσής του.

Erst mit seinem letzten Blick sah er, wie sich die Tür öffnete.

Μόνο με την τελευταία του ματιά είδε την πόρτα να ανοίγει.

Die Mutter stürzte vor die schreiende Schwester hinaus.

Η μητέρα όρμησε έξω μπροστά στην αδερφή που ούρλιαζε.

Die Schwester hatte sie ausgezogen, sodass sie nur noch ihr Hemd trug.

Η αδελφή την είχε γδύσει, οπότε φορούσε το πουκάμισό της.

Sie hatte in ihrer Bewusstlosigkeit Freiraum gebraucht.

Χρειαζόταν χώρο για να αναπνεύσει μέσα στην ασυνείδητη κατάστασή της.

Er sah noch, wie die Mutter auf den Vater zulief.

Ακόμα έβλεπε πώς η μητέρα έτρεχε προς τον πατέρα.

Ihre Röcke rutschten einer nach dem anderen zu Boden.

Οι φούστες της γλίστρησαν στο έδαφος, η μία μετά την άλλη.

Er sah, wie sie auf den Vater zuging und über ihren Rock stolperte.

Την είδε να πλησιάζει τον πατέρα και να σκοντάφτει στη φούστα της.

Sie umarmte ihn und bat darum, Gregors Leben zu verschonen.

Αγκαλιάζοντάς τον, ζήτησε να σωθεί η ζωή του Γκρέγκορ.

In völliger Einheit mit seinem Körper versagte auch sein Augenlicht.

Σε πλήρη ένωση με το σώμα του, η όρασή του απέτυχε.

Teil Drei
Μέρος Τρίτο

Gregor litt über einen Monat lang unter der schweren Verletzung.

Ο Γκρέγκορ υπέφερε από τον σοβαρό τραυματισμό για πάνω από ένα μήνα.

Der Apfel steckte fest; niemand wagte es, ihn zu entfernen.

Το μήλο παρέμεινε ενσωματωμένο· κανείς δεν τόλμησε να το αφαιρέσει.

Der Apfel blieb als sichtbare Erinnerung in seinem Fleisch zurück.

Το μήλο παρέμεινε στη σάρκα του ως μια ορατή υπενθύμιση.

Der Apfel diente dem Vater aber auch als Erinnerung.

Αλλά το μήλο χρησίμευε επίσης ως υπενθύμιση για τον πατέρα.

Ihm wurde klar, dass Gregor nicht wie ein Feind behandelt werden sollte.

Συνειδητοποίησε ότι ο Γκρέγκορ δεν έπρεπε να αντιμετωπίζεται σαν εχθρός.

Im Moment mag sein Erscheinungsbild traurig und abstoßend wirken.

Προς το παρόν, η εμφάνισή του μπορεί να είναι θλιβερή και αηδιαστική.

Aber dennoch war er ein Mitglied ihrer Familie.

Παρ' όλα αυτά, ήταν ακόμα μέλος της οικογένειάς τους.

Der Widerwille musste überwunden und toleriert werden.

Η απροθυμία έπρεπε να καταποθεί και να γίνει ανεκτή.

Aufgrund seiner Verletzung könnte seine Beweglichkeit für immer verloren sein.

Λόγω του τραύματός του, η κινητικότητά του μπορεί κάλλιστα να χαθεί για πάντα.

Er kroch immer noch in seinem Zimmer herum, aber viel langsamer.

Συνέχιζε να σέρνεται στο δωμάτιό του, αλλά πολύ πιο αργά.

Kriechen in irgendeiner Höhe war völlig ausgeschlossen.

Το να μπουσουλάει κανείς σε οποιοδήποτε ύψος ήταν αδιανόητο.

Gregor erhielt jedoch eine Form der Entschädigung.

Αλλά ο Γκρέγκορ έλαβε κάποια μορφή αποζημίωσης.

Am Abend wurde ihm die Wohnzimmertür geöffnet.

Το βράδυ του άνοιξε η πόρτα του σαλονιού.

Und er war der Ansicht, dass diese Wiedergutmachungszahlungen vollkommen angemessen seien.

Και ένιωθε ότι αυτές οι αποζημιώσεις ήταν απολύτως επαρκείς.

Noch vor Einbruch der Dunkelheit begann er, die Tür zu beobachten.

Πριν από το βράδυ άρχισε ήδη να παρατηρεί την πόρτα.

Er lag in der Dunkelheit, vom Wohnzimmer aus unsichtbar.

Ξάπλωσε στο σκοτάδι, αόρατος από το σαλόνι.

Er konnte die ganze Familie an dem beleuchteten Tisch sehen.

Μπορούσε να δει όλη την οικογένεια στο φωτισμένο τραπέζι.

Nun durfte er ihren Gesprächen zuhören.

Τώρα του επιτράπηκε να ακούσει τις συνομιλίες τους.

Dies unterschied sich deutlich von ihrer vorherigen Vereinbarung.

Αυτή ήταν αρκετά διαφορετική από την προηγούμενη ρύθμισή τους.

Die lebhaften Gespräche vergangener Zeiten waren verstummt.

Οι ζωηρές συζητήσεις των προηγούμενων εποχών είχαν τελειώσει.

Das waren die Gespräche, nach denen er sich immer gesehnt hatte.

Αυτές ήταν οι συζητήσεις που συνήθιζε να λαχταρά.

Als er allein in kleinen Hotelzimmern schlief.

Όταν κοιμόταν μόνος του σε μικρά δωμάτια ξενοδοχείων.

Als er sich in die feuchte Bettwäsche werfen musste.

Όταν αναγκάστηκε να ρίξει τον εαυτό του στα βρεγμένα σεντόνια.

Die Abende verliefen nun meist ruhig und ereignislos.

Αλλά τα βράδια τώρα ήταν ως επί το πλείστον ήσυχα και χωρίς απρόοπτα.

Der Vater schlief nach dem Abendessen in seinem Sessel ein.

Ο πατέρας αποκοιμήθηκε στην πολυθρόνα του μετά το δείπνο.

Und Mutter und Schwester ermahnten einander zur Stille.

Και η μητέρα και η αδερφή παρότρυναν η μία την άλλη να σωπάσουν.

Die Mutter beugte sich weit über die Lampe und nähte Leinen.

Η μητέρα, σκυμμένη πολύ πάνω από το φως, έραψε λινά.

Sie entwirft jetzt Kleider für eines der Modegeschäfte.

Τώρα έφτιαχνε φορέματα για ένα από τα καταστήματα μόδας.

Wie Gregor hatte auch die Schwester eine Stelle als Verkäuferin angenommen.

Όπως ο Γκρέγκορ, έτσι και η αδελφή είχε πιάσει δουλειά ως πωλήτρια.

Sie lernte abends Stenografie und Französisch.

Μάθαινε στενογραφία και γαλλικά τα βράδια.

Damit sie später vielleicht eine bessere Arbeitsstelle bekommen könnte.

Για να μπορέσει αργότερα να βρει μια καλύτερη θέση εργασίας.

Manchmal wachte der Vater von seinem abendlichen Nickerchen auf.

Μερικές φορές ο πατέρας ξυπνούσε από τους βραδινούς του υπνάκους.

"Liebling, du nähst heute schon so lange!"

"Αγάπη μου, έραβες ήδη τόση ώρα σήμερα!"

Er schien vergessen zu haben, dass er geschlafen hatte.

Φαινόταν να έχει ξεχάσει ότι κοιμόταν.

Doch er fiel sofort wieder in seinen Schlaf zurück.

Αλλά αμέσως ξαναβυθίστηκε στον ύπνο του.

Und Mutter und Schwester lächelten einander müde an.

Και η μητέρα και η αδερφή χαμογέλασαν κουρασμένα η μία στην άλλη.

Der Vater hatte eine seltsame neue Sturheit entwickelt.

Ο πατέρας είχε αναπτύξει ένα παράξενο νέο πείσμα.

Selbst zu Hause weigerte er sich, seine Dieneruniform auszuziehen.

Ακόμα και στο σπίτι αρνούνταν να βγάλει τη στολή του υπηρέτη.

Und sein Morgenmantel hing nutzlos am Kleiderbügel.

Και η ρόμπα του κρεμόταν άχρηστα στην κρεμάστρα.

So schlief der Vater, vollständig bekleidet, in seinem Sessel.

Έτσι ο πατέρας κοιμόταν, πλήρως ντυμένος, στην πολυθρόνα του.

Es war, als ob er immer bereit wäre, seinen Dienst zu leisten.

Ήταν σαν να ήταν πάντα έτοιμος να προσφέρει την υπηρεσία του.

Als ob er nur auf die Stimme seines Vorgesetzten gewartet hätte.

Σαν να περίμενε απλώς τη φωνή του ανωτέρου του.

Dies führte dazu, dass seine Uniform an Sauberkeit verlor.

Αυτό είχε ως αποτέλεσμα η στολή του να χάσει την καθαριότητά της.

Obwohl die Uniform auch nicht neu war, als er sie bekam.

Αν και η στολή δεν ήταν καινούρια όταν την απέκτησε.

Und die Mutter tat ihr Bestes, um die Uniform zu pflegen.

Και η μητέρα έκανε ό,τι μπορούσε για να φροντίσει τη στολή.

Gregor verbrachte ganze Abende damit, diese Uniform anzusehen.

Ο Γκρέγκορ περνούσε ολόκληρα βράδια κοιτάζοντας αυτή τη στολή.

Er beobachtete, wie der alte Mann äußerst unbequem schlief.

Παρακολουθούσε τον γέρο να κοιμάται πολύ άβολα.

Doch im Schlaf bemerkte er auch etwas Friedliches.

Αλλά στον ύπνο του παρατήρησε επίσης κάτι γαλήνιο.

Als die Uhr zehn schlug, versuchte die Mutter, ihn zu wecken.

Όταν το ρολόι χτύπησε δέκα, η μητέρα προσπάθησε να τον ξυπνήσει.

Sie sprach leise und überredete ihn, ins Bett zu gehen.

Μίλησε σιγανά και τον έπεισε να πάει για ύπνο.

Denn auf dem Sessel zu schlafen war kein richtiger Schlaf.

Επειδή ο ύπνος στην πολυθρόνα δεν ήταν πραγματικός ύπνος.

Er musste um sechs Uhr mit der Arbeit beginnen.

Επρόκειτο να ξεκινήσει τη δουλειά στις έξι η ώρα.

Deshalb musste er unbedingt so gut wie möglich schlafen.

Έτσι, χρειαζόταν πραγματικά να κοιμηθεί όσο το δυνατόν καλύτερα.

Doch er war von einer neuen Form der Sturheit ergriffen.

Αλλά τον είχε κυριεύσει μια νέα μορφή πείσματος.

Die Tatsache, dass er Diener geworden war, hatte begonnen, diese Wirkung auf ihn zu haben.

Το γεγονός ότι έγινε υπηρέτης είχε αρχίσει να έχει αυτή την επίδραση πάνω του.

Deshalb bestand er immer darauf, länger am Tisch zu bleiben.

Έτσι, πάντα επέμενε να μένει περισσότερο στο τραπέζι.

Obwohl er regelmäßig wieder in seinem Sessel einschlief.

Αν και τακτικά αποκοιμόταν ξανά στην καρέκλα του.

Und er ließ sich nur mit größter Mühe bewegen.

Και μπορούσε να μετακινηθεί μόνο με τη μεγαλύτερη δυσκολία.

Man musste ihm erklären, dass das Bett besser für ihn wäre.

Έπρεπε να του πουν ότι το κρεβάτι θα ήταν καλύτερο για αυτόν.

Mutter und Schwester mussten nachdrücklich darauf bestehen, oft mit nur wenigen Vorwarnungen.

Η μητέρα και η αδερφή αναγκάστηκαν να επιμείνουν με ελάχιστες προειδοποιήσεις.

Fünfzehn Minuten lang schüttelte er nur langsam den Kopf.

Για δεκαπέντε λεπτά μόνο κούνησε αργά το κεφάλι του.

Und er hielt die Augen geschlossen und weigerte sich aufzustehen.

Και κρατούσε τα μάτια του κλειστά και αρνιόταν να σηκωθεί.

Die Mutter zupfte sanft, aber bestimmt an seinem Ärmel.

Η μητέρα τον τράβηξε από το μανίκι, απαλά αλλά σταθερά.

Und sie flüsterte ihm schmeichelhafte Worte in seine müden Ohren.

Και ψιθύρισε κολακευτικά λόγια στα κουρασμένα αυτιά του.

Die Schwester unterbrach ihre Arbeit, um ihrer Mutter zu helfen.

Η αδελφή άφησε την εργασία που είχε αναλάβει για να βοηθήσει τη μητέρα της.

Doch keiner ihrer Versuche zeigte Wirkung beim Vater.

Αλλά καμία από τις προσπάθειές τους δεν είχε αποτέλεσμα στον πατέρα.

Er sank noch tiefer in seinen Stuhl, bereit zum Schlafen.

Βυθίστηκε ακόμα πιο βαθιά στην καρέκλα του, έτοιμος να κοιμηθεί.

Und schließlich packten ihn die Frauen unter den Achseln.

Και τελικά οι γυναίκες τον άρπαξαν κάτω από τις μασχάλες.

Er öffnete die Augen und blickte sie abwechselnd an.

Άνοιξε τα μάτια του και τα κοίταξε εναλλάξ.

„Was für ein Leben!", klagte er beim Zubettgehen.

«Τι ζωή είναι αυτή», παραπονέθηκε πηγαίνοντας για ύπνο.

"Ist das der Frieden, der mir im Alter zuteilwurde?"

«Αυτή είναι η ηρεμία που μου δόθηκε στα γεράματά μου;»

Doch dann stützte er sich auf die beiden Frauen und stand unbeholfen auf.

Αλλά τότε, ακουμπώντας στις δύο γυναίκες, σηκώθηκε αμήχανα.

Er tat so, als trüge er die schwerste Last.

Συμπεριφερόταν σαν να κουβαλούσε το βαρύτερο φορτίο.

Er ließ sich von den beiden Frauen bis ans andere Ende des Raumes führen.

Άφησε τις δύο γυναίκες να τον οδηγήσουν μέχρι το τέλος του δωματίου.

Dort wünschte er ihnen eine gute Nacht und ging dann allein weiter.

Εκεί τους καληνύχτισε και συνέχισε μόνος του.

Doch die Mutter warf hastig ihr Nähzeug hin.

Αλλά η μητέρα πέταξε βιαστικά κάτω το σετ ραπτικής της.

Und auch die Schwester legte den Stift und den Notizblock beiseite.

Και η αδερφή άφησε κάτω και το στυλό και το σημειωματάριο.

Und sie liefen hinter dem Vater her, um ihm weiter zu helfen.

Και έτρεξαν πίσω από τον πατέρα για να τον βοηθήσουν πιο μακριά.

Wer in dieser überarbeiteten Familie hatte schon Zeit für Gregor?

Ποιος σε αυτή την καταπονημένη από την εργασία οικογένεια είχε χρόνο για τον Γκρέγκορ;

Wer hätte ihm mehr Aufmerksamkeit schenken können als nötig?

Ποιος θα μπορούσε να του δώσει περισσότερη προσοχή από όσο χρειαζόταν;

Das Haushaltsbudget wurde zunehmend eingeschränkt.

Ο οικογενειακός προϋπολογισμός περιοριζόταν ολοένα και περισσότερο.

Um Geld zu sparen, mussten sie schließlich das Dienstmädchen entlassen.

Τελικά, για να εξοικονομήσουν χρήματα, αναγκάστηκαν να απολύσουν την υπηρέτρια.

Sie wurde durch eine stämmige, weißhaarige Frau ersetzt.

Αντικαταστάθηκε από μια γυναίκα με χοντρά κόκαλα και άσπρα μαλλιά.

Diese Frau kam jedoch nur morgens und abends.

Αλλά αυτή η γυναίκα ερχόταν μόνο τα πρωινά και τα
βράδια.
**Und die schwerste und härteste Arbeit wurde ihr
aufgehoben.**
Και όλη η πιο βαριά και σκληρή δουλειά είχε φυλαχτεί γι'
αυτήν.
Alle anderen Hausarbeiten wurden von der Mutter erledigt.
Όλες τις άλλες δουλειές τις έκανε η μητέρα.
**Es kam sogar vor, dass verschiedene
Familienschmuckstücke verkauft wurden.**
Συνέβη μάλιστα να πουληθούν διάφορα οικογενειακά
κοσμήματα.
**Schmuck, den die Frauen bei Feierlichkeiten mit Freude
getragen hatten.**
Κοσμήματα που φορούσαν ευχαρίστως οι γυναίκες κατά τη
διάρκεια των εορτασμών.
Gregor erfuhr dies in einer der allgemeinen Diskussionen.
Ο Γκρέγκορ το έμαθε αυτό από μια από τις γενικές
συζητήσεις.
Die größte Beschwerde betraf jedoch etwas anderes.
Το μεγαλύτερο παράπονο, ωστόσο, ήταν κάτι άλλο.
**Die Wohnung war zu groß, aber sie konnten nicht
ausziehen.**
Το διαμέρισμα ήταν πολύ μεγάλο, αλλά δεν μπορούσαν να
μετακινηθούν.
Es gab keine Möglichkeit, Gregor umzusiedeln.
Δεν υπήρχε περίπτωση να είχαν μεταφέρει τον Γκρέγκορ.
**Gregor erkannte jedoch, dass es nicht nur um
Rücksichtnahme ging.**
Αλλά ο Γκρέγκορ συνειδητοποίησε ότι δεν επρόκειτο μόνο
για αντάλλαγμα.
Etwas anderes hielt sie davon ab, woanders hinzuziehen.
Κάτι άλλο τους εμπόδιζε να μετακινηθούν κάπου αλλού.
**Er hätte problemlos in einer geeigneten Kiste transportiert
werden können.**
Θα μπορούσε εύκολα να μεταφερθεί σε κατάλληλο κουτί.
Ihre Gefühle völliger Hoffnungslosigkeit hielten sie zurück.

Τα συναισθήματα απόλυτης απελπισίας τους κρατούσαν πίσω.

Sie wollten sich nicht eingestehen, dass sie vom Unglück getroffen worden waren.

Δεν ήθελαν να παραδεχτούν ότι τους είχε βρει μια ατυχία.

Was die Welt von armen Menschen verlangt, das haben sie erfüllt.

Αυτό που ο κόσμος απαιτεί από τους φτωχούς, αυτοί το εκπλήρωσαν.

Der Vater holte dem kleinen Bankangestellten das Frühstück.

Ο πατέρας έφερε πρωινό για τον μικρό τραπεζικό υπάλληλο.

Die Mutter opferte sich für die Wäsche von Fremden auf.

Η μητέρα θυσιάστηκε για τα ρούχα των ξένων.

Die Schwester rannte hin und her, um die Bestellungen der Kunden aufzunehmen.

Η αδερφή έτρεχε πέρα δώθε για τις παραγγελίες των πελατών.

Aber sie hatten einfach nicht mehr die Kraft, irgendetwas weiter zu tun.

Αλλά απλώς δεν είχαν τη δύναμη να κάνουν τίποτε άλλο.

Die Wunde in Gregors Rücken schmerzte nun noch mehr.

Η πληγή στην πλάτη του Γκρέγκορ άρχισε να πονάει ακόμα περισσότερο.

Jeden Abend brachten Mutter und Schwester den Vater ins Bett.

Κάθε βράδυ η μητέρα και η αδερφή έφερναν τον πατέρα για ύπνο.

Sie ließen ihre Arbeit liegen und setzten sich zusammen.

Άφησαν τη δουλειά τους εκεί που ήταν και κάθισαν μαζί.

Und sie rückten näher zusammen und saßen Wange an Wange.

Και πλησίασαν ο ένας τον άλλον και κάθισαν μάγουλο με μάγουλο.

Die Mutter zeigte auf das Zimmer, von dem aus er zusah.

Η μητέρα έδειξε το δωμάτιο από όπου τον
παρακολουθούσε.
"Würdest du die Tür schließen?", fragte sie die Schwester.
«Θα έκλεινες την πόρτα;» ρώτησε την αδελφή.
Und dann war Gregor wieder allein in der Dunkelheit.
Και μετά ο Γκρέγκορ έμεινε ξανά μόνος στο σκοτάδι.
Und im Nebenzimmer vermischten die Frauen ihre Tränen.
Και στο διπλανό δωμάτιο η γυναίκα ανακάτεψε τα δάκρυά
τους.
**Oder sie saßen mit trockenen Augen da und starrten einfach
nur auf den Tisch.**
Ή κάθονταν με τα μάτια στεγνά, απλώς κοιτάζοντας το
τραπέζι.
Gregor schlief kaum, weder nachts noch tagsüber.
Ο Γκρέγκορ σχεδόν δεν κοιμόταν καθόλου, ούτε νύχτα ούτε
μέρα.
Er dachte oft darüber nach, wie er der Familie helfen könnte.
Συχνά σκεφτόταν πώς θα μπορούσε να βοηθήσει την
οικογένεια.
**Er dachte darüber nach, das Geld wieder für sie zu
verdienen.**
Σκέφτηκε να κερδίσει ξανά τα χρήματα για αυτούς.
**Er dachte darüber nach, das zu tun, was er früher für sie
getan hatte.**
Σκέφτηκε να κάνει αυτό που έκανε παλιά για αυτούς.
In seinen Gedanken erschien der Bevollmächtigte wieder.
Στις σκέψεις του ο εξουσιοδοτημένος αντιπρόσωπος
επέστρεψε.
Und dieses Mal kam auch der Chef in die Wohnung.
Και αυτή τη φορά ήρθε και το αφεντικό στο διαμέρισμα.
Und die Angestellten und die Lehrlinge waren auch da.
Και οι γραμματείς και οι μαθητευόμενοι ήταν επίσης εκεί.
**Sogar der etwas begriffsstutzige Büroangestellte kam, um
ihn zu sehen.**
Ακόμα και ο αργόστροφος υπάλληλος του γραφείου ήρθε
να τον δει.

Es waren zwei oder drei Freunde aus anderen Branchen dabei.

Υπήρχαν δύο ή τρεις φίλοι από άλλες επιχειρήσεις.

Eine der Zimmermädchen aus einem Hotel in der Provinz.

Μία από τις καμαριέρες ενός ξενοδοχείου στην επαρχία.

Eine kostbare und flüchtige Erinnerung, an der er festzuhalten versuchte.

Μια αγαπημένη και φευγαλέα ανάμνηση που προσπαθούσε να κρατήσει.

Eine Kassiererin aus einem Hutgeschäft, für die er Absichten hatte.

Ένας ταμίας από ένα κατάστημα με καπέλα για τον οποίο είχε προθέσεις.

Doch er war etwas zu langsam gewesen, um ihre Zustimmung zu gewinnen.

Αλλά ήταν λίγο πολύ αργός για να κερδίσει την έγκρισή της.

Sie alle tauchten in seinen Gedanken auf, vermischt mit Fremden.

Όλοι εμφανίστηκαν στις σκέψεις του, ανακατεμένοι με αγνώστους.

Und andere erschienen nicht; sie waren bereits vergessen.

Και άλλοι δεν εμφανίστηκαν· είχαν ήδη ξεχαστεί.

Aber sie halfen weder ihm noch seiner Familie.

Αλλά δεν τον βοήθησαν, ούτε την οικογένεια.

Sie waren unzugänglich, und er war froh, als sie weg waren.

Ήταν απρόσιτα, και χάρηκε όταν έφυγαν.

Er war nicht immer in der Stimmung, sich Sorgen um die Familie zu machen.

Δεν είχε πάντα διάθεση να ανησυχεί για την οικογένεια.

Und er war voller Wut über die mangelnde Aufmerksamkeit.

Και γέμισε οργή από την έλλειψη προσοχής.

Und er konnte sich nichts vorstellen, worauf er Appetit hätte.

Και δεν μπορούσε να φανταστεί τίποτα για το οποίο να είχε όρεξη.

Doch er schmiedete trotzdem Pläne, in die Speisekammer einzubrechen.

Αλλά εξακολουθούσε να κάνει σχέδια για να εισβάλει στο ντουλάπι.

Und er würde sich alles nehmen, was ihm zustand.

Και επρόκειτο να πάρει όλα όσα του άξιζαν.

Die Schwester bemühte sich nicht mehr besonders um ihn.

Η αδελφή δεν κατέβαλε πλέον καμία ιδιαίτερη προσπάθεια γι' αυτόν.

Sie verschwendete keine Zeit mehr damit, darüber nachzudenken, wie sie ihm gefallen könnte.

Δεν αφιέρωνε πλέον χρόνο σκεπτόμενη πώς να τον ευχαριστήσει.

Vor der Arbeit schob sie schnell etwas zu essen ins Zimmer.

Πριν από τη δουλειά, έφερε γρήγορα λίγο φαγητό στο δωμάτιο.

Und am Abend kehrte sie die Essensreste schnell wieder zusammen.

Και το βράδυ σκούπισε γρήγορα ξανά το φαγητό.

Ob er gegessen hatte oder nicht, bemerkte sie nicht mehr.

Είτε είχε φάει είτε όχι, δεν το πρόσεχε πια.

In den meisten Fällen blieb das Essen nun unberührt.

Τις περισσότερες φορές πλέον το φαγητό έμενε ανέγγιχτο.

Abends huschte sie immer noch schnell durch den Raum.

Ακόμα και το βράδυ, σάρωσε γρήγορα το δωμάτιο.

Doch nun tat sie nur das Nötigste, und zwar so schnell wie möglich.

Αλλά τώρα έκανε το ελάχιστο δυνατό, όσο πιο γρήγορα μπορούσε.

An den Mauern zogen sich Spuren von Schmutz entlang.

Λωρίδες χώματος έτρεχαν κατά μήκος των τοίχων.

Auf dem Boden lagen Staub- und Müllklumpen.

Μπάλες από σκόνη και σκουπίδια έμειναν πεσμένες στο πάτωμα.

Gregor missbilligte ihre Nachlässigkeit.

Ο Γκρέγκορ έδειξε την αποδοκιμασία του για την έλλειψη φροντίδας της.

Er drehte sich in einem besonders markanten Winkel.

Γύρισε τον εαυτό του υπό μια ιδιαίτερα σημαντική γωνία.

Aber er hätte wochenlang in dieser Position bleiben können.

Αλλά θα μπορούσε να είχε μείνει στη θέση του για εβδομάδες.

Seine Schwester hätte seine Unzufriedenheit nicht bemerkt.

Η αδερφή του δεν θα είχε προσέξει τη δυσαρέσκειά του.

Sie sah den Dreck genauso gut wie er, wenn nicht sogar besser.

Έβλεπε τη βρωμιά εξίσου καλά με αυτόν, αν όχι καλύτερα.

Aber sie hatte beschlossen, den Dreck dort zu lassen, wo er war.

Αλλά είχε αποφασίσει να αφήσει τη βρωμιά εκεί που ήταν.

Damals entwickelte sie eine völlig neue Sensibilität.

Εκείνη την εποχή υιοθέτησε μια εντελώς νέα ευαισθησία.

Sie hatte es sich zur Aufgabe gemacht, Gregors Zimmer zu reinigen.

Είχε κάνει το καθάρισμα του δωματίου του Γκρέγκορ δική της ευθύνη.

Die Familie war von ihrer freundlichen Rücksichtnahme sehr berührt.

Η οικογένεια συγκινήθηκε από την ευγενική της στοχαστικότητα.

Einst hatte die Mutter sein Zimmer gründlich gereinigt.

Κάποτε, η μητέρα είχε καθαρίσει σχολαστικά το δωμάτιό του.

Erst nachdem sie mehrere Eimer Wasser verbraucht hatte, gelang es ihr.

Μόνο αφού χρησιμοποίησε μερικούς κουβάδες νερό τα κατάφερε.

Die neu aufgetretene Feuchtigkeit im Zimmer schadete Gregor jedoch.

Ωστόσο, η καινούρια υγρασία στο δωμάτιο έβλαψε τον Γκρέγκορ.

Und er lag breitbeinig, verbittert und regungslos auf dem Sofa.

Και ξάπλωσε πλατύς, πικραμένος και ακίνητος στον καναπέ.

Doch das war nur ihre erste Strafe für ihre Hilfeleistung.

Αλλά αυτή ήταν μόνο η πρώτη της τιμωρία για τη βοήθειά της.

Die Schwester bemerkte schnell die Veränderung in Gregors Zimmer.

Η αδελφή γρήγορα παρατήρησε την αλλαγή στο δωμάτιο του Γκρέγκορ.

Und sie rannte, zutiefst beleidigt, ins Wohnzimmer.

Και έτρεξε στο σαλόνι, εξαιρετικά προσβεβλημένη.

Ihre Mutter hob die Hände und versuchte, sie zu beschwören.

Η μητέρα της σήκωσε τα χέρια της και προσπάθησε να την ικετέψει.

Doch trotz einer aufrichtigen Erklärung brach sie in Tränen aus.

Αλλά παρά την ειλικρινή εξήγηση, ξέσπασε σε κλάματα.

Der Vater erschrak natürlich und fuhr aus seinem Stuhl hoch.

Ο πατέρας φυσικά ξαφνιάστηκε από την καρέκλα του.

Und die beiden Eltern schauten fassungslos und hilflos zu.

Και οι δύο γονείς παρακολουθούσαν έκπληκτοι και αβοήθητοι.

Und schließlich gerieten auch ihre Gefühle in Aufruhr.

Και τελικά τα συναισθήματά τους ταράχτηκαν κι αυτά.

Der Vater warf der Mutter vor, was sie getan hatte.

Ο πατέρας επιτίμησε τη μητέρα για αυτό που είχε κάνει.

"Du hättest das Zimmer Grete zum Putzen überlassen sollen."

«Έπρεπε να είχες φύγει από το δωμάτιο για να καθαρίσει η Γκρέτε.»

Grete schrie die Mutter an, weil sie sein Zimmer aufgeräumt hatte.

Η Γκρέτε φώναξε στη μητέρα επειδή καθάριζε το δωμάτιό του.

„Du darfst sein Zimmer nie wieder putzen!"

«Δεν επιτρέπεται ποτέ ξανά να καθαρίσεις το δωμάτιό του!»

Die Mutter versuchte, den Vater ins Schlafzimmer zu zerren.

Η μητέρα προσπάθησε να σύρει τον πατέρα στην κρεβατοκάμαρα.

Die Schwester blieb zitternd und schluchzend im Zimmer zurück.

Η αδελφή έμεινε στο δωμάτιο, τρέμοντας και κλαίγοντας.

Und sie hämmerte mit ihren kleinen Fäustchen auf den Tisch.

Και χτύπησε το τραπέζι με τις μικρές της γροθιές.

Und Gregor zischte sie alle lautstark vor Wut an.

Και ο Γκρέγκορ σφύριξε δυνατά από θυμό προς όλους τους.

Warum war niemand auf die Idee gekommen, ihm die Tür zu schließen?

Γιατί κανείς δεν είχε σκεφτεί να του κλείσει την πόρτα;

Sie hätten ihm diesen Anblick und Lärm ersparen können.

Θα μπορούσαν να τον είχαν γλιτώσει από αυτό το θέαμα και τον θόρυβο.

Die Schwester war erschöpft, als sie von der Arbeit nach Hause kam.

Η αδελφή ήταν εξαντλημένη αφού γύρισε σπίτι από τη δουλειά.

Und die Betreuung von Gregor bedeutete für sie noch mehr Arbeit.

Και η φροντίδα του Γκρέγκορ ήταν ακόμη μεγαλύτερη δουλειά για εκείνη.

Das bedeutete aber nicht, dass die Mutter es hätte tun sollen.

Αλλά αυτό δεν σήμαινε ότι η μητέρα έπρεπε να το είχε κάνει.

Gregor hingegen sollte nicht vernachlässigt werden.

Ο Γκρέγκορ, από την άλλη πλευρά, δεν πρέπει να παραμεληθεί.

Aber jetzt hatten sie ein neues Dienstmädchen, das solche Dinge tun konnte.

Αλλά τώρα είχαν μια καινούρια υπηρέτρια που μπορούσε να κάνει τέτοια πράγματα.

Eine ältere Witwe mit kräftigem Knochenbau.

Μια ηλικιωμένη χήρα που είχε εύρωστη οστική δομή.

Eine Statur, die ihr half, ihr schwieriges Leben zu überstehen.

Ένα ανάστημα που τη βοήθησε να επιβιώσει στη δύσκολη ζωή της.

Sie hatte keine wirkliche Abneigung gegen Gregors Erscheinung.

Δεν έτρεφε καμία πραγματική αποστροφή για την εμφάνιση του Γκρέγκορ.

Sie hatte versehentlich die Tür zu Gregors Zimmer geöffnet.

Είχε ανοίξει κατά λάθος την πόρτα του δωματίου του Γκρέγκορ.

Es geschah nicht aus besonderer Neugierde bezüglich des Zimmers.

Δεν ήταν από κάποια ιδιαίτερη περιέργεια για το δωμάτιο.

Sie tat lediglich ihre Arbeit und öffnete dabei zufällig die Tür.

Απλώς έκανε τη δουλειά της και έτυχε να ανοίξει την πόρτα.

Gregor war natürlich völlig überrascht von ihr.

Ο Γκρέγκορ, φυσικά, έμεινε εντελώς έκπληκτος από αυτήν.

Er wurde nicht verfolgt, aber er rannte hin und her.

Δεν τον κυνηγούσαν, αλλά έτρεχε πέρα δώθε.

Und sie verschränkte einfach die Arme und sah ihm beim Krabbeln zu.

Και απλώς σταύρωσε τα χέρια της και τον παρακολούθησε να σέρνεται.

Seitdem hat sie ihm immer einen Spaltbreit die Tür geöffnet.

Από τότε, πάντα του άνοιγε λίγο την πόρτα.

Eines Morgens schaute sie nach ihm, um zu sehen, wie es ihm ging.

Μια φορά το πρωί κοίταξε μέσα να δει πώς ήταν.

Und am Abend sah sie nach ihm, bevor sie ging.

Και το βράδυ τον έλεγξε, πριν φύγει.

Zuerst versuchte sie auch, ihn zu sich zu rufen.

Στην αρχή προσπάθησε επίσης να τον φωνάξει να έρθει κοντά της.

„Komm her, du alter Mistkäfer!", pflegte sie zu sagen.

«Έλα εδώ, γερο-σκαθάρι της κοπριάς!» συνήθιζε να λέει.

Oder sie sagte freundlich: „Schau dir den alten Mistkäfer an!"

Ή είπε, «κοίτα το γερο-σκαθάρι της κοπριάς!», φιλικά.

Gregor reagierte nie darauf, wenn man so mit ihm sprach.

Ο Γκρέγκορ δεν αντέδρασε ποτέ όταν του μιλούσαν με αυτόν τον τρόπο.

Er blieb stehen, ohne sich zu rühren, und ignorierte sie.

Έμεινε εκεί, ακίνητος, και την αγνόησε.

„Wenn man ihr doch nur gesagt hätte, wie man ihre Arbeit richtig macht."

«Μακάρι να της είχαν πει πώς να κάνει σωστά τη δουλειά της.»

„Anstatt mich zu belästigen, sollte sie lieber mein Zimmer aufräumen."

«Αντί να με ενοχλεί, ας καθαρίσει το δωμάτιό μου.»

Eines Morgens prasselte ein heftiger Regenguss gegen die Fenster.

Μια φορά νωρίς το πρωί μια δυνατή βροχή χτύπησε τα παράθυρα.

Vielleicht war der Regen bereits ein Zeichen für den kommenden Frühling.

Ίσως η βροχή να ήταν ήδη ένα σημάδι της ερχόμενης άνοιξης.

Das Dienstmädchen begann wieder auf diese Weise mit ihm zu sprechen.

Η υπηρέτρια άρχισε να του μιλάει ξανά με αυτόν τον τρόπο.

Gregor war so verbittert, dass er sich umdrehte und ihr ins Gesicht sah.

Ο Γκρέγκορ ήταν τόσο πικραμένος που γύρισε να την κοιτάξει.

Er war langsam und gebrechlich, aber es war eine Art Angriff.

Ήταν αργός και αδύναμος, αλλά ήταν ένα είδος επίθεσης.

Das Dienstmädchen hingegen hatte überhaupt keine Angst vor Gregor.

Η υπηρέτρια, ωστόσο, δεν φοβόταν καθόλου τον Γκρέγκορ.

Stattdessen hob sie einen Stuhl hoch, der in der Nähe der Tür stand.

Αντ' αυτού, σήκωσε μια καρέκλα που ήταν κοντά στην πόρτα.

Und sie stand da, ganz ruhig, mit weit geöffnetem Mund.

Και στάθηκε εκεί, ήρεμα, με το στόμα της ορθάνοιχτο.

Ihre Absichten waren klar, das konnte sogar Gregor erkennen.

Οι προθέσεις της ήταν σαφείς, ακόμη και ο Γκρέγκορ μπορούσε να το δει αυτό.

Und er drehte sich langsam um und kehrte zu seinem ursprünglichen Platz zurück.

Και γύρισε αργά, στην αρχική του θέση.

"Sie wollen also nicht näher kommen, oder?"

«Άρα δεν θέλεις να πλησιάσεις περισσότερο, έτσι δεν είναι;»

Und sie stellte den Stuhl leise wieder in die Ecke.

Και έβαλε ήσυχα την καρέκλα πίσω στη γωνία.

Gregor aß kaum noch etwas.

Ο Γκρέγκορ δεν έτρωγε σχεδόν τίποτα πια.

Manchmal blieb er bei seinen Rundgängen im Zimmer stehen.

Μερικές φορές, καθώς περπατούσε μέσα στο δωμάτιο, σταματούσε.

Und er befand sich neben dem für ihn zubereiteten Essen.

Και βρέθηκε δίπλα στο φαγητό που του είχαν ετοιμάσει.

Er steckte sich das Essen in den Mund, aber nur, um damit zu spielen.

Έβαζε το φαγητό στο στόμα του, αλλά μόνο για να παίξει μαζί του.

Und nicht selten spuckte er es nach ein paar Stunden wieder aus.

Και αρκετά συχνά το έφτυνε ξανά μετά από μερικές ώρες.

Er versuchte, einen Grund für seinen Appetitverlust zu finden.

Προσπάθησε να βρει μια αιτία για την έλλειψη όρεξής του.

Vielleicht, weil er mit dem Zustand seines Zimmers unzufrieden war.

Ίσως επειδή ήταν λυπημένος για την κατάσταση του δωματίου του.

Aber er hatte sich mit den Veränderungen im Raum abgefunden.

Αλλά είχε αποδεχτεί τις αλλαγές στο δωμάτιο.

In letzter Zeit hatte sich sein Zimmer in eine Art Abstellraum verwandelt.

Πρόσφατα το δωμάτιό του είχε μετατραπεί σε ένα είδος αποθήκης.

Sie hatten sich angewöhnt, Dinge dort liegen zu lassen.

Είχαν αποκτήσει τη συνήθεια να αφήνουν τα πράγματα εκεί.

Und nun lagen noch viele solcher Dinge in seinem Zimmer.

Και τώρα είχαν απομείνει πολλά τέτοια πράγματα στο δωμάτιό του.

Weil ein Zimmer der Wohnung vermietet worden war.

Επειδή ένα δωμάτιο του διαμερίσματος είχε ενοικιαστεί.

Drei ernsthafte Herren mieteten das Zimmer gemeinsam.

Τρεις ένθερμοι κύριοι νοίκιαζαν το δωμάτιο μαζί.

Gregor hat sie einmal durch einen Türspalt erblickt.

Ο Γκρέγκορ τους πρόσεξε κάποτε μέσα από μια χαραμάδα στην πόρτα.

Sie trugen Vollbärte und waren penibel gekleidet.

Είχαν πυκνά γένια και ήταν σχολαστικά ντυμένοι.

Sie achteten penibel darauf, dass alles ordentlich blieb.

Ήταν σχολαστικοί στο να διατηρούν τα πάντα τακτοποιημένα.

Ihr Hang zur Ordnung beschränkte sich nicht nur auf ihr Zimmer.

Η επιμονή τους για τάξη δεν σταματούσε στο δωμάτιό τους.

Die gesamte Wohnung musste tadellos sauber gehalten werden.

Όλο το διαμέρισμα έπρεπε να διατηρείται απόλυτα καθαρό.

Sie legten sogar noch mehr Wert auf das Aussehen der Küche.

Ήταν ακόμη πιο σχολαστικοί με την εμφάνιση της κουζίνας.

Und unnötigen Unrat konnten sie nicht dulden.

Και δεν μπορούσαν να ανεχθούν καμία περιττή ακαταστασία.

Sie hatten auch ihre eigenen Möbel mitgebracht.

Είχαν φέρει μαζί τους και τα δικά τους έπιπλα.

Aus diesem Grund waren viele Dinge überflüssig geworden.

Για αυτόν τον λόγο, πολλά πράγματα είχαν γίνει περιττά.

Das waren Dinge, für die niemand Geld bezahlen würde.

Ήταν πράγματα για τα οποία κανείς δεν θα πλήρωνε χρήματα.

Die Familie wollte diese Dinge aber auch nicht wegwerfen.

Αλλά ούτε η οικογένεια ήθελε να τα πετάξει.

All diese Dinge landeten irgendwo in Gregors Zimmer.

Όλα αυτά πήγαν κάπου στο δωμάτιο του Γκρέγκορ.

Der Aschenbecher aus der Küche stand nun in seinem Zimmer.

Το κουτί με τη στάχτη από την κουζίνα φυλασσόταν τώρα στο δωμάτιό του.

Und der Müll wurde bis zum Abholtag in seinem Zimmer aufbewahrt.

Και τα σκουπίδια κρατήθηκαν στο δωμάτιό του μέχρι την ημέρα των σκουπιδιών.

Das Dienstmädchen warf alles, was sie nicht brauchte, in sein Zimmer.

Η καμαριέρα έριχνε ό,τι δεν χρειαζόταν στο δωμάτιό του.

Zum Glück sah er nichts weiter als die Hand und den Gegenstand.

Ευτυχώς δεν είδε τίποτα περισσότερο από το χέρι και το αντικείμενο.

Sie hatte wahrscheinlich vor, die Sachen später abzuholen.

Πιθανότατα σκόπευε να επιστρέψει για τα πράγματα αργότερα.

Oder vielleicht wollte sie einfach alles auf einmal wegwerfen.

Ή ίσως ήθελε να τα πετάξει όλα μονομιάς.

Doch alles blieb dort, wo es ursprünglich gelandet war.

Ωστόσο, όλα παρέμειναν εκεί που είχαν αρχικά προσγειωθεί.

Es sei denn, Gregor bewegte den Schrott, indem er sich hindurchzwängte.

Εκτός κι αν ο Γκρέγκορ μετακίνησε τα άχρηστα αντικείμενα σκαρφαλώνοντας μέσα σε αυτά.

Zuerst musste er sich durch den ganzen Schrott hindurchkriechen.

Στην αρχή αναγκάστηκε να σέρνεται μέσα σε όλα τα σκουπίδια.

Es gab für ihn keine Möglichkeit, dies zu vermeiden.

Δεν υπήρχε καμία πιθανότητα να το αποφύγει.

Später fand er jedoch tatsächlich Freude an dieser Tätigkeit.

Αλλά αργότερα βρήκε πραγματικά ευχαρίστηση σε αυτή τη δραστηριότητα.

Diese Anstrengung hinterließ ihn jedoch traurig und zutiefst erschöpft.

Αν και μια τέτοια προσπάθεια τον άφησε λυπημένο και βαθιά κουρασμένο.

Und danach war er viele Stunden lang bewegungsunfähig.

Και μετά δεν μπορούσε να κινηθεί για πολλές ώρες.

Die Untermieter aßen manchmal im Wohnzimmer.

Οι ένοικοι μερικές φορές έτρωγαν το γεύμα τους στο σαλόνι.

Die Wohnzimmertür blieb an diesen Abenden geschlossen.

Η πόρτα του σαλονιού παρέμενε κλειστή εκείνα τα βράδια.

Gregor hatte aber keine Schwierigkeiten, die Tür jetzt nicht zu öffnen.

Αλλά ο Γκρέγκορ δεν δυσκολεύτηκε να μην ανοίξει την πόρτα τώρα.

Selbst wenn die Tür offen war, schaute er nicht immer hinaus.

Ακόμα και όταν η πόρτα ήταν ανοιχτή, δεν κοίταζε πάντα έξω.

Doch er legte sich in die dunkelste Ecke des Zimmers.

Αλλά ξάπλωσε στην πιο σκοτεινή γωνιά του δωματίου.

Auch der Familie fiel seine mangelnde Aufmerksamkeit nicht auf.

Η οικογένεια δεν πρόσεξε ούτε την έλλειψη προσοχής του.

Doch einmal ließ das Dienstmädchen die Tür offen.

Αλλά υπήρξε μια φορά που η καμαριέρα άφησε την πόρτα ανοιχτή.

Die Tür blieb auch dann offen, als die Mieter zurückkehrten.

Η πόρτα παρέμεινε ανοιχτή ακόμα και όταν επέστρεψαν οι ένοικοι.

Und die Tür war offen, als das Licht eingeschaltet wurde.

Και η πόρτα ήταν ανοιχτή όταν άναψε το φως.

Der Mann saß an dem Tisch, an dem die Familie zu Abend aß.

Ο άντρας καθόταν στο τραπέζι όπου δειπνούσε η οικογένεια.

Vater, Mutter und Gregor saßen dort in früheren Zeiten.

Ο πατέρας, η μητέρα και ο Γκρέγκορ κάθονταν εκεί παλαιότερα.

Sie entfalteten die Servietten und nahmen Messer und Gabeln.

Ξεδίπλωσαν τις χαρτοπετσέτες και πήραν μαχαίρια και πιρούνια.

Die Mutter erschien mit einer Schüssel Fleisch in der Tür.

Η μητέρα εμφανίστηκε στην πόρτα με ένα μπολ με κρέας.

Dann kam die Schwester mit einer Schüssel voller Kartoffeln herein.

Έπειτα η αδελφή μπήκε μέσα με ένα μπολ γεμάτο πατάτες.

**Die Untermieter beugten sich über die vor ihnen
aufgestellten Schüsseln.**

Οι ένοικοι έσκυψαν πάνω από τα μπολ που ήταν
τοποθετημένα μπροστά τους.

Der dichte Rauch des Essens stieg ihnen bis in die Nasen.

Ο πυκνός καπνός του φαγητού έφτανε μέχρι τις μύτες
τους.

**Aber sie hatten noch nicht entschieden, ob sie das Essen
essen würden.**

Αλλά δεν είχαν αποφασίσει ακόμα αν θα έτρωγαν το
φαγητό.

**Vielleicht würden sie das Essen zurück in die Küche
schicken.**

Ίσως θα έστελναν το γεύμα πίσω στην κουζίνα.

Der Mann in der Mitte schien die Autoritätsperson zu sein.

Ο άντρας που καθόταν στη μέση φαινόταν να είναι η
αυθεντία.

**Er schnitt das Fleisch an, um festzustellen, ob es zart genug
war.**

Έκοψε το κρέας για να διαπιστώσει αν ήταν αρκετά
τρυφερό.

Er war zufrieden mit dem Geruch und Aussehen des Essens.

Ήταν ικανοποιημένος με το πώς μύριζε και φαινόταν το
φαγητό.

**Die Mutter und die Schwester hatten sie ängstlich
beobachtet.**

Η μητέρα και η αδερφή τους παρακολουθούσαν με αγωνία.

**Und sie begannen zu lächeln, begleitet von einem Seufzer
der aufgestauten Erleichterung.**

Και άρχισαν να χαμογελούν με έναν αναστεναγμό
ανακούφισης.

Die Familie selbst wollte in der Küche essen.

Η ίδια η οικογένεια επρόκειτο να φάει στην κουζίνα.

Doch zuerst ging der Vater nach den Untermietern sehen.

Αλλά πρώτα ο πατέρας πήγε να ελέγξει τους ενοίκους.

**Er verbeugte sich einmal und hielt dabei seine Arbeitsmütze
in der Hand.**

Υποκλίθηκε μία φορά, κρατώντας στο χέρι του το καπέλο του από τη δουλειά.

Und er ging einmal im Kreis um den Tisch herum, zu jedem Gast.

Και περπάτησε σε κύκλο γύρω από το τραπέζι, προς κάθε καλεσμένο

Die Untermieter standen alle auf und murmelten in ihre Bärte.

Όλοι οι ένοικοι σηκώθηκαν όρθιοι, μουρμουρίζοντας μέσα στα γένια τους.

Nachdem er gegangen war, aßen sie in fast völliger Stille.

Αφού έφυγε, έφαγαν σχεδόν σε απόλυτη σιωπή.

Gregor fand es seltsam, dass er Kaugeräusche hörte.

Στον Γκρέγκορ φαινόταν παράξενο που άκουγε να μασάει.

Kein anderer Aspekt des Essens schien Geräusche zu verursachen.

Καμία άλλη πτυχή του φαγητού δεν φαινόταν να βγάζει κανέναν ήχο.

Aber er konnte deutlich hören, wie Zähne aufeinander knirschten.

Αλλά άκουγε καθαρά τα δόντια του να τρίζουν μεταξύ τους.

Sie schienen ihm sagen zu wollen, dass er Zähne zum Essen brauche.

Φαινόταν να του λέγουν ότι χρειαζόταν δόντια για να φάει.

"Ohne Zähne im Kiefer kann man gar nichts machen."

«Δεν μπορείς να κάνεις τίποτα αν τα σαγόνια σου είναι χωρίς δόντια.»

„Ich möchte etwas essen", sagte Gregor ängstlich.

«Θα ήθελα να φάω κάτι», είπε ανήσυχα ο Γκρέγκορ.

„Aber ich habe keinen Appetit auf das, was ihr alle esst."

«Αλλά δεν έχω καμία όρεξη για ό,τι τρώτε όλοι σας.»

„Seht euch an, wie diese Mieter essen, und ich verhungere hier."

«Κοιτάξτε αυτούς τους ενοικιαστές πώς τρώνε, κι εγώ εδώ λιμοκτονώ.»

Gregor dachte an diesem Abend zufällig an die Geige.

Ο Γκρέγκορ έτυχε να σκεφτεί το βιολί εκείνο το βράδυ.

Er hatte die Geige seit der Verwandlung nicht mehr gehört.

Δεν είχε ακούσει το βιολί από τότε που έγινε η μεταμόρφωση.

Doch dann, an diesem Abend, ertönte ein Geräusch aus der Küche.

Αλλά τότε, εκείνο το βράδυ, ένας ήχος ακούστηκε από την κουζίνα.

Die Herren hatten ihr Abendessen bereits beendet.

Οι κύριοι είχαν ήδη τελειώσει το βραδινό τους γεύμα.

Der mittlere Herr hatte begonnen, eine Zeitung zu lesen.

Ο μεσαίος κύριος είχε αρχίσει να διαβάζει μια εφημερίδα.

Den beiden anderen Herren hatte er jeweils ein Blatt gegeben.

Είχε δώσει στους άλλους δύο κυρίους από ένα σεντόνι στον καθένα.

Und nun lehnten sie sich zurück, lasen und rauchten.

Και τώρα έγερναν προς τα πίσω, διάβαζαν και κάπνιζαν.

Als die Geige zu spielen begann, wurden sie aufmerksam.

Όταν άρχισε να παίζει το βιολί, έγιναν προσεκτικοί.

Sie standen auf und gingen auf Zehenspitzen zur Tür des Vorzimmers.

Σηκώθηκαν και περπάτησαν στις μύτες των ποδιών τους προς την πόρτα του προθαλάμου.

Hier standen sie eng beieinander und lauschten an der Tür.

Στέκονταν εδώ, στριμωγμένοι ο ένας στον άλλον, ακούγοντας στην πόρτα.

Die Familie muss die Männer aus der Küche gehört haben.

Η οικογένεια πρέπει να άκουσε τους άντρες από την κουζίνα.

Denn der Vater rief sie und fragte sie:

Επειδή ο πατέρας τους φώναξε και τους ρώτησε·

"Ist die Geige für die Herren vielleicht unbequem?"

«Μήπως το βιολί είναι άβολο για τους κυρίους;»

„Wenn Ihnen die Musik nicht gefällt, können wir sofort aufhören.“

«Αν δεν σας αρέσει η μουσική, μπορούμε να σταματήσουμε αμέσως.»

„Im Gegenteil", sagte der mittlere der beiden Herren.

«Αντιθέτως», είπε ο μεσαίος από τους κυρίους.

Möchte die junge Dame in unserem Zimmer Geige spielen?

«Θα ήθελε η νεαρή κυρία να παίξει βιολί στο δωμάτιό μας;»

„Hier ist es definitiv viel komfortabler und gemütlicher."

«Είναι σίγουρα πολύ πιο άνετα και ζεστά εδώ.»

Der Vater antwortete, als wäre er selbst der Geiger.

Ο πατέρας απάντησε σαν να ήταν ο ίδιος ο βιολιστής.

"Oh bitte, das wäre wunderbar", rief der Vater.

«Ω, παρακαλώ, αυτό θα ήταν υπέροχο», φώναξε ο πατέρας.

Die Herren kehrten ins Wohnzimmer zurück und warteten.

Οι κύριοι επέστρεψαν στο σαλόνι και περίμεναν.

Bald darauf kam der Vater mit dem Notenständer ins Zimmer.

Σύντομα ο πατέρας μπήκε στο δωμάτιο με το αναλόγιο.

Die Mutter kam mit dem Notenbuch ins Zimmer.

Η μητέρα μπήκε στο δωμάτιο με το μουσικό βιβλίο.

Und die Schwester kam mit der Geige ins Zimmer.

Και η αδερφή μπήκε στο δωμάτιο με το βιολί.

Sie bereitete in aller Ruhe alles vor, um Geige zu spielen.

Προετοίμασε ήρεμα τα πάντα για να παίξει βιολί.

Die Eltern übertrieben ihre Höflichkeit und ihr Benehmen.

Οι γονείς υπερέβαλαν την ευγένεια και τους τρόπους τους.

Sie hatten zuvor noch nie Zimmer an Untermieter vermietet.

Δεν είχαν νοικιάσει ποτέ δωμάτια σε ενοίκους πριν.

Und sie trauten sich nicht einmal, auf ihren eigenen Stühlen zu sitzen.

Και δεν τολμούσαν καν να καθίσουν στις δικές τους καρέκλες.

Statt sich hinzusetzen, lehnte sich der Vater gegen die Tür.

Αντί να καθίσει, ο πατέρας έγειρε στην πόρτα.

Seine rechte Hand befand sich zwischen zwei Knöpfen seines Mantels.

Το δεξί του χέρι ήταν ανάμεσα σε δύο κουμπιά του παλτού του.

Der Mutter wurde jedoch von einem Herrn ein Stuhl angeboten.

Στη μητέρα, ωστόσο, προσφέρθηκε μια καρέκλα από έναν κύριο.

Aber sie setzte sich an die Stelle, wo der Herr den Stuhl hingestellt hatte.

Αλλά κάθισε εκεί που ο κύριος είχε τοποθετήσει την καρέκλα.

Und er hatte den Stuhl nicht an einem bestimmten Ort aufgestellt.

Και δεν είχε τοποθετήσει την καρέκλα πουθενά συγκεκριμένα.

So saß die Mutter abseits von allen anderen in einer Ecke.

Έτσι η μητέρα κάθισε μακριά από όλους, σε μια γωνία.

Und schließlich begann die Schwester Geige zu spielen.

Και τελικά η αδερφή άρχισε να παίζει βιολί.

Die Eltern auf den gegenüberliegenden Seiten beobachteten das Geschehen aufmerksam.

Οι γονείς, στις αντίθετες πλευρές, έδωσαν ιδιαίτερη προσοχή.

Und sie beobachteten jede Bewegung ihrer Hand genau.

Και παρακολουθούσαν προσεκτικά κάθε κίνηση του χεριού της.

Gregor war auch vom Geigenspiel fasziniert.

Ο Γκρέγκορ έλκονταν επίσης από το παίξιμο του βιολιού.

Und er wagte sich ein Stück weiter aus seinem Zimmer hinaus.

Και βγήκε από το δωμάτιό του λίγο πιο πέρα.

Er hatte den Kopf schon im Wohnzimmer.

Ήταν ήδη με το κεφάλι του μέσα στο σαλόνι.

Er war stets sehr stolz darauf, besonders rücksichtsvoll zu sein.

Συνήθιζε να είναι πολύ περήφανος που ήταν πολύ διακριτικός.

Doch in letzter Zeit hinterfragte er seine Nachlässigkeit kaum noch.

Αλλά πρόσφατα δεν αμφισβήτησε σχεδόν καθόλου την έλλειψη φροντίδας του.

Auch wenn er jetzt mehr Grund hatte, sich zu verstecken als zuvor.

Ακόμα κι αν είχε περισσότερους λόγους να κρυφτεί τώρα από ό,τι πριν.

Weil sein Zimmer mit Staub und allerlei Schmutz bedeckt war.

Επειδή το δωμάτιό του ήταν καλυμμένο με σκόνη και διάφορα χώματα.

Die geringste Bewegung wirbelte allerlei Schmutz auf.

Η παραμικρή κίνηση ανακάτευε κάθε είδους βρωμιά.

Der ganze Dreck klebte an ihm: Staub, Haare, Essensreste.

Όλη αυτή η βρωμιά του κόλλησε· σκόνη, μαλλιά, υπολείμματα φαγητού.

Er hätte den Schmutz am Teppich abreiben können.

Θα μπορούσε να είχε τρίψει τη βρωμιά από το χαλί.

Das tat er mehrmals täglich.

Αυτό ήταν κάτι που συνήθιζε να κάνει αρκετές φορές την ημέρα.

Doch seine Gleichgültigkeit gegenüber allem war viel zu groß.

Αλλά η αδιαφορία του για τα πάντα ήταν υπερβολικά μεγάλη.

Deshalb hatte er keine Angst, noch ein Stück weiterzugehen.

Έτσι δεν φοβόταν να προχωρήσει λίγο παραπέρα.

Und er betrat den makellosen Wohnzimmerboden.

Και μετακινήθηκε στο άψογο πάτωμα του σαλονιού.

Doch niemand bemerkte ihn oder schenkte ihm Beachtung.

Ωστόσο, κανείς δεν του έδωσε σημασία, ούτε τον πρόσεξε.

Die Familie war völlig in das Konzert vertieft.

Η οικογένεια ήταν απόλυτα απορροφημένη στη συναυλία.

Die Herren hingegen zogen sich zunächst zurück.

Οι κύριοι, από την άλλη πλευρά, αρχικά υποχώρησαν.

Und sie standen dicht hinter dem Notenständer der Schwester.

Και στάθηκαν κοντά, πίσω από το αναλόγιο της αδερφής.

Wenn sie hingesehen hätten, hätten sie die Noten sehen können.

Αν είχαν κοιτάξει, θα μπορούσαν να δουν τις μουσικές νότες.

Dies hätte die Schwester natürlich beunruhigt.

Αυτό, φυσικά, θα είχε ενοχλήσει την αδερφή.

Dann blieben sie am Fenster stehen, anstatt sich hinzusetzen.

Έπειτα στάθηκαν δίπλα στο παράθυρο, αντί να καθίσουν.

Mit den Händen in den Taschen redeten sie weiter.

Με τα χέρια στις τσέπες τους συνέχιζαν να μιλάνε.

Sie blieben dort, während der Vater ängstlich zusah.

Έμειναν εκεί ενώ ο πατέρας παρακολουθούσε με αγωνία.

Man hatte den Eindruck, dass sie andere Erwartungen hatten.

Κάποιος είχε την εντύπωση ότι είχαν άλλες προσδοκίες.

Und es schien wirklich so, als wären sie enttäuscht gewesen.

Και φαινόταν πραγματικά σαν να είχαν απογοητευτεί.

Es schien, als hätten sie genug von der Vorstellung.

Φαινόταν σαν να είχαν χορτάσει την παράσταση.

Sie hatten zugelassen, dass die Geige ihren Frieden störte.

Είχαν επιτρέψει στο βιολί να διαταράξει την ησυχία τους.

Und sie tolerierten die Musik nur aus Höflichkeit.

Και ανέχονταν τη μουσική μόνο από ευγένεια.

Besonders beunruhigend war, wie sie den Rauch wegbliesen.

Ο τρόπος με τον οποίο φύσηξαν τον καπνό ήταν ιδιαίτερα ανησυχητικός.

Und dennoch spielte sie so wunderschön Geige.

Κι όμως έπαιζε βιολί τόσο όμορφα.

Ihr Gesicht war leicht zur Seite geneigt, auf der Geige.

Το πρόσωπό της ήταν γερμένο απαλά στο πλάι, πάνω στο βιολί.

Ihr Blick wanderte traurig die Notenlinien entlang.

Τα μάτια της έψαχναν με θλίψη τις μουσικές γραμμές.

Gregor fühlte sich ein wenig mehr ins Wohnzimmer hineingezogen.

Ο Γκρέγκορ ένιωσε να τον τραβούν λίγο περισσότερο οι ώμοι του στο σαλόνι.

Er hielt den Kopf dicht am Boden, blickte aber nach oben.

Κρατούσε το κεφάλι του κοντά στο έδαφος, αλλά κοίταζε ψηλά.

Vielleicht würde sich so der Blick seiner Schwester mit seinem treffen.

Ίσως έτσι το βλέμμα της αδερφής του να συναντήσει τα μάτια του.

Kann man wirklich sagen, dass er nur ein Tier war?

Μπορεί όντως να ειπωθεί ότι ήταν απλώς ένα ζώο;

War er etwa ein Tier, wenn ihn Musik so fesseln konnte?

Ήταν άραγε ζώο αν η μουσική μπορούσε να τον μαγέψει τόσο πολύ;

Er hatte das Gefühl, ihm sei ein Weg zu unbekannter Nahrung gezeigt worden.

Ένιωθε σαν να του είχαν δείξει ένα μονοπάτι προς άγνωστη τροφή.

Vielleicht war dies die Nahrung, die ihm fehlte.

Ίσως αυτή να ήταν η τροφή που του έλειπε.

Er war fest entschlossen, zu seiner Schwester zu gelangen.

Ήταν αποφασισμένος να πλησιάσει την αδερφή του.

Er wollte an ihrem Rock zupfen, um ihre Aufmerksamkeit zu erregen.

Ήθελε να τραβήξει τη φούστα της για να τραβήξει την προσοχή της.

Er wollte ihr eine Art Einladung signalisieren.

Ήθελε να της δώσει μια ένδειξη για μια πρόσκληση.

„Komm und spiel Geige in meinem Zimmer", wollte er sagen.

«Έλα να παίξεις βιολί στο δωμάτιό μου», ήθελε να πει.

Er wollte, dass sie für ihre wunderschöne Musik belohnt wird.

Ήθελε να ανταμειφθεί για την όμορφη μουσική της.

"Niemand hier belohnt dich dafür, dass du Geige spielst."

«Κανείς εδώ δεν σε ανταμείβει επειδή παίζεις βιολί.»
Er wollte sie nicht mehr aus seinem Zimmer lassen.
Δεν ήθελε πια να την αφήσει να βγει από το δωμάτιό του.
Er wollte, dass sie so lange bei ihm blieb, wie er lebte.
Ήθελε να μείνει μαζί του για όσο ζούσε.
Zum ersten Mal hatte seine Verwandlung einen Vorteil.
Για πρώτη φορά η μεταμόρφωσή του είχε κάποιο όφελος.
Seine Missbildung würde ihm nun endlich noch von Nutzen sein.
Η παραμόρφωσή του επρόκειτο επιτέλους να του γίνει χρήσιμη.
Er wollte gleichzeitig an allen vier Türen sein.
Ήθελε να βρίσκεται και στις τέσσερις πόρτες ταυτόχρονα.
Er wollte sie von allen Seiten anfauchen und anspucken.
Ήθελε να σφυρίξει και να τους φτύσει από κάθε γωνία.
Seine Schwester sollte nicht gezwungen werden, bei ihm zu bleiben.
Η αδερφή του δεν πρέπει να αναγκαστεί να μείνει μαζί του.
Er wollte, dass sie sich freiwillig dafür entschied, bei ihm zu bleiben.
Ήθελε να επιλέξει να μείνει μαζί του οικειοθελώς.
Sie wollte sich neben ihn setzen und sich zu ihm hinunterbeugen.
Ετοιμαζόταν να καθίσει δίπλα του και να σκύψει προς το μέρος του.
Und er wollte ihr von der Musikschule erzählen.
Και επρόκειτο να της πει για τη μουσική σχολή.
Er hatte die feste Absicht, sie auf die Akademie zu schicken.
Είχε την ακλόνητη πρόθεση να την στείλει στην ακαδημία.
Das hätte er allen schon letztes Weihnachten erzählt.
Θα είχε πει σε όλους για αυτά τα περασμένα Χριστούγεννα.
War Weihnachten etwa schon wieder vorbei?
Μήπως τα Χριστούγεννα είχαν έρθει και είχαν περάσει ξανά;
Und er hätte sich von niemandem davon abbringen lassen.
Και δεν θα άφηνε κανέναν να τον αποτρέψει από αυτό.

Doch dann setzte das Unglück allem ein Ende.

Αλλά τότε το άτυχο ατύχημα σταμάτησε τα πάντα.

Die Schwester wäre von ihren Gefühlen überwältigt gewesen.

Η αδελφή θα είχε κατακλυστεί από συγκίνηση.

Und dann wäre Gregor bis auf ihre Schulter geklettert.

Και τότε ο Γκρέγκορ θα είχε σκαρφαλώσει στον ώμο της.

Und er hätte sie getröstet, indem er ihren Hals geküsst hätte.

Και θα την είχε παρηγορήσει φιλώντας την στο λαιμό.

„Herr Samsa!", rief der Mann in der Mitte dem Vater zu.

«Κύριε Σάμσα!» φώναξε ο άντρας στη μέση στον πατέρα.

Er zeigte mit dem Zeigefinger nach unten auf Gregor.

Έδειχνε με τον δείκτη του προς τα κάτω τον Γκρέγκορ.

Gregor bewegte sich langsam über den Wohnzimmerboden.

Ο Γκρέγκορ κινούνταν αργά στο πάτωμα του σαλονιού.

Das Geigenspiel verstummte sehr schnell.

Το παίξιμο του βιολιού πολύ γρήγορα σίγησε.

Der mittlere der drei Männer lächelte seine Freunde an.

Ο μεσαίος από τους τρεις άντρες χαμογέλασε στους φίλους του.

Dann schüttelte er den Kopf und blickte zurück zu Gregor.

Έπειτα κούνησε το κεφάλι του και κοίταξε ξανά τον Γκρέγκορ.

Der Vater hätte Gregor zurück in sein Zimmer schicken können.

Ο πατέρας θα μπορούσε να είχε αναγκάσει τον Γκρέγκορ να επιστρέψει στο δωμάτιό του.

Das war jedoch nicht die erste Maßnahme, zu der er sich entschloss.

Αλλά αυτή δεν ήταν η πρώτη ενέργεια που αποφάσισε.

Er hielt es für wichtiger, die Herren zu beruhigen.

Θεώρησε πιο σημαντικό να ηρεμήσει τους κυρίους.

Obwohl sie von Gregor eigentlich überhaupt nicht verärgert waren.

Αν και στην πραγματικότητα δεν τους αναστάτωσε καθόλου ο Γκρέγκορ.

Gregor schien unterhaltsamer als das Geigenspiel.

Ο Γκρέγκορ φαινόταν πιο διασκεδαστικός από το παίξιμο του βιολιού.

Er eilte mit ausgestreckten Armen auf sie zu.

Έτρεξε προς το μέρος τους με τα χέρια του απλωμένα.

Er gab sein Bestes, um ihren Blick auf Gregor zu verbergen.

Προσπαθούσε όσο καλύτερα μπορούσε να κρύψει την άποψή τους για τον Γκρέγκορ.

Und er versuchte, sie zur Rückkehr in ihr Zimmer zu bewegen.

Και προσπάθησε να τους ενθαρρύνει να επιστρέψουν στο δωμάτιό τους.

Das hat sie eher ein wenig verärgert.

Αν μη τι άλλο, αυτό τους έκανε λίγο ενοχλημένους.

Es war aber schwer zu sagen, was genau sie störte.

Αλλά ήταν δύσκολο να πει κανείς τι ακριβώς τους ενοχλούσε.

Der Vater verdarb die abendliche Unterhaltung.

Ο πατέρας χαλούσε τη διασκέδαση της βραδιάς.

Aber sie hatten auch gerade erst von ihrem neuen Mitbewohner erfahren.

Αλλά μόλις είχαν μάθει για τον νέο τους συγκάτοικο.

Sie hoben die Hände, genau wie der Vater es getan hatte.

Σήκωσαν τα χέρια τους ακριβώς όπως είχε κάνει ο πατέρας.

Sie verlangten vom Vater eine sofortige Erklärung.

Απαίτησαν άμεσες εξηγήσεις από τον πατέρα.

Sie zupften unruhig an ihren Bärten, um eine Antwort zu bekommen.

Τραβούσαν ανήσυχα τα γένια τους για να βρουν απάντηση.

Und sie bewegten sich rückwärts in ihr Zimmer, aber sehr langsam.

Και κινήθηκαν προς τα πίσω στο δωμάτιό τους, αλλά πολύ αργά.

Die Unterbrechung hatte die Schwester in eine Trance versetzt.

Η διακοπή είχε φέρει την αδερφή σε έκσταση.

Sie ließ Geige und Bogen an ihrer Seite herabhängen.

Άφησε το βιολί και το δοξάρι να κρέμονται στο πλευρό της.

Und sie blickte auf die Notenblätter, als ob sie immer noch spielen würde.

Και κοίταξε την παρτιτούρα σαν να έπαιζε ακόμα.

Doch dann zog sie sich plötzlich wieder ins Zimmer zurück.

Αλλά ξαφνικά τράβηξε τον εαυτό της πίσω στο δωμάτιο.

Und sie hatte nun das Gefühl, verloren zu sein, überwunden.

Και τώρα είχε ξεπεράσει το συναίσθημα της απώλειας.

Sie legte das Musikinstrument auf den Schoß ihrer Mutter.

Έβαλε το μουσικό όργανο στην αγκαλιά της μητέρας της.

Die Mutter saß schwer atmend auf dem Stuhl.

Η μητέρα καθόταν στην καρέκλα και ανέπνεε βαριά.

Und dann musste die Schwester ins Nebenzimmer rennen.

Και τότε η αδερφή αναγκάστηκε να τρέξει στο διπλανό δωμάτιο.

Sie musste alles für die Herren vorbereiten.

Έπρεπε να τα ετοιμάσει όλα για τους κυρίους.

Sie warf die Decken und Kissen in die Luft.

Πέταξε τις κουβέρτες και τα μαξιλάρια στον αέρα.

Und mit ihren geschickten Händen richtete sie die gesamte Bettwäsche her.

Και με τα επιδέξια χέρια της ετοίμασε όλα τα κλινοσκεπάσματα.

Sie war schon fertig, bevor die Herren den Raum erreichten.

Τελείωσε πριν φτάσουν οι κύριοι στο δωμάτιο.

Und sie verschwand, bevor sie ihnen in die Quere kam.

Και ξέφυγε πριν μπει στο δρόμο τους.

Der Vater schien von seiner eigenen Sturheit beherrscht zu sein.

Ο πατέρας φαινόταν να έχει κυριευτεί από το δικό του πείσμα.

Und so vergaß er jeglichen Respekt, den er seinen Mietern schuldete.

Και έτσι ξέχασε όλο τον σεβασμό που όφειλε στους ενοικιαστές του.

Er drängte und drängte, bis deren Sprecher Einspruch erhob.

Έσπρωχνε και έσπρωχνε μέχρι που ο εκπρόσωπός τους έφερε αντίρρηση.

Als er die Tür erreichte, stampfte er wütend mit dem Fuß auf.

Χτύπησε θυμωμένα το πόδι του όταν έφτασε στην πόρτα.

Und damit brachte er den Vater zum Schweigen.

Και έτσι έφερε τον πατέρα σε αδιέξοδο.

„Hiermit erkläre ich", begann er sich an seinen Vermieter zu wenden.

«Δηλώνω με το παρόν», άρχισε να απευθύνεται στον σπιτονοικοκύρη του.

Und er hob die Hand und blickte die ganze Familie an.

Και σήκωσε το χέρι του, κοιτάζοντας όλη την οικογένεια.

„Hinsichtlich der widerlichen Zustände im Zimmer;"

«Σχετικά με τις αηδιαστικές συνθήκες του δωματίου;»

Und er sorgte dafür, dass alle seinen Worten zuhörten.

Και φρόντιζε να ακούσουν όλοι τα λόγια του.

"Hiermit kündige ich meinen Auszug aus meinem Zimmer."

«Με την παρούσα σας ενημερώνω ότι θα εκκενώσω το δωμάτιό μου.»

Und er unterstrich seine Aussage zusätzlich, indem er auf den Boden spuckte.

Και περαιτέρω τόνισε το επιχείρημά του φτύνοντας στο έδαφος.

„Auch die Tage, die ich hier gelebt habe, werde ich nicht bezahlen."

«Ούτε θα πληρώσω για τις μέρες που έζησα εδώ.»

Mit dieser Rückerstattung war er allerdings nicht ganz zufrieden.

Ωστόσο, δεν ήταν απόλυτα ικανοποιημένος με αυτήν την επιστροφή χρημάτων.

„Und ich werde erwägen, weitere Forderungen an Sie zu stellen."

«Και θα εξετάσω το ενδεχόμενο να υποβάλω και άλλες απαιτήσεις εναντίον σας.»

„Glauben Sie mir, solche Forderungen lassen sich sehr leicht rechtfertigen."

«Πιστέψτε με, τέτοιες απαιτήσεις θα είναι πολύ εύκολο να δικαιολογηθούν.»

Er schwieg und blickte den Vater direkt an.

Ήταν σιωπηλός και κοίταξε ευθεία μπροστά, τον πατέρα.

Er schien zu erwarten, dass noch etwas passieren würde.

Φαινόταν να περιμένει κάτι περισσότερο να συμβεί.

Tatsächlich hatten seine beiden Freunde sofort die gleiche Idee.

Στην πραγματικότητα, οι δύο φίλοι του είχαν αμέσως την ίδια ιδέα.

„Wir stornieren auch unsere Zimmer", sagten sie unisono.

«Ακυρώνουμε επίσης τα δωμάτιά μας», είπαν με μια φωνή.

Dann packte er den Türgriff und schloss die Tür.

Έπειτα άρπαξε τη λαβή της πόρτας και την έκλεισε.

Und mit einem lauten Knall schlossen sie sich in ihrem Zimmer ein.

Και με ένα δυνατό κρότο κλείστηκαν στο δωμάτιό τους.

Der Vater taumelte mit tastenden Händen zu seinem Stuhl.

Ο πατέρας παραπατούσε προς την καρέκλα του ψαχουλεύοντας τα χέρια του.

Und er ließ sich besiegt in den Stuhl fallen.

Και άφησε τον εαυτό του να πέσει στην καρέκλα, ηττημένος.

Es sah so aus, als ob er seinen üblichen Abendschlaf halten würde.

Έμοιαζε σαν να πήγαινε για τον συνηθισμένο του βραδινό υπνάκο.

Sein Kopf nickte jedoch fast so, als ob er nicht gestützt würde.

Αλλά το κεφάλι του κούνησε καταφατικά σχεδόν σαν να μην το στηρίζει κανείς.

Und man konnte sehen, dass er überhaupt nicht schlief.

Και ήταν φανερό ότι δεν κοιμόταν καθόλου.

Während all dem hatte Gregor sich nicht von der Stelle gerührt.

Σε όλο αυτό το διάστημα ο Γκρέγκορ δεν είχε κουνηθεί από τη θέση του.

Er befand sich noch immer an der Stelle, wo die Herren ihn zuerst gesehen hatten.

Βρισκόταν ακόμα εκεί που τον είχαν δει για πρώτη φορά οι κύριοι.

Selbst wenn er umziehen wollte, fand er es unmöglich.

Ακόμα κι αν ήθελε να κινηθεί, το έβρισκε αδύνατο.

Entweder aus Enttäuschung oder aus Hunger.

Λόγω της απογοήτευσής του, ή λόγω της πείνας του.

Er war enttäuscht über das Scheitern seines Plans.

Απογοητεύτηκε από την αποτυχία του σχεδίου του.

Und er war geschwächt von dem anhaltenden Hunger, den er verspürte.

Και ήταν αδύναμος από την παρατεταμένη πείνα που ένιωθε.

Er war sich sicher, dass sich jeden Moment alle gegen ihn wenden würden.

Ήταν σίγουρος ότι όλοι θα στραφούν εναντίον του ανά πάσα στιγμή.

In Erwartung des unmittelbar bevorstehenden Zusammenbruchs wartete er.

Με αυτή την προσδοκία της επικείμενης κατάρρευσης περίμενε.

Die Geige begann vom Schoß der Mutter zu rutschen.

Το βιολί άρχισε να γλιστράει από την αγκαλιά της μητέρας.

Mit einem ohrenbetäubenden Geräusch fiel die Geige zu Boden.

Με έναν ηχηρό ήχο το βιολί έπεσε στο έδαφος.

Doch selbst dieses plötzliche Krachen ließ ihn nicht erschrecken.

Αλλά ούτε καν αυτός ο ξαφνικός ήχος κρότου τον τρόμαξε.

„Liebe Eltern", sagte die Schwester, „so kann es nicht weitergehen."

«Αγαπητοί γονείς», είπε η αδελφή, «αυτό δεν μπορεί να συνεχιστεί».

Und um ihrer Aussage Nachdruck zu verleihen, schlug sie mit der Hand auf den Tisch.

Και χτύπησε το χέρι της στο τραπέζι για να εξηγήσει το επιχείρημά της.

"Ich werde den Namen meines Bruders vor diesem Monster nicht aussprechen."

«Δεν θα πω το όνομα του αδερφού μου μπροστά σε αυτό το τέρας.»

„Deshalb sage ich es so deutlich wie möglich:"

«Γι' αυτό το λέω όσο πιο ευθέως μπορώ:»

„Uns bleibt keine andere Wahl, als dieses Tier loszuwerden."

«Δεν έχουμε άλλη επιλογή από το να ξεφορτωθούμε αυτό το ζώο».

„Wir haben unser Bestes getan, um dieses Tier zu tolerieren und zu pflegen."

«Κάναμε ό,τι καλύτερο μπορούσαμε για να ανεχτούμε και να φροντίσουμε αυτό το ζώο».

„Ich glaube nicht, dass uns irgendjemand auch nur im Geringsten die Schuld geben kann."

«Δεν νομίζω ότι μπορεί κανείς να μας κατηγορήσει στο ελάχιστο».

„Sie hat tausendfach Recht", stimmte der Vater zu.

«Έχει χίλιες φορές δίκιο», συμφώνησε ο πατέρας.

Die Mutter hatte noch immer nicht wieder richtig Luft bekommen.

Η μητέρα δεν είχε ακόμη ανακτήσει πλήρως την αναπνοή της.

Sie begann dumpf in ihre Hand zu husten und atmete schwer.

Άρχισε να βήχει μουντά στο χέρι της, αναπνέοντας βαριά.

Und in ihren Augen begann sich ein wahnsinniger Ausdruck abzuzeichnen.

Και μια παράλογη έκφραση άρχισε να διαγράφεται στα μάτια της.

Die Schwester eilte zu ihrer Mutter und hielt sich die Stirn.

Η αδερφή έτρεξε στη μητέρα της και την έπιασε στο μέτωπο.

Der Vater schien von den Worten der Schwester inspiriert zu sein.

Ο πατέρας φάνηκε να εμπνέεται από τα λόγια της αδερφής.

Und seine Gedanken schienen klarer als zuvor.

Και οι σκέψεις του φαινόταν πιο καθαρές από πριν.

Er hörte auf, mit dem Kopf zu nicken, und setzte sich wieder aufrecht hin.

Σταμάτησε να κουνάει καταφατικά το κεφάλι του και κάθισε ξανά όρθιος.

Und er spielte, in tiefes Nachdenken versunken, mit der Mütze seines Dieners.

Και έπαιζε με το καπέλο του υπηρέτη του, βυθισμένος στις σκέψεις του.

Die Teller der Mieter standen noch auf dem Tisch.

Τα πιάτα από τους ενοίκους ήταν ακόμα στο τραπέζι.

Und manchmal blickte er zu dem schweigenden Gregor hinüber.

Και μερικές φορές κοίταζε προς τον σιωπηλό Γκρέγκορ.

„Wir müssen versuchen, es loszuwerden", sagte die Schwester zu ihm.

«Πρέπει να προσπαθήσουμε να το ξεφορτωθούμε», του είπε η αδερφή.

Die Mutter war zu sehr mit Husten beschäftigt, um zuzuhören.

Η μητέρα ήταν πολύ απασχολημένη με τον βήχα για να ακούσει.

„Das wird euch beide umbringen, ich sehe es schon kommen."

«Θα σας σκοτώσει και τους δύο, το βλέπω ήδη να έρχεται.»

„Wir können nicht alle weiterhin so hart arbeiten wie bisher."

«Δεν μπορούμε όλοι να συνεχίσουμε να εργαζόμαστε τόσο σκληρά όσο δουλεύουμε».

„Und jeden Tag müssen wir nach Hause kommen und diese
Qualen erleiden."
«Και κάθε μέρα πρέπει να επιστρέφουμε σπίτι και να
βιώνουμε αυτό το μαρτύριο.»
„Wir können das nicht mehr ertragen. Ich kann das nicht
mehr ertragen."
«Δεν μπορούμε να το αντέξουμε άλλο. Δεν μπορώ να το
αντέξω.»
**In einem letzten Tränenausbruch sank sie ihrer Mutter in
die Arme.**
Έπεσε πάνω στη μητέρα της σε μια τελευταία έκρηξη
δακρύων.
**Die Tränen rannen ihr über das Gesicht und auf das ihrer
Mutter.**
Τα δάκρυα έπεσαν στο πρόσωπό της και στο πρόσωπο της
μητέρας της.
**Und mit einer mechanischen Bewegung wischte sie sich die
Tränen weg.**
Και σκούπισε τα δάκρυα με μια μηχανική κίνηση.
„Mein Kind", sagte der Vater mitfühlend.
«Παιδί μου», είπε ο πατέρας με συμπονετική φωνή.
In seiner Stimme lag tiefes Mitgefühl und Verständnis.
Υπήρχε βαθιά συμπάθεια και κατανόηση στη φωνή του.
**„Aber was sollen wir tun?", gestand er und gab zu, es nicht
zu wissen.**
«Αλλά τι πρέπει να κάνουμε;» ομολόγησε ότι δεν ήξερε.
Die Schwester zuckte nur hilflos mit den Schultern.
Η αδελφή απλώς σήκωσε τους ώμους της από αδυναμία.
Und ihr anfängliches Selbstvertrauen wich erneut Tränen.
Και η προηγούμενη αυτοπεποίθησή της αντικαταστάθηκε
ξανά από δάκρυα.
**„Wenn er uns doch nur verstehen würde", sagte der Vater
laut.**
«Μακάρι να μας καταλάβαινε», είπε φωναχτά ο πατέρας.
**Und er fragte sich halb, ob Gregor es vielleicht verstanden
hatte.**
Και σχεδόν αναρωτήθηκε αν ίσως ο Γκρέγκορ κατάλαβε.

Die Schwester schüttelte unter Tränen heftig die Hand.

Η αδελφή απλώς της έσφιξε το χέρι δυνατά κλαίγοντας.

Und so signalisierte sie, dass man diese Idee gar nicht erst in Erwägung ziehen sollte.

Και έτσι έδωσε το σήμα ότι η ιδέα δεν έπρεπε να περάσει από το μυαλό.

„Aber wenn er uns doch nur verstehen würde", wiederholte der Vater.

«Μακάρι να μας καταλάβαινε», επανέλαβε ο πατέρας.

Er schloss die Augen und dachte über die Antwort seiner Schwester nach.

Κλείνοντας τα μάτια του, σκέφτηκε την απάντηση της αδερφής.

"Wenn er verstünde, dass eine Vereinbarung mit ihm getroffen werden könnte."

«Αν καταλάβαινε, θα μπορούσε να γίνει μια συμφωνία μαζί του.»

„Aber unter den gegebenen Umständen…"

«Αλλά με τα πράγματα όπως έχουν...»

„Es muss weg!", rief die Schwester, „es ist der einzige Weg."

«Πρέπει να φύγει», φώναξε η αδερφή, «είναι ο μόνος τρόπος».

„Du musst den Gedanken loswerden, dass es Gregor ist."

«Πρέπει να ξεφορτωθείς τη σκέψη ότι είναι ο Γκρέγκορ.»

„Dass wir das so lange geglaubt haben, ist unser eigentliches Unglück."

«Το ότι το πιστεύαμε τόσο καιρό είναι η πραγματική μας ατυχία.»

„Aber wie kann es Gregor sein?", fragte sie ihren Vater.

«Μα πώς γίνεται να είναι ο Γκρέγκορ;» ρώτησε τον πατέρα της.

„Er wusste, dass ein solches Tier nicht mit Menschen zusammenleben kann."

«Ήξερε ότι ένα τέτοιο ζώο δεν μπορεί να συνυπάρξει με τους ανθρώπους».

„Gregor hätte uns schon längst freiwillig verlassen."

«Ο Γκρέγκορ θα μας είχε αφήσει προ πολλού, οικειοθελώς.»

„Das stimmt, dann hätten wir keinen Bruder mehr."

«Είναι αλήθεια, τότε δεν θα είχαμε αδερφό.»

„Aber wir könnten weiterleben und sein Andenken ehren."

«Αλλά θα μπορούσαμε να συνεχίσουμε να ζούμε και να τιμούμε τη μνήμη του».

„Aber dieses Ungeheuer verfolgt uns und vertreibt unsere Pächter."

«Αλλά αυτό το θηρίο μας καταδιώκει και διώχνει τους ενοικιαστές μας.»

„Es will ganz offensichtlich die ganze Wohnung in Besitz nehmen."

«Προφανώς θέλει να καταλάβει ολόκληρο το διαμέρισμα.»

„Dieses Biest will, dass wir auf der Straße schlafen."

«Αυτό το θηρίο θέλει να μας κάνει να κοιμηθούμε στο δρόμο.»

"Schau, Vater", rief sie plötzlich, "er bewegt sich schon wieder!"

«Κοίτα, πατέρα», φώναξε ξαφνικά, «κινείται ξανά!»

Und sie tat etwas, das selbst Gregor nicht verstehen konnte.

Και έκανε κάτι που ούτε ο Γκρέγκορ μπορούσε να καταλάβει.

Sie stieß sich von sich selbst ab, als wolle sie die Mutter opfern.

Απωθήθηκε, σαν να θυσίαζε τη μητέρα.

Und sie rannte hinter ihrem Vater her, um sich in Sicherheit zu bringen.

Και έτρεξε πίσω από τον πατέρα της για κάποιο είδος ασφάλειας.

Der Vater war nur deshalb so aufgebracht, weil seine Tochter es war.

Ο πατέρας ήταν ταραγμένος μόνο επειδή ήταν και η κόρη του.

Doch dann stand auch er auf und hob die Arme über sie.

Αλλά μετά σηκώθηκε κι αυτός και σήκωσε τα χέρια του πάνω της.

Gregor hatte jedoch keinerlei Absicht gehabt, irgendjemanden zu erschrecken.

Αλλά ο Γκρέγκορ δεν είχε καμία πρόθεση να τρομάξει κανέναν.

Er hatte insbesondere nicht die Absicht, seine Schwester zu erschrecken.

Δεν είχε καμία σκέψη να τρομάξει την αδερφή του.

Er wollte sich gerade umdrehen und zurück in sein Zimmer gehen.

Απλώς προσπαθούσε να γυρίσει πίσω στο δωμάτιό του.

Doch in seinem sich verschlechternden Zustand war selbst das schwierig.

Αλλά στην επιδεινούμενη κατάστασή του, ακόμη και αυτό ήταν δύσκολο.

Und er konnte seine Beine nicht mehr vollumfänglich nutzen.

Και δεν μπορούσε πια να χρησιμοποιήσει πλήρως όλα του τα πόδια.

Also benutzte er seinen Kopf, um seinen Körper anzuheben und sich umzudrehen.

Έτσι χρησιμοποίησε το κεφάλι του για να σηκώσει το σώμα του και να γυρίσει.

Er hielt inne und suchte in der Familie nach deren Zustimmung.

Σταμάτησε για λίγο και κοίταξε γύρω του για να βρει την έγκριση της οικογένειας.

Seine guten Absichten schienen erkannt worden zu sein.

Η καλή του πρόθεση φαινόταν να έχει αναγνωριστεί.

Seine Bewegung hatte sie nur kurzzeitig erschreckt.

Η κίνησή του ήταν μόνο ένα στιγμιαίο σοκ για αυτούς.

Nun blickten sie ihn alle in unglücklichem Schweigen an.

Τώρα όλοι τον κοιτούσαν με δυστυχισμένη σιωπή.

Die Mutter lag noch immer erschöpft im Sessel.

Η μητέρα ήταν ακόμα ξαπλωμένη στην πολυθρόνα, εξαντλημένη.

Vater und Schwester saßen nebeneinander.

Ο πατέρας και η αδερφή κάθονταν ο ένας δίπλα στον άλλον.

»Vielleicht lassen sie mich jetzt umdrehen«, dachte Gregor.

«Ίσως τώρα με αφήσουν να γυρίσω», σκέφτηκε ο Γκρέγκορ.

Und er setzte seine unbeholfene Drehbewegung fort.

Και συνέχισε να κάνει την αδέξια στροφή του.

Er konnte die gelegentlichen Atemzüge der Anstrengung nicht unterdrücken.

Δεν μπορούσε να καταπνίξει τις περιστασιακές αναστεναγμούς της προσπάθειας.

Und er war gezwungen, zwischendurch ein paar Mal Pausen einzulegen.

Και αναγκάστηκε να ξεκουραστεί μερικές φορές ενδιάμεσα.

Niemand drängte ihn jetzt zur Eile; es lag ganz bei ihm.

Κανείς δεν τον ανάγκαζε να βιαστεί τώρα· είχε αφεθεί στη δική του ευθύνη.

Schließlich vollendete er die langsame und schmerzhafte Drehung.

Τελικά ολοκλήρωσε την αργή και επίπονη στροφή.

Er machte sich sofort auf den Weg zurück in sein Zimmer.

Αμέσως άρχισε να περπατάει κατευθείαν πίσω στο δωμάτιό του.

Er war erstaunt darüber, wie weit er von seinem Zimmer entfernt war.

Έμεινε έκπληκτος από το πόσο μακριά βρισκόταν από το δωμάτιό του.

Wie war er trotz seiner Schwäche zuvor dorthin gelangt?

Πώς, παρά την αδυναμία του, είχε φτάσει εκεί νωρίτερα;

Er war fast denselben Weg gegangen, ohne es zu bemerken.

Είχε διανύσει σχεδόν το ίδιο μονοπάτι χωρίς να το προσέξει.

Er konzentrierte sich jetzt nur noch darauf, so schnell wie möglich zu krabbeln.

Απλώς επικεντρώθηκε στο να μπουσουλάει όσο πιο γρήγορα μπορούσε τώρα.

Das Ausbleiben von Kommentaren störte ihn nicht.

Η έλλειψη σχολίων από κανέναν δεν τον ενόχλησε.

Erst als er schon in der Tür war, drehte er den Kopf.

Μόνο όταν βρισκόταν ήδη στην πόρτα γύρισε το κεφάλι του.

Aber er konnte sich nicht vollständig umdrehen und zurückblicken.

Αλλά δεν μπορούσε να γυρίσει να κοιτάξει εντελώς πίσω.

Denn er spürte, wie sich sein Nacken beim Umdrehen noch mehr versteifte.

Επειδή ένιωσε τον αυχένα του να σκληραίνει ακόμα περισσότερο καθώς γύριζε.

Doch er sah, dass sich hinter ihm ohnehin nichts verändert hatte.

Αλλά είδε ότι ούτως ή άλλως τίποτα δεν είχε αλλάξει πίσω του.

Der einzige Unterschied war, dass seine Schwester aufgestanden war.

Η μόνη διαφορά ήταν ότι η αδερφή του είχε σηκωθεί όρθια.

Sein letzter Blick verriet ihm, dass seine Mutter eingeschlafen war.

Το τελευταίο του βλέμμα έδειξε ότι η μητέρα του είχε αποκοιμηθεί.

Sobald er in seinem Zimmer war, wurde die Tür geschlossen.

Μόλις μπήκε στο δωμάτιό του, η πόρτα έκλεισε.

Und sobald die Tür geschlossen war, wurde der Schrank verriegelt.

Και μόλις η πόρτα έκλεισε, το bold κλειδώθηκε.

Gregor erschrak über das unerwartete Geräusch hinter ihm.

Ο Γκρέγκορ τρόμαξε από τον απροσδόκητο θόρυβο από πίσω.

Und vor lauter Überraschung knickten seine Beine unter ihm ein.

Και τα πόδια του λύγισαν από την ξαφνική έκπληξη.

Es war seine Schwester, die hinter ihm zur Tür geeilt war.

Ήταν η αδελφή που είχε ορμήσει στην πόρτα πίσω του.

Sie stand bereits aufrecht da und wartete auf ihn.

Είχε ήδη σταθεί εκεί όρθια και τον περίμενε.

Dann machte sie einen leichten Sprung nach vorn, ohne dass Gregor es hörte.

Έπειτα πήδηξε ελαφρά μπροστά χωρίς να την ακούσει ο Γκρέγκορ.

"Endlich!", rief sie laut, als sie den Schlüssel umdrehte.

«Επιτέλους!» φώναξε δυνατά, καθώς γύριζε το κλειδί.

„Was nun?", fragte sich Gregor, allein in der Dunkelheit.

«Και τώρα τι;» αναρωτήθηκε ο Γκρέγκορ, μόνος στο σκοτάδι.

Er merkte bald, dass er sich überhaupt nicht mehr bewegen konnte.

Σύντομα ανακάλυψε ότι δεν μπορούσε πλέον να κινηθεί καθόλου.

Doch seine Unbeweglichkeit überraschte ihn nicht wirklich.

Αλλά δεν τον εξέπληξε και πολύ η ακινησία του.

Sich auf so dünnen Beinen fortbewegen zu können, erschien lächerlich.

Το να μπορείς να κινείσαι με τόσο λεπτά πόδια φαινόταν γελοίο.

Er wusste nicht, wie ihm das jemals gelungen war.

Δεν ήξερε πώς είχε καταφέρει ποτέ να το κάνει.

Abgesehen davon fühlte er sich aber relativ wohl.

Αλλά εκτός από αυτό, ένιωθε σχετικά άνετα.

Es stimmt, dass er am ganzen Körper tiefe Schmerzen verspürte.

Είναι αλήθεια ότι ένιωθε βαθύ πόνο σε όλο του το σώμα.

Doch der Schmerz schien immer schwächer zu werden.

Αλλά ο πόνος φαινόταν να γίνεται όλο και πιο αδύναμος.

Und er hatte das Gefühl, der Schmerz würde irgendwann verschwinden.

Και ένιωθε ότι ο πόνος τελικά θα εξαφανιζόταν.

Er spürte den faulen Apfel in seinem Rücken kaum noch.

Μόλις που ένιωθε το σάπιο μήλο στην πλάτη του πια.

Er dachte mit Rührung und Liebe an seine Familie zurück.

Σκέφτηκε την οικογένειά του με συγκίνηση και αγάπη.

Er spürte die Gefühle seiner Schwester noch stärker als sie selbst.

Ένιωθε τα συναισθήματα της αδερφής του ακόμη περισσότερο από ό,τι εκείνη.

Sie hatte Recht mit dem, was sie gesagt hatte; er musste gehen.

Είχε δίκιο με αυτά που είχε πει· έπρεπε να φύγει.

Er verbrachte einige Zeit in diesem leeren und friedlichen Zustand.

Πέρασε λίγο χρόνο σε αυτή την άδεια και γαλήνια κατάσταση.

Die Uhr schlug dreimal, leise, aber bestimmt.

Το ρολόι χτύπησε τρεις φορές, σιγά αλλά σταθερά.

Gregor wurde sanft aus seinen Betrachtungen gerissen.

Ο Γκρέγκορ βγήκε απαλά από τις σκέψεις του.

Er beobachtete, wie das Morgenlicht langsam in sein Zimmer drang.

Παρακολουθούσε το πρωινό φως να μπαίνει αργά στο δωμάτιό του.

Dann sank sein Kopf völlig nach unten, ohne dass er es wollte.

Τότε το κεφάλι του έσκυψε εντελώς, χωρίς τη θέλησή του.

Und sein letzter Atemzug entwich schwach aus seinen Nasenlöchern.

Και η τελευταία του πνοή κύλησε αδύναμα από τα ρουθούνια του.

Das Dienstmädchen kam früh am Morgen in sein Zimmer.

Η καμαριέρα μπήκε στο δωμάτιό του νωρίς το πρωί.

Bei ihrem üblichen kurzen Besuch fand sie nichts Ungewöhnliches vor.

Δεν βρήκε τίποτα ασυνήθιστο κατά τη διάρκεια της συνηθισμένης σύντομης επίσκεψής της.

Aus Kraft und in Eile knallte sie alle Türen zu.

Από τη δύναμή της και τη βιασύνη της, έκλεισε όλες τις πόρτες με δύναμη.

An ruhigen Schlaf war in der gesamten Wohnung nicht zu denken.

Δεν υπήρχε η δυνατότητα για ήσυχο ύπνο σε ολόκληρο το διαμέρισμα.

Sie war gebeten worden, dies morgens zu vermeiden.

Της είχαν ζητήσει να αποφύγει να το κάνει αυτό το πρωί.

Sie glaubte, er läge absichtlich so regungslos da.

Νόμιζε ότι ήταν ξαπλωμένος εκεί τόσο ακίνητος επίτηδες.

Vielleicht wollte er ihr zeigen, dass er beleidigt war.

Ίσως ήθελε να της δείξει ότι είχε προσβληθεί.

Sie vertraute darauf, dass er über alle Arten von Intelligenz verfügte.

Τον εμπιστευόταν ότι είχε κάθε είδους νοημοσύνη.

Sie hielt zufällig den langen Besen in der Hand.

Τυχαίνει να κρατάει στο χέρι της τη μακριά σκούπα.

Also versuchte sie von der Tür aus, Gregor ein wenig zu kitzeln.

Έτσι, από την πόρτα, προσπάθησε να γαργαλήσει λίγο τον Γκρέγκορ.

Sie war etwas verärgert darüber, dass er überhaupt nicht reagierte.

Ήταν λίγο ενοχλημένη που δεν απάντησε καθόλου.

Deshalb stieß sie ihn diesmal etwas energischer an.

Έτσι τον έσπρωξε λίγο πιο δυνατά αυτή τη φορά.

Als er keinen Widerstand leistete, sah sie genauer hin.

Όταν δεν έδειξε αντίσταση, την κοίταξε πιο προσεκτικά.

Bald begriff sie, was Gregor wirklich zugestoßen war.

Σύντομα συνειδητοποίησε τι είχε πραγματικά συμβεί στον Γκρέγκορ.

Sie öffnete die Augen noch weiter und pfiff vor sich hin.

Άνοιξε τα μάτια της πιο διάπλατα και σφύριξε στον εαυτό της.

Doch sie zögerte nicht lange, bevor sie die Tür öffnete.

Αλλά δεν έχασε πολύ χρόνο πριν ανοίξει την πόρτα.

Und sie rief mit lauter Stimme in die Dunkelheit:

Και φώναξε με δυνατή φωνή μέσα στο σκοτάδι:

"Komm und sieh es dir an, da liegt es, völlig tot."

«Ελάτε να δείτε, εκεί είναι, εντελώς νεκρό.»
Die beiden Eltern saßen aufrecht in ihrem Ehebett.
Οι δύο γονείς κάθονταν όρθιοι στο συζυγικό τους κρεβάτι.
Zuerst mussten sie den Lärmschock überwinden.
Πρώτα έπρεπε να ξεπεράσουν το σοκ του θορύβου.
Doch dann begannen sie langsam, ihre Botschaft zu verstehen.
Αλλά σιγά σιγά άρχισαν να κατανοούν το μήνυμά της.
Herr und Frau Samsa sprangen jeweils von ihrer Seite des Bettes.
Ο κύριος και η κυρία Σάμσα πήδηξαν ο καθένας από την πλευρά του κρεβατιού του.
Herr Samsa warf sich die dicke Decke über die Schultern.
Ο κύριος Σάμσα έριξε την χοντρή κουβέρτα στους ώμους του.
Und Frau Samsa kam nur im Nachthemd heraus.
Και η κυρία Σάμσα βγήκε έξω φορώντας μόνο τη νυχτικιά της.
Und so gelangten sie in Gregors Zimmer.
Και έτσι μπήκαν στο δωμάτιο του Γκρέγκορ.
Inzwischen hatte sich auch die Tür zum Wohnzimmer geöffnet.
Εν τω μεταξύ, η πόρτα του σαλονιού είχε επίσης ανοίξει.
Grete hatte dort geschlafen, seit die Mieter eingezogen waren.
Η Γκρέτε κοιμόταν εκεί από τότε που μετακόμισαν οι ένοικοι.
Sie war vollständig angezogen, als hätte sie überhaupt nicht geschlafen.
Ήταν πλήρως ντυμένη σαν να μην είχε κοιμηθεί καθόλου.
Ihr blasses Gesicht schien ebenfalls ihren Schlafmangel zu beweisen.
Το χλωμό πρόσωπό της φαινόταν επίσης να αποδεικνύει την έλλειψη ύπνου της.
„Er ist tot?“, fragte Frau Samsa und blickte die Magd an.
«Είναι νεκρός;» ρώτησε η κυρία Σάμσα, κοιτάζοντας την υπηρέτρια.

Das hätte sie selbst überprüfen können, indem sie ihn angesehen hätte.

Θα μπορούσε να το είχε επιβεβαιώσει αυτό κοιτάζοντάς τον η ίδια.

„Ich glaube schon", sagte das Dienstmädchen und hob den Besen auf.

«Νομίζω ναι», είπε η υπηρέτρια, σηκώνοντας τη σκούπα.

Und sie schob seinen Körper ein langes Stück über den Boden.

Και έσπρωξε το σώμα του αρκετά στο πάτωμα.

Frau Samsa machte eine Bewegung, als wolle sie sie aufhalten.

Η κυρία Σάμσα έκανε μια κίνηση σαν να ήθελε να τη σταματήσει.

Doch am Ende ließ sie das Dienstmädchen Gregor herumschieben.

Αλλά στο τέλος άφησε την υπηρέτρια να σύρει τον Γκρέγκορ.

„Nun", sagte Herr Samsa, „endlich können wir Gott danken."

«Λοιπόν», είπε ο κύριος Σάμσα, «επιτέλους μπορούμε να ευχαριστήσουμε τον Θεό».

Er bekreuzigte sich; Kopf, Brust, Schultern.

Έκανε το σημείο του σταυρού· κεφάλι, στήθος, ώμους.

Und die drei Frauen folgten seinem religiösen Beispiel.

Και οι τρεις γυναίκες ακολούθησαν το θρησκευτικό του παράδειγμα.

Grete, die den Blick nicht von der Leiche abwandte, sagte:

Η Γκρέτε, που δεν έσβηνε τα μάτια της από το πτώμα, είπε:

„Seht nur, wie dünn er war! Er hat so lange nichts gegessen."

«Κοίτα πόσο αδύνατος ήταν, δεν είχε φάει τόσο καιρό.»

„Das Futter, das ich ihm jeden Morgen hinstellte, war immer unberührt."

«Το φαγητό που του άφηνα κάθε πρωί ήταν πάντα ανέγγιχτο.»

Tatsächlich war Gregors Körper völlig flach und trocken.

Στην πραγματικότητα, το σώμα του Γκρέγκορ ήταν εντελώς επίπεδο και στεγνό.

Dies war nun, da er am Boden lag, deutlicher zu erkennen.

Αυτό ήταν πιο ορατό τώρα που ήταν στο έδαφος.

Weil sein Körper nicht mehr von seinen Beinen hochgehalten wurde.

Επειδή το σώμα του δεν σηκωνόταν πλέον από τα πόδια του.

Und weil es nichts anderes gab, was die Aussicht beeinträchtigte.

Και επειδή δεν υπήρχε τίποτα άλλο που να αποσπούσε την προσοχή από τη θέα.

„Komm doch für eine Weile mit uns herein, Grete", sagte Frau Samsa.

«Έλα μαζί μας για λίγο, Γκρέτε», είπε η κυρία Σάμσα.

Während sie sprach, lag ein gequältes Lächeln auf ihren Lippen.

Ένα πονεμένο χαμόγελο σχηματίστηκε στα χείλη της καθώς μιλούσε.

Grete folgte ihnen, blickte aber auch immer wieder zurück auf die Leiche.

Η Γκρέτε τους ακολούθησε, αλλά κοίταξε και πίσω της το πτώμα.

Das Dienstmädchen schloss die Tür und öffnete das Fenster ganz.

Η υπηρέτρια έκλεισε την πόρτα και άνοιξε εντελώς το παράθυρο.

Es war noch früh, daher wäre die Luft normalerweise kalt.

Ήταν ακόμα νωρίς, οπότε ο αέρας κανονικά θα ήταν κρύος.

Doch in der kalten Luft lag auch ein Hauch von Wärme.

Αλλά υπήρχε επίσης ένα μείγμα ζεστασιάς στον κρύο αέρα.

Wie eine sanfte Erinnerung daran, dass es nun Ende März war.

Σαν μια απαλή υπενθύμιση ότι ήταν πλέον τέλος Μαρτίου.

Die drei Mieter verließen nun ebenfalls ihr Zimmer.

Οι τρεις ένοικοι βγήκαν τώρα κι αυτοί από το δωμάτιό τους.

Sie schauten sich staunend nach ihrem Frühstück um.

Κοίταξαν γύρω τους με έκπληξη για το πρωινό τους.

Das Frühstück wurde vergessen, wegen dem, was das Dienstmädchen gefunden hatte.

Το πρωινό ξεχάστηκε εξαιτίας αυτού που βρήκε η καμαριέρα.

„Wo gibt es Frühstück?", grummelte der mittlere Herr.

«Πού είναι το πρωινό;» γκρίνιαξε ο μεσαίος κύριος.

Das Dienstmädchen legte den Finger an den Mund, um Ruhe zu gebieten.

Η υπηρέτρια έβαλε το δάχτυλό της στο στόμα της για να διατάξει ησυχία.

Und sie winkte den Herren hastig und stumm zu.

Και εκείνη έγνεψε βιαστικά και σιωπηλά στους κυρίους.

Das Dienstmädchen geleitete die drei Herren in den Raum.

Η καμαριέρα οδήγησε τους τρεις κύριους στο δωμάτιο.

Und sie erklärte ihnen weiterhin, was geschehen war.

Και συνέχισε να τους εξηγεί τι είχε συμβεί.

Und die drei Herren standen um Gregors Leichnam herum.

Και οι τρεις κύριοι στάθηκαν γύρω από το πτώμα του Γκρέγκορ.

Mit den Händen in den Taschen blickten sie nach unten.

Με τα χέρια στις τσέπες τους κοίταξαν κάτω.

Das Morgenlicht hatte den Raum nun vollständig durchflutet.

Το πρωινό φως είχε πλημμυρίσει πλέον ολόκληρο το δωμάτιο.

Dann öffnete sich die Schlafzimmertür und Herr Samsa erschien.

Τότε η πόρτα της κρεβατοκάμαρας άνοιξε και εμφανίστηκε ο κύριος Σάμσα.

Auf der einen Seite saß seine Frau, auf der anderen seine Tochter.

Από τη μία πλευρά ήταν η γυναίκα του και από την άλλη η κόρη του.

Herr Samsa trug inzwischen bereits seine Uniform.

Ο κύριος Σάμσα φορούσε ήδη τη στολή του.

Man konnte sehen, dass sie alle ein bisschen geweint hatten.

Μπορούσε κανείς να δει ότι όλοι τους είχαν κλάψει λίγο.

Grete drückte ihr Gesicht an den Arm ihres Vaters.

Η Γκρέτε πίεσε το πρόσωπό της στο μπράτσο του πατέρα της.

„Verlassen Sie sofort meine Wohnung!", befahl Herr Samsa.

«Φύγετε αμέσως από το διαμέρισμά μου!» διέταξε ο κύριος Σάμσα.

Und er deutete auf die Tür, ohne die Frauen gehen zu lassen.

Και έδειξε την πόρτα χωρίς να αφήσει τις γυναίκες να φύγουν.

„Was meinen Sie damit?", fragte der Mittelsmann verunsichert.

«Τι εννοείς;» ρώτησε ο μεσάζων, αμήχανα.

Und er gab sich alle Mühe, Herrn Samsa freundlich anzulächeln.

Και έκανε ό,τι μπορούσε για να χαμογελάσει γλυκά στον κύριο Σάμσα.

Die anderen beiden hielten ihre Hände hinter dem Rücken.

Οι άλλοι δύο κρατούσαν τα χέρια τους πίσω από την πλάτη τους.

Und sie rieben sich erwartungsvoll die Hände.

Και έτριψαν τα χέρια τους μεταξύ τους με προσμονή.

Offenbar erwarteten sie einen lauten Streit.

Φαινόταν να περίμεναν να ξεσπάσει έντονος καβγάς.

Aber sie schienen sich auf die bevorstehende Auseinandersetzung zu freuen.

Αλλά φάνηκαν να χαίρονται με την επερχόμενη διαφωνία.

Sie dachten, der Streit würde zu ihren Gunsten ausgehen.

Πίστευαν ότι η διαμάχη θα ήταν υπέρ τους.

„Ich meine genau das, was ich eben gesagt habe", antwortete Herr Samsa.

«Εννοώ ακριβώς αυτό που μόλις είπα», απάντησε ο κύριος Σάμσα.

Er ging mit seinen beiden Begleitern in einer geraden Linie.

Περπατούσε σε ευθεία γραμμή με τους δύο συντρόφους του.

Und Herr Samsa ging direkt auf ihren Anführer zu.

Και ο κύριος Σάμσα πλησίασε κατευθείαν τον επικεφαλής κύριο.

Der Herr blieb zunächst stehen und blickte zu Boden.

Ο κύριος έμεινε αρχικά ακίνητος, κοιτάζοντας το έδαφος.

Die Gedanken in seinem Kopf waren noch im Wandel.

Το περιεχόμενο του κεφαλιού του εξακολουθούσε να τακτοποιείται.

"Gut, dann gehen wir", sagte er und blickte zu Herrn Samsa auf.

«Εντάξει, θα πάμε», είπε και κοίταξε τον κύριο Σάμσα.

Eine neue Demut schien ihn plötzlich ergriffen zu haben.

Μια νέα ταπεινότητα φάνηκε να τον έχει κυριεύσει ξαφνικά.

Und er schien um Erlaubnis für diese Entscheidung zu bitten.

Και φαινόταν να ζητάει άδεια για αυτή την απόφαση.

Herr Samsa öffnete die Augen weit und nickte leicht.

Ο κύριος Σάμσα άνοιξε διάπλατα τα μάτια του και έγνεψε ελαφρά.

Die Herren folgten seinem Befehl unverzüglich.

Οι κύριοι ακολούθησαν αμέσως την εντολή του.

Und sie machten tatsächlich große Schritte in den Flur hinein.

Και έκαναν πραγματικά μεγάλα βήματα στον διάδρομο.

Seine Freunde hatten bereits aufgehört, sich die Hände zu reiben.

Οι φίλοι του είχαν ήδη σταματήσει να τρίβουν τα χέρια τους.

Sie hatten mitgehört, wie das Gespräch verlaufen war.

Άκουγαν πώς πήγαινε η συζήτηση.

Und nun rannten sie ihm nach, als ob sie Angst hätten.

Και τώρα έτρεχαν πίσω του, σαν να φοβόντουσαν.

Es ist möglich, dass Herr Samsa sie immer noch von ihrem Anführer isoliert.

Ο κύριος Σάμσα μπορεί να τους απομονώσει ακόμα από τον αρχηγό τους.

Sie zogen ihre Stöcke aus dem Stöckebehälter.

Έβγαλαν τα μπαστούνια τους από το δοχείο με τα μπαστούνια.

Und sie verbeugten sich schweigend, bevor sie die Wohnung verließen.

Και υποκλίθηκαν σιωπηλά πριν φύγουν από το διαμέρισμα.

Herr Samsa und die beiden Frauen traten aus dem Vorplatz.

Ο κύριος Σάμσα και οι δύο γυναίκες βγήκαν από την αυλή.

Aber eigentlich hatten sie keinen Grund, den Männern zu misstrauen.

Αλλά στην πραγματικότητα δεν είχαν κανένα λόγο να μην εμπιστεύονται τους άντρες.

Sie lehnten sich ans Geländer, um zu überprüfen, ob sie weg waren.

Έγειραν στο κιγκλίδωμα για να ελέγξουν αν είχαν φύγει.

Die drei Herren kamen tatsächlich die Treppe herunter.

Οι τρεις κύριοι όντως κατέβαιναν τις σκάλες.

In einer bestimmten Kurve der Treppe verschwanden sie.

Σε μια συγκεκριμένη στροφή της σκάλας εξαφανίστηκαν.

Und dann brachte die Treppe sie wieder in Sichtweite.

Και τότε η σκάλα τους έφερε ξανά στο προσκήνιο.

Dieses Erscheinen und Verschwinden wiederholte sich auf jeder Etage.

Αυτή η εμφάνιση και η εξαφάνιση επαναλαμβανόταν σε κάθε όροφο.

Doch schließlich waren sie fast am Ziel.

Αλλά τελικά είχαν σχεδόν φτάσει στον πάτο.

Je weiter sie gingen, desto uninteressanter wurden sie.

Όσο πιο μακριά πήγαιναν, τόσο πιο αδιάφοροι γίνονταν.

Alle kehrten erleichtert ins Haus zurück.

Όλοι επέστρεψαν στο σπίτι, σαν να ανακουφίστηκαν.

Sie beschlossen, den Tag zum Ausruhen und für einen Spaziergang zu nutzen.

Αποφάσισαν να εκμεταλλευτούν την ημέρα για να ξεκουραστούν και να πάνε μια βόλτα.

Sie waren der Meinung, dass sie sich diese Auszeit von ihrer Arbeit verdient hatten.

Ένιωθαν ότι άξιζαν αυτό το διάλειμμα από την εργασία τους.

Sie hatten diese Auszeit nicht nur verdient, sie brauchten sie auch.

Όχι μόνο άξιζαν αυτή την ανάπαυλα, αλλά την χρειάζονταν κιόλας.

Sie setzten sich an den Tisch, um Entschuldigungsbriefe zu schreiben.

Κάθισαν στο τραπέζι για να γράψουν επιστολές συγγνώμης.

Herr Samsa verfasste seinen Entschuldigungsbrief an die Geschäftsleitung.

Ο κ. Σάμσα έγραψε την επιστολή συγγνώμης του προς τη διοίκησή του.

Frau Samsa schrieb ihren Entschuldigungsbrief an ihre Kunden.

Η κυρία Σάμσα έγραψε την επιστολή της ζητώντας συγγνώμη στους πελάτες της.

Und Grete schrieb ihren Entschuldigungsbrief an ihren Schulleiter.

Και η Γκρέτε έγραψε την επιστολή της με την οποία ζητούσε συγγνώμη στον διευθυντή της.

Während alle schrieben, kam das Dienstmädchen ins Zimmer.

Ενώ όλοι έγραφαν, η καμαριέρα ήρθε στο δωμάτιο.

Ihre Arbeit am Vormittag war erledigt, also ging sie nach Hause.

Η πρωινή της δουλειά είχε τελειώσει, οπότε θα πήγαινε σπίτι.

Die drei Schriftsteller nickten zunächst, ohne aufzusehen.

Οι τρεις συγγραφείς έγνεψαν αρχικά καταφατικά, χωρίς να σηκώσουν το βλέμμα τους.

Das Dienstmädchen schien aber noch nicht gehen zu wollen.

Αλλά η υπηρέτρια δεν φαινόταν να θέλει να φύγει ακόμα.

Sie wartete einen Moment, bis die drei Schriftsteller aufblickten.

Περίμενε λίγο, μέχρι που οι τρεις συγγραφείς σήκωσαν το βλέμμα τους.

„Na?", fragte Herr Samsa verärgert, genau wie die anderen.

«Λοιπόν;» ρώτησε ο κύριος Σάμσα, θυμωμένος, όπως και οι άλλοι.

Das Dienstmädchen stand mit einem Lächeln im Gesicht in der Tür.

Η καμαριέρα στεκόταν στην πόρτα με ένα χαμόγελο στο πρόσωπό της.

Sie erweckte den Eindruck, gute Neuigkeiten zu verkünden zu haben.

Έδωσε την εντύπωση ότι είχε καλά νέα να αναφέρει.

Aber sie würde die Neuigkeit nicht preisgeben, solange sie nicht dazu aufgefordert würde.

Αλλά δεν επρόκειτο να μοιραστεί τα νέα εκτός αν της το ζητούσε.

Die aufrecht stehende Straußenfeder an ihrem Hut schwankte leicht.

Το όρθιο φτερό στρουθοκαμήλου στο καπέλο της λικνίστηκε ελαφρώς.

Diese Straußenfeder hatte Herrn Samsa schon immer geärgert.

Αυτό το φτερό στρουθοκαμήλου πάντα ενοχλούσε τον κύριο Σάμσα.

„Also, was wollen Sie dann?", fragte Frau Samsa bestimmt.

«Λοιπόν, τι θέλετε τότε;» ρώτησε η κυρία Σάμσα με σιγουριά.

Das Dienstmädchen hatte nach wie vor großen Respekt vor Frau Samsa.

Η υπηρέτρια έτρεφε ακόμα πολύ σεβασμό για την κυρία Σάμσα.

„Ja", antwortete sie und lachte freundlich auf.

«Ναι», απάντησε και ξέσπασε σε ένα φιλικό γέλιο.

Einen Moment lang unterbrach sie ihr Lachen und sie verstummte.

Για μια στιγμή τα γέλια της την σταμάτησαν από το να μιλήσει.

„Um das Ding nebenan brauchst du dir keine Sorgen zu machen.“

«Δεν χρειάζεται να ανησυχείς για αυτό το πράγμα της διπλανής πόρτας.»

„Ich habe bereits dafür gesorgt, wie wir es loswerden.“

«Έχω ήδη κανονίσει πώς θα το ξεφορτωθούμε.»

Frau Samsa und Grete schrieben ihre Briefe weiter.

Η κυρία Σάμσα και η Γκρέτε συνέχισαν να γράφουν τις επιστολές τους.

Herr Samsa bemerkte jedoch, dass das Dienstmädchen noch nicht fertig war.

Αλλά ο κύριος Σάμσα παρατήρησε ότι η υπηρέτρια δεν είχε τελειώσει ακόμα.

Nun wollte sie alles genauer beschreiben.

Τώρα ήθελε να τα περιγράψει όλα με περισσότερες λεπτομέρειες.

Doch er streckte die Hand aus, um ihre Annäherungsversuche zurückzuweisen.

Αλλά εκείνος άπλωσε το χέρι του για να απορρίψει τις προσπάθειές της.

Sie erkannte, dass sie an ihren Plänen kein Interesse hatten.

Συνειδητοποίησε ότι δεν ενδιαφέρονταν για τα σχέδιά της.

Und dann erinnerte sie sich an die große Eile, in der sie gewesen war.

Και τότε θυμήθηκε τη μεγάλη βιασύνη που είχε.

„Dann tschüss“, sagte sie, sichtlich beleidigt über das mangelnde Interesse.

«Τσάο τότε», είπε, προσβεβλημένη από την έλλειψη ενδιαφέροντος.

Bevor sie ging, knallte sie die Tür jedoch mit einem lauten Knall zu.

Αλλά πριν φύγει, έκλεισε την πόρτα με τρομερή δύναμη.

„Sie wird heute Abend entlassen", sagte Herr Samsa.

«Θα απολυθεί το βράδυ», είπε ο κύριος Σάμσα.

Seine Frau und seine Tochter hatten jedoch keine Zeit, ihm zu antworten.

Αλλά η γυναίκα του και η κόρη του ήταν πολύ απασχολημένες για να του απαντήσουν.

Weil das Dienstmädchen ihren gerade erst gewonnenen Frieden gestört hatte.

Επειδή η υπηρέτρια είχε διαταράξει την πρόσφατα αποκτημένη γαλήνη τους.

Die Mutter und die Tochter standen auf und gingen zum Fenster.

Η μητέρα και η κόρη σηκώθηκαν για να πάνε στο παράθυρο.

Und so blieben sie mit den Armen umeinander liegen.

Και με τα χέρια τους αγκαλιασμένα έμειναν εκεί.

Herr Samsa drehte sich in seinem Stuhl um, um sie anzusehen.

Ο κύριος Σάμσα γύρισε στην καρέκλα του για να τους κοιτάξει.

Und eine Weile lang beobachtete er sie schweigend, wie sie dort standen.

Και για λίγο τους παρακολουθούσε σιωπηλά να στέκονται εκεί.

Schließlich rief er ihnen zu: „Willst du zu mir kommen?"

Τελικά τους φώναξε: «Θα έρθετε σε μένα;»

„Vergessen wir doch einfach all den alten Kram."

«Ας ξεχάσουμε όλα αυτά τα παλιά, έτσι δεν είναι;»

"Komm her und schenk mir ein wenig deiner Aufmerksamkeit."

«Έλα σε μένα και δώσε μου λίγη από την προσοχή σου.»

Die beiden Frauen taten, wie er gesagt hatte, und eilten zu ihm hinüber.

Οι δύο γυναίκες έκαναν όπως τους είπε και έτρεξαν κοντά του.

Sie umarmten ihn herzlich und küssten ihn.

Τον αγκάλιασαν τρυφερά και τον φίλησαν.

**Sie kehrten schnell zurück, um ihre Briefe fertig zu
schreiben.**
Επέστρεψαν γρήγορα για να ολοκληρώσουν τη συγγραφή
των γραμμάτων τους.
Dann verließen alle drei gemeinsam die Wohnung.
Στη συνέχεια, και οι τρεις τους έφυγαν από το διαμέρισμα
μαζί.
**Sie waren seit Monaten nicht mehr zusammen aus dem
Haus gegangen.**
Δεν είχαν βγει μαζί από το σπίτι για μήνες.
Und sie fuhren mit der Straßenbahn an den Stadtrand.
Και πήραν το τραμ για τα περίχωρα της πόλης.
**Sie hatten den gesamten Waggon der Straßenbahn für sich
allein.**
Είχαν ολόκληρο το βαγόνι του τραμ μόνο για αυτούς.
Von draußen strömte Sonnenschein durch das Fenster.
Το φως του ήλιου έμπαινε από έξω από το παράθυρο.
Die Familie lehnte sich bequem in ihren Sitzen zurück.
Η οικογένεια έγειρε άνετα στις θέσεις της.
Und sie besprachen die Aussichten für ihre Zukunft.
Και συζήτησαν τις προοπτικές για το μέλλον τους.
**Bei näherer Betrachtung waren ihre Aussichten gar nicht so
schlecht.**
Μετά από πιο προσεκτική εξέταση, οι προοπτικές τους δεν
ήταν κακές.
Alle drei hatten Jobs mit dem Potenzial, mehr zu verdienen.
Και οι τρεις είχαν δουλειές με δυνατότητα να κερδίζουν
περισσότερα.
Sie hatten einander nie nach ihrer Arbeit gefragt.
Δεν είχαν ρωτήσει ποτέ ο ένας τον άλλον για τη δουλειά
τους.
**Doch nun hatten sie endlich Zeit, solche Dinge zu
besprechen.**
Αλλά τώρα είχαν επιτέλους χρόνο να συζητήσουν τέτοια
πράγματα.
**Sie hatten auch die Möglichkeit, in eine kleinere Wohnung
umzuziehen.**

Είχαν επίσης την επιλογή να μετακομίσουν σε ένα μικρότερο διαμέρισμα.

Dies hätte den größten Einfluss auf ihr Leben.

Αυτό θα είχε τον μεγαλύτερο αντίκτυπο στη ζωή τους.

Ihre jetzige Wohnung hatte Gregor ausgesucht.

Το τωρινό τους διαμέρισμα είχε διαλέξει ο Γκρέγκορ.

Aber jetzt könnten sie in eine günstigere Gegend ziehen.

Αλλά τώρα θα μπορούσαν να μετακομίσουν κάπου πιο οικονομικά.

Eine kleinere Wohnung, aber eine praktischere.

Ένα μικρότερο διαμέρισμα, αλλά κάπου πιο πρακτικό.

Das Gespräch über die Zukunft machte Grete wieder lebendiger.

Οι συζητήσεις για το μέλλον έκαναν την Γκρέτε ξανά πιο ζωντανή.

Herr und Frau Samsa bemerkten auch andere Veränderungen an ihr.

Ο κύριος και η κυρία Σάμσα παρατήρησαν και άλλες αλλαγές σε αυτήν.

Ihre Wangen waren vor lauter Sorgen ganz blass geworden.

Τα μάγουλά της είχαν χλωμίσει από όλες τις ανησυχίες της.

Doch ihre Tochter entwickelte sich inzwischen zu einer feinen jungen Dame.

Αλλά τώρα η κόρη τους άνθιζε και γινόταν μια όμορφη κυρία.

Sie war mittlerweile wirklich eine wohlproportionierte und hübsche junge Frau.

Ήταν πραγματικά μια γεροδεμένη και όμορφη νεαρή γυναίκα τώρα.

Ihre Eltern wurden still und bewunderten ihre Tochter.

Οι γονείς της σιώπησαν και θαύμασαν την κόρη τους.

Sie wechselten Blicke und kommunizierten unbewusst.

Κοιτάχτηκαν ο ένας στον άλλον επικοινωνώντας ασυναίσθητα.

„Es wird bald an der Zeit sein, einen guten Mann für sie zu finden."

«Σύντομα θα έρθει η ώρα να της βρούμε έναν καλό άντρα.»

Die Straßenbahn hatte ihr Ziel erreicht und bremste ab.

Το τραμ είχε φτάσει στον προορισμό του και επιβράδυνε.

Ihre Tochter schien ihre neuen Träume zu bestätigen.

Η κόρη τους φάνηκε να επιβεβαιώνει τα νέα τους όνειρα.

Sie war die Erste, die aufstand und ihren jungen Körper streckte.

Ήταν η πρώτη που σηκώθηκε και τέντωσε το νεανικό της σώμα.

9 781835 666500